NEW
笔记

连山

陆春祥 —— 著

邱华栋 郝建国 主编

LianShan
Lu Chunxiang

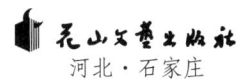

花山文艺出版社
河北·石家庄

图书在版编目（CIP）数据

连山 / 陆春祥著. -- 石家庄：花山文艺出版社, 2023.6
（拇指丛书 / 邱华栋，郝建国主编）
ISBN 978-7-5511-6488-7

Ⅰ. ①连… Ⅱ. ①陆… Ⅲ. ①散文集－中国－当代 Ⅳ. ①I267

中国国家版本馆CIP数据核字(2023)第014507号

丛 书 名：	拇指丛书
主　　编：	邱华栋　郝建国
书　　名：	连 山 Lianshan
著　　者：	陆春祥
策　　划：	丁　伟
统　　筹：	李　爽　王冷阳
责任编辑：	郝卫国　李天璐
责任校对：	杨丽英
装帧设计：	书心瞬意
美术编辑：	陈　淼
出版发行：	花山文艺出版社（邮政编码：050061） （河北省石家庄市友谊北大街330号）
销售热线：	0311-88643299/96/17
印　　刷：	河北新华第一印刷有限责任公司
经　　销：	新华书店
开　　本：	880毫米×1230毫米 1/32
印　　张：	13.75
字　　数：	280千字
版　　次：	2023年6月第1版 2023年6月第1次印刷
书　　号：	ISBN 978-7-5511-6488-7
定　　价：	85.00元

（版权所有　翻印必究·印装有误　负责调换）

连山,其实就是世界的全部

序

1

这回,我将这些年来的散文作品,直接取名为"连山"。

或曰:你真大胆,你借《世说新语》(《新世说》,浙江大学出版社),借《子不语》(《新子不语》,上海文艺出版集团),借元杂剧名词"焰段"(《焰段》,上海锦绣文章出版社),现在,你竟然借《连山》!

是的,我借《连山》。

我知道你已经知道有几千年历史的《连山》。

我习惯躺着的时候,听一些名人的讲座。它有催眠作用,讲着讲着,我就睡过去了。有一天,我听叶曼大师的《周易》,老人家语速缓慢,但字正腔圆,正迷糊的时候,她又讲到了《连山》《归藏》,我一个激灵,坐了起来:哎呀,这个《连山》,不是可以借来做我散文集的书名吗?歪打正着,得来全不费功夫。

其实,我早就知道《连山》,不是我肆力经史,即便你只知道一点儿《周易》的皮毛,也一定知道《连山》。《连山》

《归藏》《周易》，都是易，三易，连山易，只是前两易都产生在周朝以前，只剩下名称了，现在讲易，只有《周易》。

连山，什么意思呢？没有什么巨大的奥秘，《连山易》的基本意思就是：从艮卦开始，如山之连绵，故名连山。

太极生两仪，两仪生四象，四象生八卦，一生二，二生三，三生万物。理论上，大地就是一个整体，所有山的根，都是相连的，即便有江有河有海，底部也都是山。

连山，其实是世界的全部。

2

山水见，你好。

我在杭州大径山森林公园遇到了"山水见"。

"山水见"，是一处新打造却有悠久历史的景点，我们都认为这是一个极好的创意。

山水见，又称"山水罗星"，什么意思？径山潘板集镇边上，有座吴山（不是杭州城内的吴山），山不高，如翠螺一点，却韵味无限。我们登临吴山上的罗星亭远眺，深绿，碧绿，嫩绿，浅绿，双溪如带，竹海碧翠，径山如屏，诸峰如黛。在这里，我们见到了那种令人心旷神怡的绿和蓝。

而从整个径山的版图看，吴山宛如太极风水图上的一粒"罗星"，扼守着整个南宋皇城的运数。"罗星"虽小，但左右稍微有所移动，福祸就会瞬息变化，这就是连山（易）。变，永远的主题。

吴山脚,古有迎恩寺院,为径山下院。南宋的几代皇帝,上径山,这里就是众官员迎接皇帝的关键站点。

迎恩见山水,山水就是山水。从径山返回,再见山水,山水还是山水。山水不是山水呢?直接跳过!

山水见,禅意现。

3

如此说来,我的《连山》,应该属于山水中之一微粒,也算一种承继。

《连山》分为简单的三部分。

《〈霓裳〉的种子》,这一辑,主要以人的活动为主线。既有皇帝,也有官员,更多平民;既有历史典籍的勾勒,也有现代县乡村的走读。走走停停,我从现代走进历史,在历史里流连徘徊;又从历史反观现代,在现代里反省思悟,历史就是昨天的现代,现代也迅将成为历史。

《在西沙》,这一辑,写的是海,说的是洋,更多的是身边随手可撩拨的水。湖水,溪水,运河水,山涧水,泉水,它们离我们很近,似乎又很远,很远是因为我们在很多时候都将它们当作陌生人看待,其实,水很熟悉我们,它们是我们至亲的爱人。

《春山半是花》,这一辑,基本以山为主题。山有花,有叶,有树，有果，几乎满足人类所有的需求。一千余年前的某个春日，范仲淹在我老家下村调研，看到满山如此诱人的绿叶，不禁发出"萧洒桐庐郡，春山半是茶"的感叹，我每每看到新绿初长，也很激动，我眼中的山，就应该是连绵的绿油油，即便冬季有些肃杀，也阻挡不了它蕴藏的蓬勃绿意。

人在山水间，自在自观观自在，绿意连山，我的愿望。

仰凭山作纸，写出连山歌。
一言以蔽之，我爱《连山》。
是为序。

目录
CONTENTS

◎ 第一辑　《霓裳》的种子

《霓裳》的种子　　　　　　/ 003
我之"景范"　　　　　　　/ 037
公望富春　　　　　　　　　/ 042
张岱的盛宴　　　　　　　　/ 047
青海记　　　　　　　　　　/ 053
关于家　　　　　　　　　　/ 067
遂昌的腔调　　　　　　　　/ 075
庆元四章　　　　　　　　　/ 088
南塘碑影　　　　　　　　　/ 099
年轻的城　　　　　　　　　/ 112
河上记　　　　　　　　　　/ 124
鲁家的童话　　　　　　　　/ 136
安民故事　　　　　　　　　/ 141

文学之门　　　　　　　　　／ 149

天中之上　　　　　　　　　／ 155

乔司这边风景　　　　　　　／ 167

◎ 第二辑　在西沙

在西沙　　　　　　　　　　／ 179

谢洋　　　　　　　　　　　／ 199

种海　　　　　　　　　　　／ 205

威尼斯记忆　　　　　　　　／ 211

天池的面孔　　　　　　　　／ 216

一滴水的遇见　　　　　　　／ 221

走运　　　　　　　　　　　／ 226

寂静的雷鸣　　　　　　　　／ 235

天光云影（外一篇）　　　　／ 241

荔波的雾　　　　　　　　　／ 249

陆之羽泉　　　　　　　　　／ 255

溪口的雨　　　　　　　　　／ 262

秀山二记　　　　　　　　　／ 270

杨时的湖	/ 277
鹿西之歌	/ 283
东海瀛洲衢山记	/ 289
龙行莙雪	/ 296
鄱阳的鄱	/ 300
仙岩宫商羽	/ 306
家园	/ 312

◎ 第三辑　春山半是花

春山半是花	/ 323
永安山壹指	/ 329
天地一方岩	/ 337
岭上初夏	/ 345
柚之绿	/ 351
雪水那个云绿	/ 356
名词铁观音	/ 361
苹果传奇	/ 366
附会武当山	/ 370

梅藤根城堡	/ 375
东坞山"蝉衣"	/ 380
安如磐石古茶场	/ 389
云上白马	/ 395
垄上慢	/ 402
楼塔三叠	/ 414
后记	/ 423

第一辑 《霓裳》的种子

《霓裳》的种子

白居易的《琵琶行》，我滚瓜烂熟。

"老大嫁作商人妇"的琵琶女，"江州司马青衫湿"的白乐天，这一对"同是天涯沦落人"的苦命人，因一夜相逢，谱写了中国文学史上的著名篇章。

我一直在古代笔记中蜗行，野史音乐笔记的点点细迹，犹如绵长的琴声，不断撞击着我的心灵，以《霓裳》和《六幺》两首唐朝大曲为引，耕云钓月，草蛇灰线，古今勾连，采珠而成。

1

这几天，白乐天的心里，颇不宁静。

几个好朋友，千里迢迢来江州探望他，说了无数安慰话，喝了多少坛醉米酒，自然，诗也作了不少。今晚，就要送走他们了。

浔阳江边，枫叶，荻花，秋瑟瑟，送别场景也有点儿让人伤感。

还得再喝一回，必须喝，以后不知猴年马月能聚首啊！

朗朗清夜，月挂中天，满地寂静。一阵江波涌来，时而哗哗，激荡着船舱舷板。远处，山鸟偶尔几声尖鸣，划破夜空的寂静，想是在求偶，或者子女在寻找母亲。

来来来，酒上来，菜上来。诗人们的分别酒，酒里满是愁绪，大家一杯接一杯，酒话一箩筐一箩筐地讲，你说我醉了，我说你醉了，对影成三人，没醉没醉，再喝。白乐天心里，确实有点儿缺憾，这样的场景，要是再来点儿音乐，那就太好了，可是，浔阳地僻无音乐，终岁不闻丝竹声，即便有，也是呕哑嘲哳难为听。

罢罢罢。酒是喝不完的，朋友总要告别，我们就此别过，各自保重！

忽闻水上琵琶声。

奇迹出现了。

这琵琶声，犹如晴空里传来的仙乐，让人耳朵顿时通亮，也深深击中了诗人枯干的心灵。白乐天握着朋友的手，忘记了放开，嘴里连声喊着："这是哪里来的仙乐啊，哪里来的仙乐？！"

许是喊声惊动了弹奏者，琵琶声停了下来。

这一晚，浔阳江边，也没几条船。寻声暗问，一下子就找到了演奏者。

此时的白乐天，心情大好："来吧，朋友，添酒，回灯，重新开宴！我们一起欣赏如仙乐的琵琶。"

接下来的场景，就是千年传诵的著名经典了。

著名琵琶手的高水平演奏，我们可以从几个层次解读。

强大的气场。

转轴拨弦三两声，未成曲调先有情。犹如序曲，正式演出前，演员抱着琵琶，先正正音，然后，轻捏小拳，优雅挥空，五指依次快速在琵琶弦上走一下，当当当，当当当，只几下，就将观众镇住了，她是在试音，却又是定调，一听就是皇家歌舞剧院的专业高手。

娴熟的技艺。

白乐天对音乐也颇有研究。他笔下的琵琶手，从转轴拨弦开始，技术臻美。有拢，是轻轻地拢；有捻，是慢慢地捻；有抹，来回快速如走泥丸；有挑，纤纤细指跳跃拨弦。常常是，拢捻抹挑，交错进行，变幻无穷，那四根弦，在琵琶女手里，就是她的千军万马，随时听她差遣。

臻美的效果。

白乐天笔下的琵琶手，已经成为琵琶行业的顶尖标杆。她演奏所达到的那种境界，成为中国古典音乐史的典范。从修辞上讲，白乐天用通感的手法，打通视觉和听觉，使转瞬即逝的声音，成为刻印在人们脑子里永远的线条。而如此丰富多变的声音描写，在文学史上也是空前的。那琵琶声，如急雨，如私语，如大珠小珠落在玉盘，如夜莺叫着从花底划过，如汩汩暗泉在冰下流动，如银瓶突破水浆迸裂，如铁骑突出刀枪相鸣，还如用力撕碎的那一声布帛！

丰富的感情。

无论哪种艺术，高手与低手，区别大都在表情达意上。

白乐天笔下的琵琶手，她的琴声，始终都饱含着思想，她的所有人生感悟，都在弦上表现出来。未成曲调，已先有情，弹到后来，弦弦都在掩抑，声声都在思索。

琴弦抚不平心情，琵琶女是情感大爆发？琵琶女的身世，触动了白乐天自己的际遇？琵琶声触动了白乐天对人生对官场的思索？都有，你中有我，我中有你，一个"情"字，串起了整首《琵琶行》。

琵琶女演员自述的经历，让白乐天一行，感慨无限。

一个京城女孩子，十三岁的时候，就从唐朝国家音乐学院毕业，琵琶技艺已经达到最高级别。她不仅拿到了证书，她完全凭的是实力，曾参加数次全国性的演奏大赛，她的技艺，那些琵琶大师通通打了满分，这是我们唐朝难得的音乐人才啊！她每每出场，总让其他的女演员，羡慕嫉妒恨，绝世美女啊，要貌有貌，要才有才。

自然，她的身后，追求的少男，或者富豪们，排成排，站成行，一场演出下来，收到的鲜花无数，打赏的银子也让人眼红。男人们争着请消夜，酒喝到尽兴处，常常洒得漂亮的罗裙也是酒迹斑斑。

这样的生活，醉生梦死，真是让人忘记了年纪。不知年月地疯,一年又一年,好日子终于到头,容颜不长驻,逐香的人们,又去绕别的花了。门前冷落,车马稀少,所有的好日子,都成明日黄花。

这场酒喝到最后,这场演奏会开到最后,琵琶手也为白乐天一行所感动了。她也有很多感慨,天下很多人的命运,其实是相似的,无论是官,是民,还是乐手,都有各自的苦衷。同是天涯沦落人,看,这位文质彬彬的江州司马,酒一直在喝,眼泪一直在流,他厚厚的蓝布衫,已经湿了一大块。

2

整首《琵琶行》中,琵琶手弹奏的曲子,有名称的只有两首,"初为霓裳后六幺",一首是《霓裳》,一首是《六幺》。

即便琵琶演奏到最后,"莫辞更坐弹一曲",白乐天也没有写弹奏曲子的名称。

现在,我们来说说这两首有名称的曲子。

它们都是唐代大曲。所谓大曲,往往是歌、乐、舞三位一体,连缀融合的综合艺术。它一般由散序、歌、破三部分组成。

唐代崔令钦的笔记《教坊记》,详细列举了当时流行的四十六种大曲名称:

踏金莲　绿腰　凉州　薄媚　贺圣乐　伊州
甘州　泛龙舟　采桑　千秋乐　霓裳　玉树后庭花

伴侣　雨霖铃　柘枝　胡僧破　平翻　相驼逼　吕太后　突厥三台　大宝　一斗盐　羊头神　大姊　舞大姊　急月记　断弓弦　碧霄吟　穿心蛮　罗步底　回波乐　千春乐　龟兹乐　醉浑脱　映山鸡　昊破　四会子　安公子　舞春风　迎春风　看江波　寒雁子　又中春　玩中秋　迎仙客　同心结

"绿腰"就是"六幺"。

每一种曲，都有不同的来历和故事。

先说《霓裳》。

《霓裳》，全名《霓裳羽衣曲》，这，一定要先说唐明皇，李隆基。

他是此曲的创造者。

唐明皇游月宫，谁带领？有申天师、洪都客，有罗公远，还有叶法善，最著名的当数天师叶法善。

道教作为大唐国教，法曲自然是主旋律。

宋人李上交的笔记《近事会元》，卷四《霓裳羽衣曲》中，有关于此曲的来历：

唐野史云，明皇开元中，道人叶法善，引上入月宫。时秋，上苦凄冷，不能久留。回于天半，尚闻仙乐。及归，但记其半曲。遂笛中写之。会西京都督杨敬述，进《婆罗门曲》，与其声调相符，遂以月中所闻，为之散序,因敬述所进为曲身,名《霓裳羽衣曲》也。

虽是野史,情节却相当完整。

开元年间,唐明皇由道士叶法善引导上天,进了月宫。月宫的秋天,天气清冷,在这样的环境里,凡人是不能久待的,但是,月宫中仙乐阵阵,让人飘浮,如在梦幻,返回途中,隐隐的仙乐仍在耳边回荡。等回到人间,只记得半支曲子,赶紧找纸笔记下来。巧的是,西京都督杨敬述,这时向唐明皇进献了一首曲子,音乐专家李隆基一看,声调和在月宫中听到的差不多,于是,就将月宫中听到的作曲子的序,杨敬述进献的作曲子主体部分,两部分合在一起,起名《霓裳羽衣曲》。

但还有另外几种说法。

比如,宋代乐史的传奇小说《杨太真外传》这样记载:霓裳羽衣曲者,是玄宗登三乡驿,望女几山所作也。故刘禹锡有诗云:"伏睹玄宗皇帝望《女几山诗》,小臣斐然有感:开元天子万事足,惟惜当时光景促。三乡陌上望仙山,归作《霓裳羽衣曲》。"三乡驿者,唐连昌宫(洛阳宜阳县的离宫)所在也。

宋代王灼的笔记《碧鸡漫志·卷三》这样判断:

《霓裳羽衣曲》,说者多异,予断之曰,西凉创作,明皇润色,又为易美名,其他饰以神怪者,皆不足信也。

不管哪一种说法,《霓裳羽衣曲》都是一种糅合性的创作,它沾着仙气,犹如仙乐。

这一下,中国音乐史上著名的曲子诞生了。

有诗为证。

《全唐诗》中,"霓裳"这个词,出现过一百多处,其中,至少有六十多处,直接写到这部大曲,有说来源,有说曲调,也有说结构,还有说配器,涉及方方面面。

唐明皇,唐玄宗,李隆基,历代帝王中,他的音乐才能和多情种子,数一数二。

3

宋代沈括的笔记《梦溪笔谈·卷五·乐律一》,让我知道了李隆基多情的源头。

唐玄宗打得一手好鼓,这种鼓叫羯鼓。羯鼓的特点是,透空碎远,和一般的鼓极为不同,它可以独奏。沈括研究认为,唐代的羯鼓曲,比较著名的有《大合蝉》《滴滴泉》等,但差不多都失传了,到他这个时代,几乎没有什么人会这个了。他这样写:唐玄宗和李龟年(唐代著名音乐家)讨论羯鼓时,透露的一个细节是,他为了练习打羯鼓,打坏的鼓杖,有四柜子之多。

在我知道李隆基是打鼓高手之前，我对他的印象主要有以下几点：

运气十分好也十分坏。十分好是，靠他太爷爷、爷爷和父亲的积累，唐朝到他这里，已经非常强盛，这不是他水平高，而是他运气好。十分坏是，唐朝的由盛而衰，也是他造成的，最后仓皇出逃，场景非常凄惨：派出前导官沿路安排皇帝的食宿，结果前导官和沿途的县令都撇下皇帝不管，逃得无影无踪。再派使者征召其他的官吏与民众，也没有一个人响应。到了中午还没有饭吃，杨国忠只好自己去买饼给他吃。还是老百姓善良，他们看到皇帝如此悲惨，就来献食，虽然都是粗粮，但皇孙们却一抢而空。

器重宦官。他曾经这样说，没有高力士在他身边值班，他都睡不好觉。于是，从他开始，一大批宦官得到任用。这样的结果就是，高力士甚至代替唐玄宗阅读天下的奏章，小事就直接处理了，大事才向他汇报（谁知道高会瞒下什么大事呢）。

乱伦高手。杨贵妃原来是他儿子寿王的妃子。他是想尽办法把儿媳弄到自己的床上，过程就不去说了。"脏唐"里，他的"功劳"不可磨灭。奇怪的是，他为什么会下这么大的决心？费如此大的周折？做这种事情，真要下点儿决心的。原来，杨贵妃除美貌以外，还有特别的天赋，就是通晓音律，唱歌跳舞样样拿手，这一点，与爱好音乐的李隆基兴趣十分相合，自然是三千宠爱集一身了。

好了，说这些印象，你就可以看出，这个李隆基平时大概在干些什么了。因为这样的素质，你还想让他学习唐太宗？看来，唐太宗的一系列忧虑都是白费了，他的子孙比他潇洒。李隆基的兴趣在音乐和泡妞等享受上呢！

于是，我们可以设想。

李隆基第一次看到听到这个羯鼓，就异常激动，这个东西能表达他的心声，能让他放松，能让他达到想要的理想境界。俗话说了，兴趣是学习之母，兴趣会给一个人带来无限的动力！他初试牛刀，竟然博得满堂喝彩，于是信心倍增，于是不断地打啊，打啊，有空就打，没空也要想办法挤时间去打。有一天，宰相姚崇来请示任用干部的事情，李隆基就懒得理他，不理他的理由是，你宰相就不应该把这么琐碎的事情拿来烦我，什么事情都要我处理，那我还要你们宰相干什么？这说明，他早就知道皇帝只要抓大事就可以了，不必事无巨细都要躬亲的。但这个羯鼓不一样，这是我的最爱。我有这样的特长，为什么不发挥出来呢？皇帝就这么任性！

我在清朝余怀的笔记《板桥杂记》中，还读到一则《教坊梨园》，他也写到了李隆基的这种音乐爱好，他基本上就是一个优秀的音乐学教授，既知音律，又酷爱法曲（道观所奏之曲），《霓裳羽衣曲》就是法曲经典。他还选极漂亮女学生三百名，在梨园亲自授课。

不幸的是，唐朝无与伦比的美好时代，就这样被他给打坏掉了。

喜欢羯鼓无罪，喜欢音乐无罪，可谁让他是皇帝呢？

4

说到李隆基的音乐才能，话题一下子多了起来。

他堪称唐朝第一音乐天才，动手能力极强。骊山有鸟名叫阿滥堆，叫声好听，他就将它的声音谱成曲，直接取名"阿滥堆"，左右皆能传唱。"至今风俗骊山下，村笛犹吹阿滥堆。"（张祜《华清宫》）

所以，他皇帝做得六七分，音乐才能却有十分，不仅鼓打得棒，戏曲学院院长做得称职，花脸也唱得好，还充分体现在对马的培养上，他能指挥人，将一匹匹野性十足的马，训练成中规中矩、听着音乐立即起舞的表演马。

公元855年，唐朝作家郑处诲，他的笔记《明皇杂录》里，就有对舞马的生动描写。

四百匹从各地精选出来的良种马，被送进了宫中，还有塞外各少数民族首领进贡来的，品质都是一流。这些马来源杂，犹如电影学院招生，人数虽少，但全是行业拔尖级的。

这基本上就是一个超大型的舞马文工团了，这个团里，马是主角，人是配角，一切以马为中心。

每一匹马，都取有名字：靓仔、伟哥、帅小伙，全是好听的某某宠儿、某某骄子，宝贵得很。训练时，分成左右两队，各有指挥。随着旗帜的舞动、音乐的节奏，马们开始做起了简单的动作，由混乱到整齐，由简单到复杂，等练到整齐划一时，场面就显得十分宏大。

李隆基将自己的生日八月初五这一天，定为千秋节，做梦都想千秋万代。节日那天，唐都长安，勤政楼前，文武百官和长安的百姓，都可以观看这场盛大的歌舞表演，人们似乎更期待马们的精彩表演。

舞马就这样出现在人们面前：它们身上披着鲜艳的锦绣衣服，鬃鬣也用金银装饰，还要再配上一些珠玉小挂件，盛装赛过唐朝舞娘。

年轻，身材标致，穿着淡黄色衣服，系着有花纹的玉带，一队乐手欢快上场，著名宫廷音乐《倾杯乐》响起，马们的表演开幕。

岔开一下。《倾杯乐》谁作的曲？难道仅仅是喝酒时的表演？喝酒都需要满杯大杯拎壶冲？喝酒喝得杯子都翻倒了？不管怎样，这样的音乐节奏，一定是强烈而欢快的，犹如现代劲爆迪斯科。

四百匹马，左右两列，昂首翘尾，踏着喜洋洋的节拍，绕着全场致意一圈。随着挥舞的旗帜，前后左右，马们不断变换着造型，俨然人的舞蹈。大唐山河，气象万千，物阜民丰，安居乐业，哈哈，唐朝皇帝要的就是这种正能量传播！

忽然，中间精彩动作夺人眼球：

场地中央，三层板床抬上，一勇士骑着马快速跃上板床，在窄窄的板床上旋转如飞，东西南北中，勇士和马频频向人们致意；

一壮汉举起一张板床,蹲地,站稳,一匹马迅速跃上板床,在窄窄的板床上昂首嘶鸣,东西南北中,如痴如醉。

整场表演有数个小时,几十个章节,集体舞蹈,自选花样,舞马们各显神通,唐人们尽情地饱着眼福。

安禄山也喜欢看这样的表演,但是不过瘾,看着看着,就想干自己的大事了,李隆基,凭什么我要给杨贵妃当干儿子啊,老子骗你们呢。

安禄山的倒唐运动,轰轰烈烈,沉湎于酒色音乐中的李隆基,自然一下无法应付,只有往天府之国跑去了。舞马文工团,那些很有表演天赋的马,也都失业离散。没有人欣赏,职业优越感迅速消失。

在范阳,安禄山的部将田承嗣,从安那里得到了一匹失散的舞马,当然,他只是看着马的外表好看,就将它补进战马的序列,放养在马棚里。

有一天,田大将举行军中宴会,犒赏士兵。音乐一响起,那舞马就情不自禁地舞动起来。养马人一看,哎呀,不得了,妖孽,马还会跳舞,显然不是好征兆,说不定要出什么乱子呢。于是就拿着扫帚抽打舞马。鞭子打在舞马的身上,马以为自己表演出了什么岔子,是不是跳得不合节拍啊,是不是我没有穿华丽的表演服啊,总之,舞马更加卖力地跳着,精神十足,抑扬顿挫。

见到这样的场景,养马的小官也不敢怠慢,急忙向田大将报告。田大将认为,马跳个舞,没什么大不了的,用鞭子抽打就是了。鞭打得越来越重，舞马却跳得越来越认真，它跳得越好，打得越重，最后，舞马被打死在马槽下面。

其实，现场也有人知道，这极有可能就是宫中流落出来的舞马，但是，他们都怕田大将的残暴，唉，多一事不如少一事，舞马，打死了就打死了吧。

一匹会跳舞的马，一匹有极高表演天赋的舞马，就这样死在唐朝地方军阀的乱鞭之下。

李隆基宫廷里的舞马，只是马成长发展史上的一个顿号而已，却终究成了悲剧。依我看来，这悲剧在于，有才，但不为别人所知，而且，在不适合的场合显现才能，反而被认为是妖孽。说轻点，是舞马和军队的气场不对，信息沟通有欠缺，牛头不对马嘴，对牛弹琴；说重点儿，马不去劳作，不去打仗，光会花架子的表演，以军事为重的大将当然不需要你了！

不过，我们是不能苛求舞马的，因为"霓裳法曲浑抛却，独自花间扫玉阶"（王建《旧宫人》），那些昔日表演《霓裳羽衣曲》的宫妓，也都成了扫地的杂役，何况马呢？

5

李隆基几乎是用音乐在全方位治国呀，自然，他对自己灵光闪现的月宫调《霓裳》曲，一定视为得意之作，也确实是旷世之作，于是，全体唐朝人民都膜拜。

《霓裳》曲，始于开元，盛于天宝。

除太常寺、教坊外，李隆基还专门成立梨园，在梨园中又特别成立法部，教习法曲，《霓裳羽衣曲》，就是法部最有代表性的曲目。

还有，《新唐书·礼乐志》记载："梨园法部，更置小部音声三十余人。"换现代话说，这个部，就是童声合唱团，由十五岁以下的少年歌手组成。唐朝的专门音乐机构，都要演出《霓裳羽衣曲》，这样的宣传攻势，《霓裳》得到了迅速普及。

于是，盛唐大国，霓裳翩翩。

白乐天是霓裳的研究专家，他在多首诗中写到此曲。又数次应邀入宫，近距离欣赏，体会最深，"就中最爱霓裳舞"。他的七言长诗，《霓裳羽衣歌（和微之）》，从《霓裳》曲的组成部分、舞姿、服装表演、节奏变化等，都做了极为细致的描写。

诗人眼里，霓裳全曲分为三大部分：

散序六段。"散序六奏未动衣"，这六段，没有歌舞，只是器乐演奏部分，相当于开场曲，曲调舒缓优美，"磬箫筝笛递相搀"，打击乐，吹奏乐，弹拨乐，次第发声，节奏自由，类似现代轻松的爵士乐。

中序十八段。"中序擘騞初入拍，秋竹竿裂春冰坼"，散序之后，开始起舞，讲述一个长长的月宫故事，所有的意境，也都要塑造成神话中的月宫，祥云漫漫，水袖绕撩，让人神痴意迷。

入破十二段。"繁音急节十二遍，跳珠撼玉何铿铮"，似乎从沉醉中醒来，音乐渐渐转入急促，节奏加快，舞姿奔放，循环往复，极尽酣畅，十一段后，又突然收住，曲末渐慢至散，长引一声结束。

至于《霓裳》曲的节奏，那是相当舒缓，慢板中之慢板。有多慢？"出郭已行十五里，唯消一曲慢霓裳"（白居易《早发赴洞庭舟中作》），路都走出十五里了，《霓裳》曲才刚刚演奏完。我用"乐动力"计步，比较快的速度是，每十分钟一公里，那至少也得七十五分钟，我健身，速度不慢。难道是夸张？没必要，要夸张怎么也得三日三秋的。

杨贵妃的贡献也不小，她将《霓裳》曲改编成了《霓裳》舞。他们两个神仙眷侣，在音乐方面的默契，这里不展开说了，总之，舞和曲一样，都极有名，重要场合，常常是曲舞联合表演。

唐宪宗时，《霓裳》仍然很红，但是，黄巢农民起义后，它就沉寂了。"苏州七县十万户，无人知有《霓裳》舞"（白居易《霓裳羽衣舞歌》）。

白乐天被贬江州，做了小小的司马，他在浔阳江边送客的当晚，听到了琵琶女的演奏，该女来自皇家音乐机构，且又是专业出身，自然，《霓裳》《六幺》这样的大曲，应该是必修课，加上琵琶女自身的经历，犹如作家丰富的生活实践，难怪，她会将这些大曲演绎得如此完美。

白乐天的大曲情结一直浓郁。

他做杭州太守时，业余时间还教官妓练习《霓裳》舞曲，"墙西明月水东亭，一曲霓裳按小伶。不敢邀君无别意，弦生管涩未堪听"（白居易《答苏庶子月夜闻家僮奏乐见赠》）、"两瓶箸下新开得，一曲霓裳初教成"（白居易《湖上招客送春泛舟》）。这得有多大的兴趣爱好，才能坚持下去呀。音乐就是生活，美好的音乐，能让人的精神丰富而充实。

即便整个大唐国势在不断走下坡路，国家主要领导，还是念念不忘《霓裳》大曲，欲借此重振国运，一个显著例证是，好几次的科举考试，都曾以此为题。

五代王定保的笔记《唐摭言·卷十五》有记："开成二年，高侍郎锴主文，恩赐诗题曰《霓裳羽衣曲》。三年，复前诗题为赋题。"

又考诗，又考赋，国家策略，生生要将《霓裳》的种子，种进全国读书人的心里，并深深渗入唐人的社会生活之中。

政府倡导，民间喜好，大曲的种子得以不断延续，并丰富发展。

一直到五代十国和宋代，《霓裳》仍然在小范围内流行，宫廷，或者一些高级的聚会场所，经常作为特别重要的节目演出。

南唐后主李煜，音乐奇才，凭借自己的音乐天赋，复原了失传两百多年的《霓裳羽衣曲》，堪称中国古代音乐史奇迹。

宋代张唐英的笔记，《蜀梼杌·卷上中》，还记载了一场小型音乐会："王衍，字化源。五年三月上巳，宴怡神亭，妇女杂坐，夜分而罢。衍自执板唱《霓裳羽衣》及《后庭花》《思越人曲》。"

王衍是前蜀国的国主,他举行宴会,亲自执板唱《霓裳》。看来,兴趣爱好,像李隆基那样的,也不是绝无仅有。

南宋周密的笔记《齐东野语·卷十》中,记载了《霓裳》舞在宫廷里演出的情况:

> 《霓裳》一曲,共三十六段。尝闻紫霞翁云,幼日随其祖郡王曲宴禁中,太后令内人歌之,凡用三十人,每番十人,奏音极高妙。

这里说到了大曲的乐节。紫霞翁尽管年纪小,但小时候记性也好,观看到的《霓裳》曲和舞,仍然记得很清楚:"三十六段,融歌、舞、器乐演奏为一体,和白乐天的诗暗合。"

南宋丙午年(1186年)间,著名词人姜夔,旅居长沙,在乐工的旧书中,偶然发现了《商调霓裳曲》的乐谱十八段。他还颇有兴致地为"中序"填了一首词,《霓裳中序第一》,连同乐谱一起,被保留了下来。

清代王国维的《唐宋大曲考》中,对大曲有详考,许多大曲舞都是循环往复,要一遍又一遍地跳,每一遍都有不同的调,跳得也不尽相同。《破阵乐》,要跳五十二遍,《庆元乐》七遍,《上元舞》二十九遍。

嗬,讲一个道教的神仙故事,云里雾里,总要身临其境回肠荡气才好,否则,怎么叫大曲呢?

6

宋代国家四分五裂，文化却超级发达。大曲的种子，仍然顽强延绵，因为它有良好的音乐环境。

举一个例子。

在《梦溪笔谈》的同一卷中，沈括还向我们描绘了寇準的另一种形象，他也擅长舞蹈。

寇準，封号莱国公，喜好《柘枝》舞。

其实，《柘枝》舞也很有名，也算宋代大曲了，宋代官场上官妓常舞。"柘枝舞本北魏拓跋之名，后则易而为柘枝也"（宋代温革《琐碎录》），看来，此舞，历史非常悠久了。

寇準与客人聚会时，一定要跳个痛快，每跳一次，一定是一整天，当时的人们都称他是"柘枝颠"。沈括采访到，凤翔有一个老尼姑，就是寇準当年的柘枝伎，她说：当时的《柘枝》曲还有几十遍，今日所舞的《柘枝》和当时相比，遍数不到十之二三。

这是一个官员的典型业余爱好。记载虽然简单，但可以读出许多内容。

宋朝官员的生活很富足。有大量的冗余官员，官员生活大多奢侈，这种风气一直带到南宋的杭州城。据说，当时，杭州城里有澡堂三千多所，人口百余万，是个世界级的大型城市。在这样的风气中，官员有些自己的爱好是不奇怪的，即便像寇準这样的高级官员，有个人爱好，也非特例。

因为空闲，因为富足，所以才有时间去学舞。

跳柘枝舞，应该是有一些难度的，官员能够显摆他能力的是，越是难的东西他越是出色。也许是天分，他对这种舞蹈的感觉特别好，这个柘枝舞完整地跳完要几十遍，那么，可以想见，酒足饭饱的时候，在众人羡慕的眼光和掌声中，他会越跳越起劲，一遍又一遍，感觉越来越好。更何况，这样的场面，仅仅会是一些男人吗？那真太无聊了，绝对还有明眸善睐的女子伴着舞着，不要说抱着搂着了，那太俗气！

"颠"就是"痴"，技巧一定是精湛的，否则人们不会送上这样的称呼，要知道，寇大人可是一位重量级的官员呢。

沈括只是事实记叙，并没有任何的褒贬。我觉得，以寇大人的声望，他的这点儿爱好理所应当，应该允许官员有爱好嘛。

舞蹈绝对可以修身养性，不仅能锻炼身体，更是一种情趣。要知道，我可是利用业余时间学的噢，这是正当的娱乐活动，凡是正当的娱乐活动，我们都要支持，官员带头也是应该的。

你说我一玩一整天？哎，双休日懂不懂，这是我私人的时间，可以自由支配的——最高领导还有自由空间呢！

我会跳舞，你们不要看得太复杂了，这和苏东坡会写诗作词作画，道理是一样一样的，只不过他的爱好比较阳春，比较白雪，我的爱好比较下里，比较巴人嘛！

可以想象的是，暖风熏得官员醉，夜夜笙歌日日舞，天子呼来不上朝。美好的大宋王朝啊！

7

再简单说一下《六幺》。"初为《霓裳》后《六幺》"，《六幺》也是唐代大曲中流传极广的一首。

白乐天的《琵琶行》中，琵琶手演奏，白乐天描写，并没有分开，想来，它只是调名不同，表达的内容却差不多，美妙度也是一样的，但《六幺》也是鼎鼎大名。

许多资料都指证，《六幺》原来叫《绿腰》，再早叫《录要》，在唐代就有歌、大曲、器乐曲、软舞曲以及词调《六幺令》等不同的音乐形态。

宋代吴处厚的笔记《青箱杂记·卷八》云：

> 曲有《录要》者，录《霓裳羽衣曲》之要拍，即《唐书·吐蕃传》所谓《凉州》《胡谓》《录要》等杂曲，今世语讹为之"绿腰"。

这也就是说，《六幺》源出《霓裳》，是简明版。

唐段安节的《乐府杂录》中有《琵琶》一节，写了以"六幺"为主题的斗乐故事，非常有趣。

贞元年间，长安大旱，皇帝下诏，在南市举行祈雨仪式。仪式隆重而热烈，从南市，一直到天门街，百姓的娱乐活动热闹非常。街东，有个叫康昆仑的乐手，琵琶弹得最好，他们认为康无敌，请他登上彩楼，弹一曲《新翻羽调绿腰》。见此情景，街西，也建一楼，东街人就大不屑，认为琵琶高手在他们那儿呢。有天，康昆仑又登东楼演奏了，这时，西楼上，出现一抱着琵琶的女郎，女郎对康昆仑说："我亦弹您这首曲子，请您指正。"女郎一出手，声如雷，妙入神。康一下惊倒，急忙拜师。女郎更衣出见，原来是个僧人，他是西街富豪花大价钱从庄严寺中请来的，僧人姓段，专门来和东街斗乐的。

这样的音乐盛事，立即惊动了朝廷。第二天，德宗将他们都召入，让他们各自施展琵琶绝技，并要求段僧收康昆仑为徒。段大师要求康："你再弹一曲我听听。"康弹完一曲，段大师责问："你的琴声，不正呀，怎么夹杂着邪气？"康学生再次倾倒："段师神人啊，我少年初学艺，曾经和邻居的女巫祝学过，她教我《一品弦调》，后来，我换了好多任老师，师法混乱。"段大师发话了："你如果要向我学，必须不碰乐器十年，忘掉原来的东西，然后我才可以教你！"

这场拜师，当着皇帝的面进行，德宗特地下令：康昆仑，你就好好拜师吧。

后来，康昆仑果然学到了段大师的好技艺。

大唐人民能将祈雨都过成音乐节，朝廷对音乐又如此重视，足见《六幺》曲的影响之大。

《韩熙载夜宴图》，中国古代一幅著名的画，五代画家顾闳中所作，画中，《六幺》舞蹈，神态逼真。

这幅画的来历，充满了喜剧的味道。

南唐后主李煜不放心中书舍人韩熙载，这老韩，家里常常宾客云集，不会是搞小团体吧，今晚又有人报告，他家要举行大规模聚会，那什么，小顾、小周（文矩），你俩晚上潜入韩家，明天向我报告具体情况，我实在不放心。

小顾、小周都是画家，他们索性将场面画了下来。据他们仔细观察，参加宴会的人员有新科状元、太常博士、教坊副使、走红的歌女舞女，觥筹交错，气氛热烈，通宵达旦。

顾画将这场著名的宴会分为五个场景。第一场景，琵琶独奏。虽然没有指名弹奏的曲名，我很自然地将其想象成《霓裳》曲，在这样高规格的场合，在这样美好的夜晚，还有什么理由不弹第一大曲呢？第二场景，《六幺》独舞，舞女王屋山，长衣窄袖，扭腰回眸，男女宾客皆有人拍手击掌，看，老韩还兴致勃勃亲自打鼓伴奏呢。

《六幺》如同《霓裳》，到宋代，也一直在流传，但形态有了新变化，调式有所增加，最主要是规模大大缩减，常使用"摘遍"的形式。唐大曲多至数十遍，宋代往往根据场景，按需所取，各自裁截，有的时候，只演出大曲中自"入破"到"杀衮"的一段，称"曲破"。

宋代王灼的笔记《碧鸡漫志·卷三》例证：

> 后世就大曲制词者，类从简省，而管弦家又不肯从首至尾吹弹，甚者学不能尽……然世所行《伊

州》《胡渭州》《六幺》，皆非大遍全曲。

南宋周密的笔记《武林旧事·卷一》里，记载了天基圣节皇帝观看的排当乐次：

> 天圣基节排当乐次……正月五日……再坐第一盏，觱篥起《庆芳春慢》，杨茂……第七盏，鼓笛曲，《拜舞六幺》……第十五盏，夷则羽《六幺》。

在整场演出中，阵容豪华，演员众多，乐手繁多，一盏又一盏。在第二环节，《六幺》舞，出现了两次。

《六幺》就是《霓裳》的《录要》，虽然不是回环往复，但李隆基身临其境的那种仙境，亦梦亦幻，实在美妙！暂时忘掉所有的一切，什么收复中原，那都是奢望，过好一天是一天，今朝有舞今朝舞！

8

时光的长河流，跨过元，跨过明，一会儿就到了清。

这里要说一个我的偶像，杭州人洪昇，他在《长生殿》里，让《霓裳羽衣曲》又一次生动地飞扬。

我迷洪昇，说来话长，得从我妈那儿说起。

我妈喜欢唱黄梅戏，在她还是如花似玉年纪的时候，H老师告诉她：她不仅可以演七仙女，她也可以演杨贵妃。只是20世纪60年代，七仙女是劳动人民，杨贵妃是贵族。我妈每每说到这一段的时候，总是眉飞色舞，两眼发亮，我似乎看到了一个热爱戏曲的可爱清纯少女，对杨贵妃的渴望。

在我妈不断的念叨中，我也对杨贵妃向往起来了。我在想，这个唐朝美女，是怎样地风情万种，怎样和唐明皇卿卿我我，恩爱到死，死了都要爱。不过呢，那时，我们村里的人们，只知道《贵妃醉酒》，不太会知道《长生殿》，当然，对编剧洪昇，更不知道了，就如现在人们看影视，只关注演员，不太会关注编剧一样。

1980年10月的某天，我钻进小树林中的浙江师范学院古籍图书馆，对一位中年管理员怯怯地说道："我想找，洪昇的《长生殿》。"

管理员朝我看了看，微笑转身，拿着一本沾着点儿灰尘的旧书："喏，给你，登记一下，小伙子，中文系的吧？"

我还是羞答答的样子："嗯。"

心里默念过许多回，这是我和洪昇真正开始的亲密接触。

他自己都说了，填词四十种，一生精力都在《长生殿》。从《沉香亭》，到《舞霓裳》，再到《长生殿》，十年磨一剑，剑出手，戏剧江湖风振雷动。看看，第二稿，他简直就想以《霓裳》直接做全剧名。

洪昇带着我，朦朦胧胧进入了《长生殿》：唐明皇欢好霓裳宴，杨贵妃魂断渔阳变。鸿都客引会广寒宫，织女星盟证长生殿。

我如饿狮般扑向杨贵妃。定情。春睡。禊游。幸恩。闻乐。制谱。进果。舞盘。窥浴。密誓。呵呵,真个是风流天子,好有情调,还窥浴。

唐明皇我是鄙视的,天子风流国家遭殃,他西逃。陷关。惊变。埋玉。贵妃死了,他的日子怎么过呢?冥追。骂贼。情悔。哭像。神诉。雨梦。觅魂。补恨。重圆。国事小,情事大,一切的一切,都为了一个"情"字。

1984年9月,我在浙江桐庐的一所高中教语文。讲关汉卿的《窦娥冤》时,讲着讲着,一下子就绕到了《长生殿》,信口讲洪昇,杭州人洪昇。讲完了再自顾自感叹一回,人世间,帝王,还有这般的爱情,纵然生前不能爱,求神告佛,到天堂里再相会。其实,那时,我还没有谈恋爱,只是纸上谈兵。那些学生呢,刚上高中,虽然青春粗野暴动,表现直接,但估计也没比我多懂多少。不过,他们都对洪昇很崇拜,因为,老师都这么崇拜嘛。

杭州西溪,洪昇纪念馆,一个立体的洪昇站在我面前。

有三个"月"的造型非常特别。洪昇像的背景,以新月、半月和满月烘托,解说员这么动情讲解:这是苏轼词"月有阴晴圆缺,人有悲欢离合"之寓意,暗喻洪昇,跌宕起伏的一生。

是的,洪昇的一辈子,虽然大名大噪,但绝对是悲欢离合的一生。

公元1677年的冬天，他拖着一家数口，投奔好朋友，武康县教育局长郑在宜来了。洪昇看到的武康，虽离杭州不远，却只是荒凉肃杀的街市："孤城只似村"，"附郭百家存"。且人烟稀少，还不时有猛虎出入。不过，这里有许多好朋友，没有大鱼大肉，饭可以饱，茶可以足，吟诗唱和，遍游武康，日子倒也潇洒。这一待，一直待到第二年的初秋。

2015年6月4日，浙江德清，余英溪畔。一个微风晴朗的下午，空气中弥漫着栀子花的浓香，我和洪昇，又一次相遇。

这一次，真真切切，场景翻回到了三百多年前的某天。我问洪大作家两个问题，这问题，数十年来，一直在我心中萦绕。

我问："您的《沉香亭》初稿，是在武康完成的吗？"

洪答："可以这么算。我在《长生殿》的例言里这样说：'忆与严十定隅坐皋园，谈及开元、天宝间事，偶感李白之遇，作《沉香亭》传奇。'事实上，那天谈唐朝旧事，只是灵感的激发而已，它需要长久的酝酿。我在武康期间，心情愉快，每天读书研究，积累了不少资料。可以这么说，《沉香亭》的许多基础工作，都在武康完成。"

我接着问："您为什么拿《霓裳羽衣曲》作主线，安排剧情呢？"

洪答："你读过唐朝李肇的《唐国史补》吧，里面有一则写杨贵妃影响力的笔记：马嵬坡驿站，在佛堂前的一棵梨树下，杨玉环用高力士给的一根绳子自行了断。驿站里有个老妇人，极有眼光，收得贵妃锦袜一只。住店的客人，想要看一下这只袜子，必须付一百钱才行。老妇人，因此而发家致富。"

"不要小看这则素材。贵妃的袜子，很多人都想一睹：贵妃的玉脚有多大？贵妃到底有多妩媚？唐明皇会替贵妃亲自穿袜吗？这只锦袜是哪里生产的？有着什么样的工艺？客人们太好奇，有的也许仅仅是想闻闻，有没有贵妃的体味呢？她的神秘，兴许能通过一只袜子探出大概，不为别的，就是好奇心重。'环粉'们连一只袜子都这么追，难怪唐明皇念念不忘呢！

"《长生殿》，一句话解释，李隆基生生死死都要和杨玉环在一起，天上人间都要和她一起唱霓裳舞霓裳！

"所以，我在五十出剧中，二十出都用到《霓裳羽衣曲》，《霓裳》贯穿全剧。《霓裳》不仅仅是舞曲和舞蹈了，更是李隆基和杨玉环爱情故事的代称，'长恨'化为'长生'，李杨的情感，在天上成了永恒。"

"嗯，嗯，谢谢洪大师。"

《长生殿》大红大紫后，洪大作家似乎有点儿得意忘形了，跑东颠西，参加各种戏剧节的开幕式，各种剧组摄制启动仪式，节奏也不控制一下。唉，那晚，在乌镇，他不该喝那么多的酒，运河水，就这么吞没了他！

清冷的运河水，会载着他去遥远的银河，拜见霓裳月宫里的唐明皇和杨贵妃吗？

9

2016年10月30日，我去浙江松阳县，松阳作协主席鲁晓敏和当地作家鬼鬼，陪我爬卯山，拜望唐朝著名道人叶法善。卯山脚下，是叶的出生地，也是去世后归葬的地方。

叶法善（616—722），他活了一百零七岁，是和张天师齐名的中国著名道士。

在卯山腰，有一座永宁观，观里供奉着叶法善的塑像。四周有壁画，第一幅就是"伴君游月"。

这是一个仙乐伴奏的宴会场面。

月圆形的画面上，唐明皇、叶法善、五位仙女，都踩在五色祥云上。一张矮地宽大茶几，上有各类仙果，有杯盏，有青花壶酒瓶，一仙女双手还端着一大盆仙果。唐明皇，身着明黄亮丽龙袍，右手捏着酒杯，左手打开一个笏板，似乎在阅读乐谱。叶法师，着鲜红道袍，拍打着双手，似乎是在打节拍。一仙女抱着大琵琶，正轻拢慢捻，三仙女围绕着唐明皇，左右伴着舞，飞舞起的水袖，和祥云互为云彩。

这个场面，大约就是唐代野史和宋代诸多笔记描述的《霓裳羽衣曲》来历的经典画面了。

基于李隆基是音乐天才，又是个虔诚的道教徒，我情愿将《霓裳羽衣曲》的来历，看作是一场天才型的创作，这是一次灵感大爆发。

李唐王朝，崇老喜仙，热衷于求神仙，迷信老子。

这对于取得皇位而又没有皇家正统的朝代来说，他们第一个想到的是明正言顺，即我们来掌管这个天下是上天注定的。于是，千方百计地找关系。唐皇帝就将姓李的老子当作自己的祖先了，因为李耳的名气大啊，足够向民众炫耀，于是将老子的父亲封为先天太皇。开元开得好好的，李隆基却将年号改为"天宝"。其实，老子父亲是什么人，在什么时代，历史上根本没有记载，而且，李唐的先世本是陇西的少数民族，根本不像商周两代的祖先有世系可以考察的。

有了如此深厚的思想基础，再加上叶法善深得信任，被他引入月宫听到天曲，也就不奇怪了。

当然是在梦中，大唐豪华的宫殿里，唐明皇经常做着白日梦。

我们登上卯山顶，这里是千年道观通天观的遗址。

观破墙基在，卯山草木深。遗址一片废墟，乱石，蓬蒿，杂树，藤蔓缠绕。几百平方米的山岗，千年道观的屋基，石生青苔，有的足有半人高。山岗中心甚至还有一口井，探头望，深幽然，井中有水，在强光的照射下，看上去黑黑的。鲁晓敏说，通天观，原是一座香火极旺的千年道观，不知毁于什么朝代，从现场的遗迹观察，颓废的年份已经很久了。

不难想象，通天观当年的盛景，道事繁荣，仙乐飘荡，《霓裳羽衣曲》，一定是主题，因为它连着唐明皇，连着叶天师。

叶法善活到一百零七岁，在人均寿命三十几岁的唐朝，是个奇迹，盛世人瑞。

据当地传说，李隆基对叶天师的丧事，相当重视，命令唐朝有关机构，千里扶灵回松阳。

卯山还有一块大碑，"叶尊师碑"，这是叶法善大大荣光的标记，碑文由唐玄宗亲自撰写，太子撰写碑额。原碑早就遗失，我在碑前，仔细查看新碑，此碑由杭州著名书法家蔡云超先生书写，棱角刚正，遒劲有力。

蔡先生我熟，他擅碑文书写。他告诉我，这个碑，他写了两块，一块在松阳，一块在武义。武义和松阳接壤，叶法善也在那儿修过道，括苍山，树高深幽，云雾缭绕，山峦连绵，确实是个修道的好地方。

2016年，叶法善诞辰一千四百四十年，松阳当地，正以各种方式纪念着他。

10

文化的基因，生存总是极其顽强，如杂草，只要有些许阳光雨露，它就会茁壮成长。

叶天师虽久居长安，也常衣锦还乡，九十几岁时回松阳时，他舍宅为观，取名淳和观，唐玄宗赐名并题写"淳和仙府"，且赐戏台一座。

自然，长安城里梨园的节目，也一定要带回来，不是有这么精致的戏台吗？"月宫调"，那也是必须传授的，而且要作为道教乐曲的经典，这是恩宠和荣耀。

2007年11月，我们的报纸，报道了这样的文化新闻：

多年来流传的月宫调，松阳人说很可能就是神秘的《霓裳羽衣曲》。

演奏月宫调，至少得七人，两人吹笛，两人拉二胡，另外鼓、锣、板各一人。演奏时，锣鼓在前，丝竹乐器在两边或者后面，打竹板的在中间。演奏全曲需要六七分钟。乐队队员说：我们这里迎太保、搞庙会，都要演奏这个曲子，也不知传了多少年了。

可以肯定，这并不是《霓裳羽衣曲》的全部，或者真本，但一定有她的遗传因子，因为松阳有叶法善。

还有让我惊奇的。

这个偏僻的深山县，至今有一种高腔在传唱，松阳高腔，被赞为戏剧的活化石，唱词无定格，曲牌连缀，音乐节奏却自由、高亢、绵长，带着浓浓的唐代法曲腔调。

我采访过松阳高腔的两位研究者，松阳县高腔研究会的主席刘建超、浙江丽水学院的音乐学专业副教授王建武。据他们的研究，松阳高腔，它的音乐形式是对道教音乐的糅合，最主要的原因就是，道士布道，很多庄严场合都要用法曲。另外，松阳高腔的数代艺人，基本都是道士出身。当然，祖宗就是叶法善。

松阳高腔的嫡系传承人吴永明，他被誉为"松阳高腔梅兰芳"，我们有过一次简单的网上交流。

我问："您是怎么喜欢上松阳高腔的？"

吴答："我是传承，从小就喜欢。我父亲吴陈俊，可以演绎高腔所有的角色，我们口传心授。20世纪80年代末，我在部队的文艺会演中，就演出过松阳高腔的折子戏。"

我问："松阳高腔的代表剧目有哪些？"

吴答："经过近几十年的挖掘，我们已经整理出四十多个传统剧目，比如《夫人戏》《耕历山》《白兔记》《买水记》《合珠记》等等。"

我问："这些剧目中，有明显的《霓裳羽衣曲》痕迹吗？"

吴答："《夫人戏》就是道教戏，主题音乐都由法曲构成。《贺太平》中的砍柴调，我认为和月宫调十分相似。"

作为中国音乐家协会会员的刘建超也非常肯定："松阳高腔中的《渔家乐》和《霓裳羽衣曲》的相似度在80%以上，许多唱腔中的骨干音，还有很浓的月宫调痕迹。"

2014年12月，吴永明随浙江代表团访问新加坡、印度等国，在新加坡的香格里拉大酒店，演出了《白兔记》中的一折《马房招亲》，一曲松阳高腔，震惊国外。

回望公元630年，唐朝初建，日本的舒明天皇就派出了第一批遣唐使，此后的二百六十多年间，奈良时代和平安时代的日本朝廷，一共派出了十九批次的遣唐使者。其中的使者，一定有乐师之类的音乐人才。

音乐无国界，不难想象，这些遣唐使，当他们听到《霓裳》《六幺》一类的大曲时，极有可能足之蹈之，从而将唐朝的文明远播东洋。

11

白乐天让我们记住了技艺高超的琵琶女，琵琶女带我们领略了唐朝大曲的无限神韵。白乐天用文学表现了音乐，琵琶女用琴声表现了文学。诗就是琴声，琴声就是诗，《琵琶行》和琵琶女，构成了中国古典文学史上一座伟大的丰碑。

琵琶溅起的声光碎影里，唐明皇忘情击拍，杨贵妃婀娜弄舞，众臣们整齐合掌，好一个大唐太平盛世。

"渔阳鼙鼓动地来，惊破霓裳羽衣曲。"

长恨，长恨。

然而，千百年来，《霓裳》的旋律一直撩拨人心。无论多么辉煌的物质文明，都会随尘而湮灭，但大曲的精神内核，却百世流芳。

"初为《霓裳》后《六幺》。"

《霓裳》的种子，在中国，在松阳，在广袤而绵长的千年时空里，活跃而勃发。

我之"景范"

2011年4月6日,我又一次虔诚拜谒了范文正公的像,这回是在江苏省兴化市。仔细听着讲解员的介绍,她语气中明显带着自豪,这种自豪感是把范公当作家里人向人炫耀的那种,因为,范公在这里做过令兴化人永远纪念的五年知县,范仲淹改变了兴化的历史。

而我却有一种不露声色的微微嫉妒,因为我也早已在心里把他当作我的老乡。

浙江桐庐,富春江边的富春山下,严光先生隐居不仕。也许是垂钓的乐趣让他忘记了天下的纷争,也许是他有意躲避光武帝,总之,自严光后,这座叫严子陵钓台的山就一直为后世所景仰了。范仲淹在做睦州知州的时候,就在富春江边修了严子陵先生的祠堂,每回我和朋友去严先生祠时,大家都要朗诵一下范的《岳阳楼记》,都要议论一下范的"先天下之忧而忧",这个,严先生大约是没想到的。

当然,对范公来说,兴化是他人生事业起步的地方,哪儿也不能替代。

二十七岁才考上进士的范仲淹，一直到三十四岁，他的才能都没得到很好的发挥。1023年，机会来了，他在泰州做一个收盐税的官。他发现，兴化这一带都是海涂，海水常常泛滥，于是主动请缨，要求去做治理的苦差事，一共五年，如果不是他母亲去世，他可能还会在兴化知县的任上干下去。历史对他这五年的盖棺定论是：招流散，勉农耕，轻徭赋，赈灾荒，人民有口皆碑。这还不是主要的，他的主要任务是修筑捍海堰。集中通、泰、楚、海四州民夫，积工累石，历经千辛万苦，终于修成长一百四十三里、基阔三丈、高一丈五尺的捍海堰，并建有十多座石质水闸。这堤被人称为"范公堤"。结果可以想象，堤建成后，"束内水不致伤盐，隔外潮不至伤禾"，以堤分界，东边产盐西边庄稼，堤内百余里间，鸿卤之地尽复为良田，"期月之内，民有复业耕诸田者共一千六百户，将归其租者又三千余户"。用现在的话来说，范远见卓识，他的治理一举多得，并彻底改变了兴化的经济结构，由制盐为主变为农业为主，生产力也大大发展。振兴，教化，兴化的地名都因范仲淹而一直生动且挺拔了。

范公在兴化的五年，可书者颇多，如果时间允许，如果不是我们打断，讲解员会一直讲下去的。

司马光在《涑水记闻》中曾说：范堤成后，"民至今享其利，兴化之民往往以范姓"。百姓情愿以改姓而永久纪念，这岂止是崇拜和敬仰？看到这里，脑海中马上联想起他的"荒政三策"。

在接近生命的末尾时刻，看范公如何完美收官。《梦溪笔谈·卷十一·官政一》载：皇祐二年（1050年），范在杭州知州任上遇到"两浙路大饥荒，道有饿殍，饥民流移满路"。于是，他创新性地实行"荒政三策"救民于水火：一是兴土木，以工代赈，因饥岁工价至贱，正是营造的好机会，又解决了饥民流离失所之苦；二是利用杭州人好佛事，喜旅游的习俗，大兴旅游业，一时饮食、住宿、贸易等服务行业都需要劳力，大增就业者数万人；三是拉高粮价，引四方粮商昼夜进粮，结果杭城粮食爆满只好降价，百姓大大得益。

范市长的"荒政三策"，如果放在别的地方不见得有效，但放在杭州却条条见效，为什么呢？第一条和第二条都跟杭州这个旅游城市有关。他召集各寺庙的方丈，对他们说，这种年景，工钱很低的，你们可以趁此大兴土木。除此以外，他还下令翻新粮仓、官署，每天雇用上千劳工。这里有个前提，那就是寺庙和官府还是有钱的，此所谓国富民穷。但不见得就是杭州官府有钱，也有很多其他官府是有钱的，可许多官员就是想不到这些，忧天下之忧决定了范市长的实际行动。

正因为杭州是旅游城市，杭州的老百姓很喜欢旅游、做佛事，因此，这个策略才有广泛的群众基础。不仅如此，他还组织划船比赛，并尽量拉长赛事的时间，从春天到夏天，简直是搞全民体育大赛，层层选拔，众人关注，这样就拉动了很多的行业，尽管有人告状说，范市长不顾老百姓的死活，一天到晚大兴土木，还奢侈得很，天天花天酒地，但都只是看表面，不看大局。

至于第三条，还因为杭州是个旅游城市，来来往往的人多，因此他先把杭州的粮价暂时拉高，然后等各地粮商趋之若鹜时，杭州的老百姓就得实惠了，因为那时不像现在，运输啊仓储啊什么的都不方便，粮食运进来再想出去就会亏本，还不如低价卖给老百姓呢。

此三策相当冒险，需要卓越的远见，还有被弹劾和罢官的危险，但范仲淹毫不犹豫地做了。

再回到兴化。

一千多年过去，范公的子民们对治水仍然不遗余力。

兴化有个叫李中的镇，那里以前也是一片低洼。20世纪70年代，兴化人就在低洼处有计划地栽下了两千多亩池杉。有意插杉杉真的成林了，现在它是苏北苏中地区最大的人工生态林，天天吸引诸多游客慕林而来，空气清新，天然氧吧。那天，我们一行人在林中转悠，被笔直的成行的粗壮的杉林所震惊，好大一片林，辗转其间，头顶百鸟叽喳，翻飞俯冲，斗嘴干仗，肆无忌惮。然后，我们又坐着贡朵拉从林垛沟里看杉林，船上看林，风景别致，那杉木粗大的根系上竟然长着许多"罗汉"，这里有"十八罗汉"，那里更多，大家都在议论，"罗汉"是怎么形成的，几乎每棵树的根部，只要有水的地方，都长有这种"罗汉"，猜不出更多的缘由，但根变"罗汉"，一定离不开水的涵养。也许，土地的贫瘠，更让兴化人用心琢磨吧，因为生存艰辛。其实，联系起来看，现代兴化人的导水和范公的堵水仍然是一脉相承的。

神奇在继续。

在一个叫缸顾的地方，我们被那里的千岛菜花彻底征服。万亩菜花，它们长在一个个大小不一的小岛上，登楼远眺，格子棋布，菜花在阳光下金黄耀眼，如鬼斧神工。这些岛是怎么形成的呢？是乡民们垛田垛成的。也是因为低洼，垛田的时候，乡民们不断地从沟里挖泥，垛着垛着，就垛成了小土堆。沟畅通了，田也垛成了。也许那些油菜花开了上百数千年，从来都是默默地开，对它们来说，开花只是过程，结子儿才是目的。治水的一个平常举动，却无意间带来了上百万的游客。仅仅菜花怒放的一个月，这里成了人们赏花的最大兴趣点。花让人饱足了眼福，也让乡民鼓了口袋，菜花自己也延长了生命链。

然而，这千岛菜花，仅仅只是范公堤内的一小片地而已。

写到这里，我知道，我之"景范"狭隘得很，我内心深处那点儿对范公的私心只能深藏了，兴化的"景范"已是兴化人的自觉，她成了一种精神，一种深入兴化人骨髓的人文精神。

公望富春

这两个影像,一定在黄公望的脑子里深深扎下了根,并时刻要喷薄而出:吴均《与朱元思书》的"自富阳至桐庐,一百许里,奇山异水,天下独绝";范仲淹赞严光的"先生之风,山高水长"。富春江的独绝山水,严子陵的高德遗风,一条向往已久的清江,一个终生仰慕的高士,两景成两愿,深入骨髓。

终于,在六百六十多年前的某天,黄公望七十多岁时,两个夙愿一同实现。他选择了在富春山江畔的庙山坞隐居,这里前瞰江,后靠山,白鹤墩上时有白鹤飞翔。他追着严子陵的高风,闲居修道,潜心于浅绛山水。对晚年的生活,他相当满意:"构一堂于其间,每春秋时,焚香煮茗,游焉息焉。""息"什么?自然是息名利之心了,有这样的山水相伴,还有什么可念想的?一定是"不知身世在尘寰矣"。

此时的黄公望,已声名大成,一切看轻看淡,就连画了长达三年的《富春山居图》,也是应无用禅师的要求,专题落款,这幅画，就送给无用师了，无用享有永久的拥有权。

于是，描绘富春江一带初秋景色的《富春山居图》，就成了中国山水画的巅峰之作。一般的评论苍白无力，看同时代倪瓒高度评价：大痴画格超凡俗，咫尺关河千里遥。明代大画家董其昌评价：子久画冠元四家，如富春山卷，其神韵超逸，体备众法，脱化浑融，不落畦径。清代画家邹之麟，则将山居图和王羲之的《兰亭集序》一起推崇。清代画家恽南田谈黄公望的技法之变时称赞：凡数十峰，一峰一状；数百树，一树一态。雄秀苍莽，变化极矣！

好画会长翅膀，藏不住的。

明代大画家沈石田（沈周），花重金买得《富春山居图》，朝夕相伴，日夜摩挲。在请好友题款时，未承想好友的儿子无赖，将画藏匿偷卖。沈周宅心仁厚，欲哭有泪泪三行，极度思念中，他凭记忆背临了一幅《石田富春山图》。毕竟是唐伯虎、文徵明的老师啊，因日日钻研，他对黄公笔下的山、水、景、人，烂熟于心，七米的长卷，也是一气呵成。我站在沈周的背临图前，仔细观察，数人，一个渔夫，一个渔夫，一个，一个，又一个，这里一个，还一个，还一个，还有一个，哎，怎么多出一个了？黄公笔下，画了八人，沈周笔下，多了一个，难道是记差了？极有可能！但我宁愿这样想：那多出的一个，并不是沈周记得不准确，而是有意为之，那一个，喏，倚在临江草亭边，戴着斗笠的，就是沈周自己，他已沉浸在黄公美妙的山水里，并幻化为富春山水的精灵，人画合一了！

无用禅师也是眼毒,他断言:未来的书画收藏界,将因此画而风波迭起,甚至会有巧取豪夺的阴谋!这实在是一个不太好的谶:你想永久拥有,别人也想,甚至比你更想。

果然,吴之炬得到了画,珍爱至极,又将画传给了儿子吴洪裕,儿子显然比老子更喜欢山居图,寝食与共,弥留之际,要焚图相殉。不幸中的万幸,被侄儿吴子文救出,但抢出来的画卷,已经烧去卷首,吴侄遂将其揭下,把剩余长卷又重新裱装,从此,山居图卷分成两部分,这就是现今传世的《无用师卷》和《剩山图》。现在,《无用师卷》藏在台北故宫博物院,《剩山图》藏在浙江博物馆。2011年,"无用"见到了"剩山",合璧场景,盛况空前。如今,它们都静静地躺在两岸的藏馆内,各自述说着尘湮的历史。

自黄公后的六百多年间,《富春山居图》就成了中国名画的代表。普通民众喜欢不稀奇,元明清那些著名画家如此钟爱追风,才是奇观。

除沈周外,明清不少画家都模仿背临过《富春山居图》,很多仿图也都成了稀世珍品。

细看清代的两位画家。

王原祁,"清六家"之一,擅山水,以黄公望为宗师,用笔沉稳,元气淋漓,自称笔端有"金刚杵"。他晚年的代表作《仿黄公望富春山》图,层岩圆峻,峰峦叠嶂,山云雾缠,高树披背,亭阁隐约,山下洲渚江石,林木葱郁,屋舍错落。全画借角选景,递次深入,用笔虽简劲,意境却幽邃,既得黄公之神韵，更融入了王氏秀润苍浑之笔力。

查士标，"新安四大家"之一，善画山水，笔法清劲秀远。他的《富春图》，也仿黄公望，笔触轻快，疏散简率，可分远中近三个层次观赏。远山，陂陀峻峭，密林深绿，高台草亭，岸湾逶迤，沙渚之间，小拱桥相接。中景，绿树茂林间，房舍隐隐，土台垂柳边，长木桥之上，一宽衣高士，策杖前行。近岸，乔木耸立，似有成熟果树挂满枝头，水草幽青簇簇，苔绿缀地，农家瓦舍前后相连，浅滩孤舟惬意自横。虽为仿作，却也潇洒纵横，散漫超逸。

富春江边的东吴公园，有一片刚刚落成的独特建筑群，曲面屋顶，似富春江水波连绵起伏，整个巨大的建筑，看起来就是一座山。它是著名建筑设计师王澍设计的公望艺术馆，已经将富春山水与《富春山居图》融为一体，俨然富春山居的小世界。丙申秋，艺术馆内，"竹林墙"夹杂着上千平方米的展厅，元明清诸多著名画家，他们带着自己临摹和创作的作品，向黄公望膜拜来了：

沈周，《石田富春山图》；

董其昌，《临富春山图》《仿大痴山水》；

蓝瑛，《仿黄公望山水》；

赵左，《富春大岭图》；

张宏，《仿大痴富春山图》；

高岑，《临富春山图》；

恽寿平，《富春山》；

王原祁，《富春大岭》《富春山图》《仿黄公望富春山》《仿大痴山水》；

李为宪，《富春大岭图》；

沈宗敬，《富春图》；

高树程，《仿富春山居图》；

方琮，《仿黄公望富春山图》；

奚冈，《仿黄公望富春图》；

黄均，《富春山居图》。

三十几位大家云集富春江岸，古代山水名画在中国南方的一次集中展示，他们都因黄公望而来，因《富春山居图》而来。我仿佛置身熙熙攘攘的热闹场景中，元明清的大画家们相互作揖寒暄，公望先生，居中而坐，仙风道骨，他捋着长须，不时点头赞允，颔首间，他又见熟悉的峻岩、江月、流水、松涛，当然，还有自己满意的呼吸，一颗如严子陵般安顿的闲心。

富春山依旧险峻挺拔，富春江水仍然汩汩流淌，公望富春，时间和意念流动着的，是中国古代山水画的人文和生命境界，永恒的卷轴。

张岱的盛宴

本文据张岱的《陶庵梦忆》有关章节想象而成，有真有假，请自我辨识。

公元1634年的十月，大明王朝虽已进入残喘的暮季，但著名作家张岱心情依然大好。

这一天，他带着女演员朱楚生，住进了杭州西湖边的不系园。这是富商汪然明精心建造的一只游船，船名"不系园"，取自庄子"泛不系之舟，虚而遨游者也"，由陈继儒题字。陈继儒、董其昌、李渔、钱谦益，这些著名人物都曾在这条船上饮宴过，并留下诗文。

张岱是去看红叶的。十月的西湖，已是游人摩肩接踵。行到花港观鱼，忽然碰上数位老朋友：南京曾波臣，东阳赵纯卿，金坛彭天锡，诸暨陈章侯（陈洪绶），杭州杨与民、陆九、罗三，女演员陈素芝。真是太巧了，真是太好了，我们一起去不系园喝酒吧。

这基本就是一个文艺沙龙啊，著名戏曲家、著名画家、著名作家、著名演员，这帮人碰在一起，似乎要将西湖的夜闹翻：

陈章侯为赵纯卿画古佛。

曾波臣替赵纯卿画像。

杨与民弹三弦子，说《金瓶梅》，使人绝倒。

罗三唱曲。

陆九吹箫。

彭天锡与罗三、杨与民，演本腔戏，妙绝。

彭天锡与朱楚生、陈素芝演调腔戏，又是妙绝。

陈章侯唱村落小歌，张岱拿琴伴奏，像小孩子牙牙学语。

赵纯卿很难为情地对着张岱拱手："兄弟我真是一点儿文艺细胞也没有啊，不然，我也可以为你们喝酒助兴的。"张岱笑了："唐代裴将军替吴道子舞剑，以激起他的创作灵感，陈章侯不是为你画佛吗？你今日不舞剑，更待何时啊！"赵纯卿于是平地跳起，取下他三十斤重的竹节鞭，像跳少数民族的舞蹈一样，很卖劲，很投入，众人大笑。

欢乐一夜。

晨起，张岱们仍然兴致高涨。

品着妖艳的西湖景色，张岱忽然讲起了湖：前几日，我弟弟将西湖、鉴湖、湘湖做了比较。弟弟说，西湖是美人，鉴湖是神仙，湘湖是隐士。我不太同意，我以为，湘湖是处女，美丽而羞涩，就如一位姑娘待嫁之时。而鉴湖则是名门闺秀，高傲不可碰。西湖呢，简直就是名妓，声色俱丽，倚门献笑，人人得而嬉笑轻慢她。各位,我们不如去萧山湘湖吧,看看这个待字闺中的处女。

众人自然积极响应。

从西湖去往湘湖,雇上船,大约两个时辰,跨江就到了。

踏着杭州秋的节奏,微风鼓浪,和着摇橹的欸乃声,身上溅着些钱塘江小朵浪花,这一行人就出现在湘湖边的越王城山遗址脚边了。嗯,首先要城山怀古,这可是湘湖八景之一呢。

王城旧址,有许多地方虽被草丛掩着,却是游人常来的地方。

目标,王城遗址城山寺!张岱们毕竟还年轻,兴致也高,五百级石阶,不费多少力气,就立在了越王旧城边。俯瞰王城,张岱立即精神上和唐朝的宋之问作了文学交流:"江上粤王台,登高望几回。南溟天外合,北户日边开。地湿烟尝起,山晴雨半来。"宋大诗人,描写的,正是眼前这个景象。细细观察,越王城,不大一块地方,却是个屯兵的理想场所,它隐蔽在丛山中,就像待发的利剑。最神奇的是那口佛眼泉,山顶上居然还有泉,且常年不枯,不是神是什么?越国士兵,斗志昂扬,士气高涨,金戈铁马,声震山野,越王练兵的场景仿佛就在眼前。在城山寺的越王塑像前,点香,叩首,心中默念,越王的那一份英气,让人振奋,磨剑十年,雪耻复国,这不是常人能做得到的。

下得山来,湖边寻见一茶室,张岱们坐下细细地品味了。

茶店老板看着这群人,气质不俗,走南闯北,见识广大,连忙将最好的东西奉上。

茶,湘湖旗枪。来自湘湖边的山岭间,云雾缭绕中。片片挺拔,淡绿中闻得缕缕清香,但见纯真、拙厚。

水,北干山泉。在张大作家的嘴里,他老家绍兴的陶溪、萧山的北干、杭州的虎跑,这三个地方的泉水最好。他的嘴基本是检测器,什么地方的水,一进他的嘴,立马就辨得出。

一入口,嗯,这茶不错,好茶,好水。张大作家是十分懂茶的,两浙的名茶——家乡绍兴的"日铸茶",他将其唤作"兰雪茶",并投入极大的人力物力研制改进它,扚法、掐法、挪法、撒法、扇法、炒法、焙法、藏法,怎么采摘,怎么制作,怎么收藏,都非常讲究。

各色小点心端上。杨梅干,湘湖的白杨梅,想必今年又是丰年,这梅干的成色,晶莹,核小,粒紧,丢一颗到嘴里,吮而嚼之,味香,绵长。

樱桃,诸暨的陈大画家突然喊道:"假如我等四五月份来,这湘湖的樱桃才水灵呢,它可是进献给朝廷的贡品,皇帝爱吃。"朱楚生、陈素芝,两位漂亮的女演员,嘴里含着杨梅干,娇滴滴地回应:"那我们明年五月再来啊,吃湘湖的樱桃,做一回皇帝!"音乐声、笑闹声,传到很远的湖上。

当然,张大作家最爱的是萧山方柿。

这方柿,皮绿者不好,皮红而肉糜烂也不好,在树上挂着的,青里泛红,且肉硬硬的,脆如莲藕,这才是方柿中的绝品。当然,这样生吃还不行,柿子涩口,必须用一种特殊的方法腌制:以桑叶煎汤,候冷,加盐少许,放进缸中,将柿浸在里面,大约两个晚上,就可以吃了,生脆香甜,清口异常。

吃着小点心,尝着各色水果,不一会儿,湘湖的著名特产,湖蟹上来了。

店主人笑呵呵地分发着吃蟹的配料:"快尝尝,快尝尝,这湖蟹,今早刚刚从湖里捉上来的,个儿大得很,湘湖正是吃蟹的时候。"

张大作家笑看这一桌的湘湖蟹,一边向小伙伴们传授着吃蟹的经验:"蟹至十月与稻粱俱肥,壳如盘大,螯如巨拳,小脚肉出,油如蚯蚓,掀其壳,膏腻堆积,如玉脂珀屑,团结不散,味道好得赛过其他山珍海味。哎,老板,一人一只,不够,不够,每人六只!不要让它冷掉,轮番煮着!"

饮着"湘荷露",这是当地的一种土酒,是湖边百姓将湖中的荷花采下,晒干而酿制的,有酒劲,却带着荷的清香。张岱最喜欢花了,在他眼里,花可以赏,也可以吃,更可以酿酒喝。餐桌上,当然还有青鲫鱼、鸠鸟肉,还有莼菜汤。虽是文化人,对着美食,吃相一点儿也不文雅,一个个都吃撑着了。

张岱们,从湖心云影,一直吃喝到跨湖桥上升起了新月,醉了,差不多都醉了。

新月有些朦胧,张作家醉眼观湖,眼中的处女湘湖,小阜、小墩、小山,乱插水面,四围山趾,棱棱砺砺。哎,再将那一双大臭脚伸进湖水,那叫一个刺骨的凉啊,酒一下子醒了许多。

十年后，一个延续了二百七十多年的大明王朝，转眼间就灰飞烟灭了，他很留恋，他留恋的不是王朝，而且那帮吃货玩货小伙伴呢。

晚年的张岱，常常做梦，梦他如花似玉的女朋友，梦他花天酒地的醉生活。他常梦见他的"琅嬛福地"，有古木，有层崖，有小涧，有幽篁，还要种果木，以橘，以梅，以梨，以枣，用枸菊围之。在这个福地中，可以闲坐，可以纳凉，可以赏月。

自然，他一定忘不了，1634年10月，萧山湘湖边，让他陶醉的那个夜晚。

青 海 记

我用五天时间,围绕着西宁周边两百千米的直径,东南西北地转了一圈,点滴肤浅的感受,类同于盲人摸象,只摸到了象的尾巴,或者鼻子,一哂。

1. 塔尔寺的灵魂

一进小金瓦殿,就被二层回廊里的熊、野牛、羚羊所震撼。

这些动物当然是标本,却栩栩如生,似乎还保持着当初的野性。那黑熊的两眼,白光中透着黑珠,沉稳且凶猛;那藏羚羊,两角弯曲而尖锐,好像站在高高的岩石上俯瞰,永远保持着警惕。

为什么要用这么多的标本陈列在护法神殿呢?导游手册上说,这些动物是护法神的坐骑,制成标本,表示敬意。

我却看到了佛法的伟大。

这座建于1692年的大护法神殿,殿顶中间是个法轮,两边用吉祥的麒麟做装饰，护法神很威严地坐着，用意很明显，我护法，你们，这些动物，当然受我的保护，但是，保护的同时，也意味着驯服，不要说人了，即便是动物，也被佛法的伟大而折服而俯首。你看，它们虽然有野性，队伍却整齐排列，伸着头，竖着耳，在感受，在聆听，殿内香烟缭绕，经幡随风微动，它们已经被驯服，它们已经沉浸在佛法宏大的思想海洋中了。

在塔尔寺，我时刻感受到教义的强大和威严。

大经堂，二千七百五十平方米的念经场所，庄严肃穆，它是全寺喇嘛集体听经诵经和从事佛事活动的重要场所。一百零八根立柱，全用蟠龙彩云的藏毯包裹着，上面挂着具有立体感的堆绣，佛像、菩萨、罗汉、八仙、度母，这些唐卡，每一幅都是价值不菲的文物。而柱与柱之间则被分割成若干个方块，上有长条形的禅板，方块间均铺着藏毯。

我在想象着，三千六百位喇嘛僧，齐齐地坐着，在活佛或者大法师的带领下，集体诵经，这样的场景，用"震撼"这个词，显然已是词穷。

大金瓦殿，应该是塔尔寺的核心，1379年建成的这座宝殿，佛教史志中称为"世界第一庄严"。我不想细细形容它的威严，只想描写一下那些磕长头的信众。在大经堂外面，我也看到了很多磕长头的，显然，大金瓦殿更多。这些信众，老少不等，男女不限，每做一个动作，都十分虔诚，双手合十，眼神专注，嘴里念着经，跪倒趴下，身体挺直。这既需要体力，更需要毅力，他们往往要磕满十万个头，按基本算法，如果一个身体好的人，磕完十万个头，怎么得也要好几个月，如果身体状况不是很允许，那完成这个心愿，大概需要一年的时间。

这些信众，没有人强制他们，他们完全是一种内心的自觉，是一种内心的需要，因此，他们在完成这些动作时，一定是认真而细致的，绝对不会偷工减料，他们强调动作的完美，在完美中完成他们的心愿，完成忏悔，内心坚定而清澄，不带世俗，不带杂念，为自己，为家人。

这样的虔诚，是会感染人的，也许这就是佛法所需要的。

遍知殿，辩经将佛法思想的弘扬发挥到了极致。

辩经，理不辩不明，这样的场景给人以启发，它也是宣传佛法最好的方式之一。几个喇嘛席地而坐，一个喇嘛站在前面，和坐着的喇嘛一问一答，场面热烈。

我曾有幸观摩到这样一场有趣的辩经场面。

徒弟问师父："我们修法，需不需要用功？"

师父答："需要用功。"

徒弟问："如何用功？"

师父答："饿了吃饭，困了睡觉。"

徒弟问："谁都是饿了吃饭，困了睡觉，师父不是吗？"

师父答："我不是那样。"

徒弟问："师父与常人有何不同呢？"

师父答："常人吃饭不好好吃，想这想那，睡觉不好好睡，思这想那。我吃饭的时候吃饭，睡觉的时候睡觉。"

我后来查了资料，这是一则有名的禅宗公案，它告诉我们的学法者，法无处不在，无时不在，所以，习佛修道者可以随时随地，不必拘泥于时间或者环境，更不要寻找借口。

是的，要想在辩经中获胜，不被人驳倒，那就需要博学的思想和良好的口才。塔尔寺，还是藏传佛教著名的高等学府，寺内的四大学院，显宗学院、密宗学院、医宗学院、时轮学院，我们虽然匆匆走过，但也能领略它们的风采。藏传佛教显宗学位最高的"格西"，意思是"善知识"或者"良师益友"，这个学位很难拿到，因而成为众多僧侣竭尽全力为之奋斗的目标。

在塔尔寺，我似乎一直在寻觅她的灵魂，也似乎一直在感受她的灵魂。

生死，苦乐，善恶，今昔，因果，缘起，佛法无边，向上向善，众生和谐，其实，她的灵魂不在别处，就在我们每个人的心里。

2. 贵德的黄河

在贵德，黄河是清澈明亮的，一点儿也不亚于我的母亲河富春江。

车停在贵德黄河大桥上的边上，司机说，这里的黄河，会让你们震惊的。

我们走在黄河大桥上，扶着栏杆，放眼远望。这么清，是蓝天铺在水里了吗？只见宽宽的河面上，清波缓动，沉稳有力，那种力量，仿佛是冰山的移动，上面露出八分之一，水下却是绿团锦簇。

这里的黄河，河面起码有两百米宽，七八米深。河两边的杨树参天，沙柳婆娑，偶有精致的农家乐隐约藏在树林中。

我们沿着桥缓步，不停地拍照，贪婪地呼吸，想多吸几口洁净山水带来的氧离子。我还不停地寻找答案：那清清的黄河下面有些什么？为什么这里的黄河会这么清？

黄河从巴颜喀拉山起步，蹒跚而来，逶迤至此，已经行走了一千多千米，因为在青藏高原，三四千米的高山，加上上游良好的植被，黄河一直保持着她的本色，但是她凶猛地咆哮，就如一个大大咧咧、不注意细节的女汉子，莽撞得很。

天下黄河贵德清。

到了贵德，这个女汉子却一下子温柔起来，千姿百态，要身材有身材，要相貌有相貌，气质高雅，尽显女人的风味。独一份儿的地理风光，温润的气候，丝毫不输江南。她也桃李芬芳，她也瓜果飘香，她是青海的小江南。

因为这里的黄河有她厚重的思想，有她十分强大的精神依托。

这里的精神源，有一个闪光点，就是世界上最大的转经筒——中华福运轮。

我们来到了转经筒前，膜拜。转轮顶部，有三十五尊忏罪佛，佛也要忏罪吗？我想，应该是佛们替有罪的人们忏罪，或者，他们在为自己成佛前的罪身忏罪。经轮内藏有两百部甘珠尔，就是两万余册经书，转一圈"中华福运轮"，等同于念诵两百遍经。细雨中，我们一行十余人，很虔诚地念了六百遍经，虽然我们不会念，但是，我们的心是真诚的，我们在齐齐地用力，推着经筒，不折不扣地转了三圈。我们是在祈福，祈福天地和谐、人民安康。

这里还有历史悠久的明代古城墙，因为六百多年前，这里是明王朝在黄河上游的军事重镇。

站在玉皇阁顶，贵德县城一览无余。那些明城墙，裸露在阳光下，仍然有七八米高，宽宽的墙顶，不时地现出生命力旺盛的野草，草们在风中摇曳，似乎在炫耀历史的强悍，它们在警惕地守望着边关。

这样的黄河，自然是养人的。

泉水湾度假村。和郑彬红约定，谈谈她的创业经历。一直到我们临出发时，她才匆匆赶来，连声道歉，说刚刚在梨花村农家乐忙，那是她的另一个产业，走不开。

见我的时候，这位娇小的中年四川女子，戴着一顶遮阳帽，背着个小坤包，手里拿着车钥匙，忙碌中仍然透出几分妩媚。果然，就如饭桌上听到的这条线索，她确实有些传奇。

1994年以前，郑彬红还是四川内江的一位幼儿园老师。工作没两年，就评上市里的优秀教师，人事上的原因，一激动，自己下海。因为舅舅在西宁，就往西宁发展。当初，仍然带着她的梦想，做幼儿园。可是理想和现实总是脱节，她又跑到李家峡，开起了第一家江河源酒店，掘到了第一桶金。1999年，她又回西宁，开起了国华大酒店。因为聪明又肯吃苦，餐饮做得风生水起。"非典"之后，她把目光瞄准了贵德的拉西瓦，在那里开了江河源酒店，因为贵德的地理环境优越，离西宁又近，2007年，她在贵德开办了第一个农家乐——梨花村农家乐。

2013年，她又做成了泉水湾度假村。

这个度假村，有四十多亩，村内有两个大鱼塘，还有不少菜地。她说："我就想做一个有田园风光的，能自己采摘，自己养鸡养鸭养羊，让人们能互动参与，尽享贵德风光的农家乐。旺季的时候，这里有工作人员六十多人，你可以想象出，贵德最好的农家乐，人头攒动，热闹非凡。"

确实，昨天晚上，我们是住在泉水湾的，夜里九十点钟的时候，热闹的人群散去，只留下寂静。屋外的池塘里，蛙鸣，一阵阵，几乎不知疲倦。清晨一阵大雨，虽是7月，我却穿着厚厚的外套，坐在餐厅外面的遮阳伞下，捧着唐五代孙光宪的《北梦琐言》阅读，雨声似乎并没有打扰我，这样的清晨，这样的环境，让人心静得很。

告别时，我问郑彬红，你的事业已经很成功了，你还有什么梦想呢？她有点儿羞涩地说："如果要说梦想，将来就是将农家乐进一步完善，做旅游产品。另外一个就是，我还想办我的幼儿园，圆我的初梦，我很爱孩子。"我祝愿她："你一定会很好地实现自己心愿的。"于是，她笑得很灿烂。

是的，一个温婉而聪明勤快的女子，有着坚定的梦想，带着爱的温度，在贵德这样的好地方，有什么事业做不好呢？

3. 从互助到门源

按计划，我们本来是先去门源的。

门源是个回族自治县，位于祁连山脚下，在青海海北藏族自治州，距西宁大约一百五十千米。

我对祁连山的印象，停留在读书时的地理课上面。我只知道，这座山，横跨青海和甘肃，是中国的主要山脉之一，虽然排名并不靠前，却是名山。

因为前一天大雨，西宁至门源的黑泉水库地段塌方，所以，我们只得改道。往门源的行程，就从海东的互助土族自治县起步了。

在互助土族自治县的纳顿庄园，我详细地了解，土族和土家族的关系。庄园的工作人员笑了：我们土族，是一个完全独立的民族，我们有十九万人，我们有自己的语言，我们有自己的文字，从她自豪的口气中，我断定，因为我的无知，她有点儿恼了，不过，语气仍然坚定而柔和。

我迅速弥补常识，却意外发现，土族是鲜卑的后裔之一，吐谷浑王国的后代，又肃然起敬。鲜卑是一个古老民族，内蒙古和林格尔县的博物馆里，那墙上的一句话，我至今牢记：一个民族的消失，不是消亡，而是融合。是的，北魏拓跋部，胡服骑射，他们当时将七十多个本族姓，改成汉族的姓，在那张长长的姓氏转换表里，我惊喜地发现了我的姓：陆——步六孤。我不知道我的祖先是不是从步六孤改来的，但历史却确实有步六孤改成陆的。

如此说来，陆和步六孤，步六孤和吐谷浑，吐谷浑和土族，应该都有联系的了，这是不是我的根所在呢？

吐谷浑王国，怎么消失，怎么变成土族的，这让历史学家去研究好了，我用不着去思考的。我们喝过纳顿庄园，西北地区最大青稞酒窖的酒，几位同行快乐地做过土族人的"女婿"后，我们就向互助北山国家森林地质公园奔去，那里是祁连山东南部一颗翠绿的宝石。

我们认识祁连山，就是从北山森林公园开始的。

满山的桦树，有红桦，有紫桦。成年红桦，那粗壮的树干，外衣已经褪去，露出他那光滑而结实的脸膛，红扑扑的，带有一点点玫瑰色的红。成年紫桦，一样的粗壮，却很低调，褐色的脸膛，显得有些粗糙，却有着大山般的成熟稳重。

司机说，现在是7月，要是你们9月再来，这些桦树，又会以另外一种姿态迎接你们的，那时，层林尽染，是金黄染的，带着些许金子般的贵族黄。

第二天，我们还是迫不及待地往门源赶了，因为，那里有一场文学交流，那里更有另一种金黄。

7月的门源，是油菜花的天下。很壮观，非常壮观，一路只听到这两个高频词语。

一路为绿色而惊叹。车至门源县岗青公路石沟段，我们下车，前方是无际的高山草原，退耕还绿后，那些草原正勃发出无限的生机。找到制高点，眼前这个高原小村庄，像被一大张绿毯子卷盖着一样，连天接地，麦苗，油菜花，更多的绿，各色各样的绿，黑牦牛，白绵羊，星星点点，层次感分明，移步换景，人在景色中，景在人眼中，景我两忘，拍不够，拍不停。

中饭在泉口镇旱台村浩门河畔吃，一家藏在沙棘丛中的农家乐，又让我们流连了两个小时。清澈的河水，被小水坝隔成一截儿一截儿，中间游鱼徜徉，两边的沙棘，粗壮成林，和我们在高山草原上看到的沙棘比，完全是另一种生长方式，不禁感叹植物的生命力，只要给它生长空间，它就可以给你一个不一样的鲜活面孔。这种沙棘林，不仅增绿，更能防止水土流失。

午后的阳光下，我们向着门源油菜花的集中地出发。

公路两边，是无际的金黄，这种金黄，黄到想把那湛蓝的天空都要染成金色一样。全国各地，我看过不少的油菜花，但是，门源百里油菜花，应该是全国之冠了，金黄的尽头就是大山，这应该是一个山谷中的狭长平原，只是这平原，太长了，车子并没有减速，听着我们的不断惊叹，司机只是说，我们要翻山，到山上的一个平台上，那里是看油菜花的最好地点。

我们要翻的这座大山，叫达坂山，她是祁连山脉中的一座。

车子喘着粗气，费力盘旋，终于到了观花台。

这里确实是看油菜花的好地方，伫立眺望，那百里油菜花像极了一条宽宽的腰带,青稞镶边,菜花流金,使门源川一下子生动起来。这就是一条金腰带,不仅自身扮相俊美,还吉庆,还招财,游客从全世界各地的不同家门出发,源源不断往门源这扇大门汇集。这也像一条淌着金子的河,那金黄的油菜花,就是流动的金子啊,源源不断带给门源财富。

饱尝金黄的美色,我们继续向达坂山的顶部盘行。

突遇大风,沙土飞扬,遮天蔽日。

突遇冰雹,豆粒大,啪啪地击打着车窗。

瞬间又晴空万里。看远山,那些散落的牛和羊,很安静,风雨雷电好像并没有影响它们。

钻过一千五百三十米的达坂山隧道,外面有一块牌子,上标:海拔 3792.75 米。司机说,隧道没修前,要从山顶过,有海拔四千二百多米呢。

南北朝的时候,门源是鲜卑吐谷浑人的牧地,这里一定水草丰盛,牛羊成群,天苍苍,野茫茫,风吹草低见牛羊。

呵呵,真不错,吐谷浑部落在互助居住,在门源放牧。

4. 对一幅曼唐图的解读

藏语中,曼,就是医学;唐,即唐卡;曼唐图,就是藏医学的教学挂图。

西宁生物园区经二路 36 号。青海藏文化博物院。

在这座世界上唯一一座反映藏文化的综合性博物院里,我们除了震撼以外，只有惊叹。藏文化的博大精深，这里是浓缩的窗口。

《四部医典》，有点儿类似《本草纲目》，却远远早于李时珍。藏医学的奠基人，宇妥·元丹贡布，在公元773至783年间，写下了这部巨著。这八十幅曼唐图，就是对巨著的图画形式诠释，它也是人类历史上最完整的教学挂图。

我在第二图《人体的生理病理》前伫立。

这张图，由一棵大树组成，通篇都是比喻，生动活泼。

大树厚厚的根基上方，分杈出左右两枝。

左树为生理树，解释生命的构成。

生理树由二十五片叶子组成：头部、胃部、胸部等以及全身各个关节十五种病的三大因素，构成人体的七种生理物质（精华、血、肉、脂、骨、骨髓、精液），三种排泄物（大便、汗、小便）。

生理树还有两朵花和两枚果：一朵是健康之花，结出信仰财富之果；一朵是长寿之花，结出无限安乐之果。

他们分类虽然简单，比如，排泄物中，唾液、精液、月经、痰、鼻涕等应该都算，但是，这没有关系，唐朝的时候，汉人的医学也不发达。我惊讶的是，他们能够抓住人类生理的本质，健康长寿，是人人向往的。这似乎是向人昭示，要做善良事，做善良人，才会健康长寿，健康长寿是果，善良人事却是因。如果因果倒置，即便你是金钢之躯，铁打之身，也不会长久。

右树为病理树，代表疾病的根源。

病理树分九大类。

产生疾病的三种内因：贪、嗔、痴，当然，分部位不同；

产生疾病的四种外因：季节影响、鬼邪作祟、饮食不当、起居不慎；

六种发病途径：皮肤、肌肉、筋脉、骼骨、五脏、六腑；

三种发病部位：头脑、肝膈、腰髋；

疾病的具体部位：骨、耳、脾、心、命脉、鼻、舌等十五类；

发病的年龄、地区、季节：老人、壮年、儿童，高寒地区、干热地区、潮湿地区，春季、夏季、秋季，九种；

疾病的结果：阳寿终结、三因相克、用药失当、伤中要害、呼吸停止、发烧过度、体温耗尽、虚弱不堪、冤鬼索命，九种；

疾病的转化：头部转胸部等十二种；

疾病的归类：寒性病、热性病。

对于疾病的起因，虽有少数解释，现在看来荒诞，比如鬼邪作祟，比如冤鬼索命，但绝大部分仍然是非常科学的。

我感兴趣的是产生疾病的三种内因：贪，嗔，痴。这几乎是所有疾病的根源和内因，一针见血。

贪，就是不满足，要得多，什么都想要。比如在饮食上，你永远不满足，那么就会疾病缠身，不要说人了，即便是峨眉山的猴子，不断地向游客讨吃的，也会患上"三高"，即便是武夷山大溪里的鱼，因为游客不断地撒食，鱼儿不断地吃，也会得肥胖症。

树图上，贪，用鸟兽来代替，也许，藏医们认为，野兽畜生们，不懂得节制，所以会贪。

嗔，就是生气，责怪，发怒。什么情况下会嗔呢？如果没有一定的修养，什么时候都会发生嗔。我的工资为什么这么低？我的房子为什么这么小？我的孩子为什么不如别人的孩子聪明？领导为什么老是和我过不去？同事为什么老是喜欢背后说我坏话？他明明错了为什么不向我道歉？太多了，我们每天都有太多的不如意，这些不如意，会让我们的身心燥热、烦恼、不安，甚至犹如火烧。

树图上，嗔，用蛇来代替，很形象，一不小心，埋在心底的那个嗔就会钻出来咬人的，其实不是咬别人，咬的是自己。

痴，就是愚蠢，傻，无知，精神失常。这本身已经是疾病了，没什么好说的，要说的是另一种痴，就是过分入迷，极度迷恋。这往往会成两个极端：一个极端是，那些成名成家的，好多都痴迷于一个领域，其实，这并不是真正意义上的痴，而是专注，极端的专注；另一个极端就是，如果对某一事某一物有太多的痴，也会迅速走进贪的边界。

树图上，痴，用猪来代替，也非常形象，吃了睡，睡了吃，懒而馋，饱食终日，大难来临，仍然不知危险将至。

博物院柔和的灯光下，用金银、宝石、珊瑚和矿物质颜料、藏红花、茜草等植物颜料绘制而成的生理疾病大树图，虽过了数百上千年，依然绚丽多姿，栩栩如生，让人过目难忘。

虽有痴说和宗教的因子，但瑕不掩瑜，它仍然是中华医学科学的珍贵宝典。

关　于　家

　　萧山湘湖，跨湖桥博物馆，有一组早期人类生活的场景，第一个是这样的：八根屋柱，支撑起一个小平台，平台的材质是松木板，地板上盖个小茅屋，一扇小门，门、屋、墙都用厚厚的茅草制成。屋柱的下面，有几头猪，大小不一，形态各异。

　　一间屋，几头猪，这是"家"的最原始意义。所谓"家"，就是有房，有猪，房子是栖身的场所，猪是财产财富的象征，有了猪，可以让生活更美好。仓颉造字时的想法，基本符合人类早期生活的实际。

　　其实，这种家的原始义，一直延续到八千年后的现代。20世纪，中国农村大部分家庭，都会养猪，几头或十几头，剩汤剩水、田野里的各类野草，就是猪最好的饲料。猪是农家银行，猪也是改善人们生活的必需品。

　　数千年来，"家"，至少生发出十几种引申义，但在浙江金华的寺平古村，我却看到了一种新的意义：家+。

一进寺平，组织者交代我们：下车后，会有"家长"来领你们，他的家就是你们的家，你们吃住，都在这户人家。

我被"家长"戴文汉（张根妹）领走。

张根妹，黝黑的脸，扎个马尾辫，中年大姐，话语简洁，颇显精干。

戴家临街的新屋，院子里的一排兰花，让我眼睛闪亮。她说家里养了不少兰花，院子里这些花，大部分是老戴从山里挖掘而来，虽不精致，却有一种山野勃动的生机。

晚餐。春笋、咸肉、猪爪、螺蛳、香椿、马兰头、土豆、河鲫鱼，一色农家味道。有一个金华特色菜，烂菘菜滚豆腐，从没吃过，类似绍兴的臭豆腐，却更臭，这道菜的窍门是，白菜切碎，撒上盐，一层一层装进坛子，烂足三年，味道才浓。烂菜一上桌，三下两下，碗里就没了，主人以为客人一定吃不习惯，我们却已大汗淋漓。当然，还有自酿的米酒，甜滋滋，经不住劝，几杯下去，有人就进入要扶墙的状态。

早餐。汤圆，皮是糯米粉做的，个头儿比一般汤圆大些，馅不是芝麻、猪油、白糖，却是可口的碎菜，张大姐说，这是正宗的金华汤圆。十二只汤圆，一只只以极快的速度滑进了我的胃，不剩汤。

寺平，居住着大部分戴姓人。

这座古村，建于明代初期，以"七星伴月"为主体构图，月是村中的一个形似月亮的大湖，七星是绕湖的七座殿堂，根据七星的方位，将七座殿堂一一对应，安乐寺、其顺堂、立本堂、崇德堂、崇厚堂、敦睦堂、百顺堂，分别都有不同的含义，代表力量、智慧、幸福、爱情、勇气、和气、圆满。七座殿堂的不同含义，就是人们对家的种种美好寄托和向往，希冀达到"天人合一"的理想境界。

我两次走进戴氏义塾。

前一天下午，嫌人多，闹哄哄，人们拍照喧哗，墙上挂着许多国外学子游学的照片，让外国学子领略中国传统文化，从私塾开始。

第二天早晨，六点多，村里的大广播就将我们催起，播新闻，放音乐，一派忙碌。高分贝，并不刺耳，却有一种熟悉，似乎一下子又回到从前的乡下，一村的热闹，就是从广播开始的。我又踏着鹅卵石古道，漫步到义塾。大院极空旷，阳光鲜亮，射在斑驳的砖墙上，仔细观察，那门楼，从门框往上，从屋檐往下，精细的砖雕，层层叠叠，各色图案，十几个层次，各层都有不同的主题，儒释道，虫鱼鸟兽，都在讲述不同的故事，内容海量，让人叹为观止。专家称赞，寺平有中国最漂亮的砖雕民居。

义塾的另一角，一位老人，蹲在阳光下吃早餐。

我问老人："高寿？"

老人答："我年纪还轻啦，只有八十二。"

我问："您住这儿吗？"

老人答："是的，我的任务，是管理戴氏义塾。"

我再问："有工资吗？"

老人笑笑："有，一天十块钱。"

我又问："您管这里多长时间了？"

老人答："十多年了。"

老人补充道："这是我们的家啊，我不在乎钱！我看到你们能来参观，很高兴的！"

走在寺平古村，那些憨厚的村民，都会给你笑脸，是的，我们是到他们家做客的，中国人向来有好客之道，他们六百多年的家，保存完好，不仅如此，看看那些堂的名字，崇德、崇厚、敦睦，哪一个都是不言之教，教人向上向善。

到寺平的游客，都分散住在各农户的家里，家里各项设施比一般的家庭更全，村里有二十多户这样的家，这种形式，统称为"家+"，这是家的新模式，来寺平，让你感受另一个家。这里，既是有文化传承的大家，又是让你放松心情的居家。

寺平的北面，是九峰山。

兰谷东南峙九峰，芙蓉朵朵插晴空。

山岩下的九峰禅寺，始建于南朝天监年间，已有一千五百多年的历史。涯下山泉，如发丝如细线，滴答在我的脸上。进入禅寺，正堂的后方，有一个小门洞往岩石里伸，住持说，那是达摩面壁的地方。猫腰钻进，洞的面积约有几十平方米，一尊达摩像，双手合掌，似在冥想、苦念，但可以肯定地说，他一定是将这里当作他的家，在这个家里，他专心致志，力臻达到他理想的境界。当地提供的史料证明，达摩面壁九年，从嵩山到浙江的义乌，之后到汤溪，建了这座禅寺。达摩圆寂后，当地村民，在九峰禅寺最高峰的岩壁上凿岩缝，将其"悬棺葬"。

我往九峰栈道爬。

山峡的对面，是层层岩壁，层壁之间，尚未完全盛开的映山红，依然艳红，只是在蓝天下显得淡了些。摄影师，指着无数大小不一的洞穴兴奋地说道，他小时候，经常看到对面岩壁上，有山羊在爬动，那些山羊，身材矫健，如履平川。也许，在野山羊眼里，那些峭壁上的岩洞，就是它们温馨的家，挡风避雨，冬暖夏凉，最最关键的是，它们有十足的安全感，没什么外物，能伤害它们。

岩洞依旧温暖，只是，野山羊，仅存在于我们的记忆中了，令人感喟。

不过，我的感叹，在金华市木版年画博物馆里，却变成了另一种文化传承影像。

南宋迁都杭州后，杭州、金华等地，就成为中国木版年画的中心了。在这个博物馆，我特地关注了数十幅和动物有关的年画，其中，"老鼠嫁女"，就有好几个版本。看其中的一幅：一只戴着官帽的老鼠，骑着老虎，在前面引路，四只老鼠是仪仗队伍，各举旗帜，有状元旗，有及第旗，大花轿则由另外四只老鼠合力抬着，轿中的新娘鼠，头戴艳花，身披红袄，边上呢，还有更多的老鼠，它们在卖力地吹打，也有抬着礼物的箱子，还有恭贺的猫们鱼们。栩栩如生的老鼠们，抬着花轿，一路兴高采烈，向它们的家奔去。

人与动物，其实生活在同一现场，完全可以和谐相处，老鼠只是象征物，借喻体，它借代一切生命。子丑寅卯，鼠为大。

岭下，坡阳古街。

村口，一面硕大的心形笑脸墙，彩色，醒目，男女老少，张张笑脸，当然还有花朵一样的婴儿，他们笑得天真、自然，是那种各种烦事碎事统统抛诸脑后的释然，是那种可以任意东西舒张血脉的家的感觉。笑脸墙的边上，还有创建美丽家庭的标准，庭院环境，家居人文，勤劳致富，邻里和睦，爱心奉献，每一条，都有具体的标尺判别。

我走进居家养老服务照料中心，这又是一种"家+"。

小黑板上，今日购菜单醒目：肉 53 元，萝卜 15 元，笋 11.5 元，蒜 6 元，豆腐干 25 元，总共 110.5 元。

食堂用餐老人形象栏，我仔细看了，二十几位老人，最大的 1921 年出生，最小的是 1941 年出生，有照片、监护人电话，他们每餐付两块钱，其余的村里贴补，或者来自捐献。爱心榜上，我看到最近的三笔捐献是：2015 年 11 月，陈桂有，猪一头，毛重 260 斤；2016 年 1 月，朱金寒，人民币 3000 元；2016 年 3 月 17 日，岭下成泰银行，米 100 斤，油 2 箱，餐巾纸 1 箱，纸杯 1 箱，塑料袋 8 捆。

居家养老，不离家，吃喝有地方，还少花钱。金华的大多数村，几乎都有这样的养老中心。老吾老，以及人之老，老人生活安逸。

在澧浦，我又发现了一个诗意的名字：琐园村。

抬头就是一条深深的古街，幽远深邃，街头有几丛玫瑰在调皮地笑着,我忍不住和古街合影。4月1日,江南春日午后的温度蹿高到二十八摄氏度,我穿着红T恤,有人在边上调侃,敢这么露,身材还是有自信的。我笑,家嘛,随意!

琐园,大部分是严光的后裔。

我读古典笔记多了,总觉得这和笔记有关。急问导游:"为什么叫琐园呢?"原来是"锁",一把锁的锁,严氏先辈认为,"锁"字不利于向外发展,将自己锁住,就是闭关自守,改成"琐园",王字旁,就是玉,玉也象征人的品格、做人的操守,琐园就这么诞生了。

果然,在这个园里,严氏的后人,将严光的品德,当作他们传承的精神支柱。怀德堂,中间是严光的像,左右的对联,我们熟知,范仲淹所写:云山苍苍,江水泱泱,先生之风,山高水长。

祠堂里有一块匾,上有琐园村家规家训选登,摘录几条:

> 良田百亩,不如薄技随身。——严炎明
> 耕读为本,不可不务。——严勇岳
> 一头白发催将去,万两黄金买不回。——严锡文
> 每事宽一分即积一分之福。——严国升
> 施恩无念,受恩莫忘。——严宗全
> 俭以养廉。——严伯寅

严光后人,将"山高水长"当作他们的精神标杆,他们无

论行事修身，都以技能、耕读、惜时、宽容、报恩、勤俭等为标准，自觉践行。

小家，大国，原理其实相通，单薄的家训，却可以汇聚成强大的精神洪流。

琐园，往北往西，和我的两个家，都很近。

1980年9月1日，我从桐庐老家，到金华高村的浙江师范学院中文系报到。

桐庐富春山的钓台，是严光隐居的地方，他将自己藏得好好的，让老同学刘秀找不着，安安静静地过自己的居家日子。

金华高村，一片黄土，校外是大片田野。我们住在中文楼的四层，405室，那时正放映着一部电影，《405谋杀案》，怎么谋杀，全不记得了。我躺在草地上看书，一只牛悠然从身边经过，一只牛在抬头看天，那是真正的"牛经大学"。在这个充满书香的家里，我居住了四年整，那里，是我精神出发的地方。

现在，琐园关于家的故事，已经讲到了海外。

寺平古村的"家+"，坡阳古街的居家养老，琐园的严氏大家，当然，还有我的两个家，和萧山跨湖桥先民的家，时间虽然跨越八千年，实质却永远没变，小家，大国，我们，民族，都是心灵港湾。

遂昌的腔调

古汉语中,"遂"字有七种解释,我以为有四种意思符合遂昌:一是田间小沟,二为通达,三是顺利成长,四是成功、实现。昌,兴盛,强盛,美好。

是的,今天的遂昌,田间小沟非常美好,已经兴盛。

布衣走马观遂昌,以《牡丹亭》为旋律大调,以金矿为和声小调,以黄腹角雉为自然大调。挂一漏万。

一个名人,一座金山,一只名鸟。

布衣眼中的遂昌。

A大调:《牡丹亭》的韵味

我认识汤显祖已经好多年了。这回,第一次到他做了五年县长的遂昌。整个遂昌,似乎都弥漫着《牡丹亭》的味道。

本来,我这位朋友是要光宗耀祖的,也一定会光宗耀祖,看看名字就让人震撼了,显祖,这可是每个人都朝思暮想的事呢。他有这个实力，十四岁就入贡，二十一岁考取举人，理论上，他在二十多岁一定会考中进士的，也确实有好的机会。让他陪当朝红人张居正的儿子考试呢，他得第三，你得第一或第二，这样的机会有两次，因为张居正有六个儿子呢，都要考试的。张大官人的几个儿子，果然也是将门虎子，有状元，有榜眼。可是，这个想显祖的显祖说，他不愿意，两次都不愿意。哼，不识好歹，你清高，那就自个儿慢慢考吧。

落第是自然的事。一直到三十四岁，他才考了个三甲第二百一十一名。

有了进士资格，那就好好做官吧，不，他不安分，他还自负，东提意见，西提建议，当官不久，就被贬了，贬得远远的，到南粤广东徐闻，一个听都没听到过的小县，做典史，在县领导中，排名第四。大明王朝，县领导不多，第四根本就不是常委级别，也就没有什么话语权。

幸好，他到了遂昌，这个小县虽然偏远，却是他人生走向顶峰的地方。遂昌县长，在遂昌，山高皇帝远，他可以说了算吧。

嗯，在遂昌，确实是汤县长说了算。

因为，在这里，他实现了他的一些人生理想，爱民勤政，兴办教育，劝农田耕，灭虎除害。

我这位官运不怎么好的朋友，一直爱好戏曲。从考取贡生起，他就想好好地发挥一下，无奈，你们懂的，读书人以显祖为最大成功目标，在那个环境里，瓦舍勾栏，吹拉弹唱，都是下贱事，能有什么出息呢？于是，戏曲的种子只好深藏起来，压下，先压下吧，先混好官场。

到了遂昌，这里没人敢说你不务正业的，这个爱好可以发扬光大了。《紫钗记》，改定发表；《牡丹亭》，构思酝酿。

石练镇，石坑村，文化中心的长廊里，十几个昆曲爱好者，正在练习昆曲细十番。长笛、三弦、二胡、月琴、云锣、檀板，乐器花样繁多。五六十岁的男男女女，操琴吹笛，手指节骨粗壮，显然没有专业演员的熟练，但音乐却十分细腻，似乎是杜丽娘在泣诉她的爱情，"良辰美景奈何天，赏心乐事谁家院"。我们听得很认真，问得很仔细，生怕说出外行的话来。是的，在遂昌的好多地方，有许多百姓都有良好的昆曲素养，他们往往都会唱几句。因为这是老县长教他们先辈的，这是文化精神遗产，遗产可是要传承的，我们不能让它丢失。

公元 1616 年，6 月 16 日，六十六岁，汤显祖离开了他钟爱的戏剧事业。

都是"6"，难道是巧合吗？我把这个"6"看成是"乐"，快乐的"乐"。是的，汤显祖的用意就是，一定要发挥好自己的强项，让百姓乐起来。这个社会太让人压抑了，我们已经够焦虑郁闷忙碌了，而戏曲可以陶冶情操，让自己的内心安定下来。

公元 1616 年，4 月 23 日，五十二岁，莎士比亚也离开了他钟爱的戏剧。

某天，这两位相差十四岁的戏剧大师，在天堂相遇，以下是他们简短的对话：

莎:"嘿,汤先生吗?我知道您的《牡丹亭》呢,很红啊,红得京城都家传户诵。您看,在浙江遂昌,这么多年了,老百姓还在惦记您呢。"

汤:"嘿,威廉,您好。我也知道您的《罗密欧与朱丽叶》呢,也很红,轰动整个伦敦舞台。这么多年了,连我们中国也都在演您的戏啊。"

两人都哈哈大笑,连说"难为情,难为情"。

莎:"我有点儿疑惑的是,您为什么将柳公子和杜小姐安排得这么圆满呢?事实上,杜小姐能还魂吗?"

汤:"呵呵,我们需要快乐,中国讲究有情人终成眷属。我也有点儿疑惑呢,您为什么将罗密欧与朱丽叶安排得这么悲惨呢?您完全可以不让他们死啊!"

莎:"有情人终成眷属,真好,我那个朱丽叶必须死,他们两家是世仇,不死不足以警醒世人。你们的《梁山伯与祝英台》不就是这样的吗?"

汤:"嗯,都好,都好。只要让老百姓开心,能有益于世风的改善,能感化人的心灵,都好。"

莎也连连点头:"还要感谢您呢,感谢遂昌百姓,他们在惦记您的时候,也一起惦记着我呢。"

这也许就是遂昌的文化精神内涵所在了。

《牡丹亭》就是遂昌文化的大调、主调,足以传诵千年。

C 小调：通往唐代的金窟

进金矿之前，我一直在和鲍尔吉·原野、葛一敏探讨两个问题：金子会跑吗？人们为什么需要金子？

显然，金子会跑，引起了同行小伙伴们的极大兴趣。我的理论是，历朝历代，不知开采了多少黄金，但是，留存于世的和开采的一定是不等量的，那么，那些和死人一起埋在地底下的金子去哪儿了呢？显然，肯定还在地底下，只是它们转移了地方，人们一时半会儿还找不全呢。

导游一本正经地告诫大家，你们谁身上手上戴着金子啊，要小心呢，进矿洞后要小心呢，说不定你的金戒指就跑丢了。随后，原野就举证说，谁谁谁，在某某金矿，进去游了一圈后出来，金银手饰，通通不见了。

自然是哄堂大笑，有金器的小伙伴们，只是下意识地捂紧了包包，并不当真。

至于人们为什么需要金子，也没有多深的道理。金子只不过是财富和权势的象征。因为稀有，稀有就贵重，多了就不值钱了；因为黄色，这种金黄，可是皇族贵族最需要的，穿金戴银，非贵即富，皇帝的龙袍，不就是黄金的颜色？万岁爷穿了这样颜色的袍子，平民百姓就别想穿了，你硬要穿，那可是要杀头的呢。

说笑间，迎着让人打着寒战的冷风，就进了明代的金窟。

明代金窟，有近十万立方米的空间，上下高度达一百五十多米。沿着坑道行进，洞两壁上不时有半圆形的凹坑。显然，那是古人开采时留下的遗迹。

我能想象出的开矿场景是这样的：工人们双手用力地举着长钻机，长长的钻杆，顽强地向岩石一点点钻进，有了足够可以放炸药的钻洞，然后爆破，然后，挖掘机将金矿石一兜一兜地装进，然后小火车一节一节拉走。

这当然是现代的采掘场景。

古代采矿却要艰辛许多。在都江堰景区，我看过古人采石技术的介绍，那时用的就是烧爆法，将石头烧热，加冷水，使石头爆裂。

遂昌金矿，古人采掘的道理也是一样的，只是，这样的挖掘，安全没有保障。唐代金窟，是从山顶上往下打洞，这个金窟的垂直深度有一百五十八米，专家们根据开采面积计算，从公元658年到892年，这个金窟，一共生产了三十多万吨的矿石，生产的黄金多达十二万两、白银一百五十万两，总价值超过十亿人民币。

而这个明代金矿，却是遂昌金矿在对探矿巷道大爆破时无意发现的。

惊天一炸，水流汹涌，整整流了三天三夜。水干后，巷道内发现许多古瓷碗、烂木料、开矿工具，还有两具尸骨、一架水车。

在明代金窟的模拟矿难场景前，我长久伫足凭吊、想象，这样的场景，我在古代笔记中已看到过多次，今天算是现场实证。

宋朝徐铉在他的《稽神录·补遗》中记载了宋朝的一个矿难事故：

饶州的邓公场，是个采银的矿井，经常有水从井里流出。

元祐年间，有十多个采银者，从井的山沟边斜挖地道进入。挖进数步进入矿井后，空阔明朗，山顶有洞好似天窗，太阳光从上面照下来，楼阁和柱子都变成白银了。这些采银人于是就跑出井，拿着斧子进洞，他们要砍那些白银柱子。

过了没多久，山突然倒了下来，进洞的采银人全部被压死。红色的血从山涧流出，好几天不绝。此后，再没有人敢进入采银子了。

饶州在江西，离遂昌其实不远的。

和汤显祖同朝代的沈德符，他写有大部头的《万历野获编》，其中卷二《矿场》，也记载了数场采金事件，劳民伤财，并不亚于矿难：

永乐十三年（1415年），太监王房督促六千老百姓，在辽东黑山淘金。结果呢，三个月淘金八两。

永乐十五年（1417年），有人报广西南丹发现了大金矿。皇帝命令开采。结果呢，采了一年，只有九十六两金。更为奇怪的是，这些所谓的金，不久就变为锡了。

成化十年（1474），湖广宝庆府金矿，动用五十五万老百姓采金。湖南无数民众被水淹死，被虎豹吃掉。结果呢，仅采得三十五两金子。

谁都喜欢金子，但当权者可能更渴望拥有大量的金子。

上面举的几例，足有以下信息透露：

1. 皇帝贪心，官员贪心。听到哪里有金矿，立即动手，官员也随即从中搭车捞好处。

2. 民贱。老百姓的命真是不值钱的，投入那么多的劳力，服的都是苦役，没有任何回报。

3. 技术不够。这些金矿理论上有金的，但仅靠人工挖凿，只能碰运气了。宋仁宗皇祐年间，登州、莱州金脉大发，老百姓掘地采取，取之不竭，最大的一块金达二十斤重。

4. 明朝交易发达，资本主义已经萌芽，政府和民间都需要大量的金银。

得到金子需要代价，得到大量金子需要大代价！

所以，汤显祖在遂昌当县长，自然也要替朝廷干这样的事。他最见不得不拿老百姓的命当命的人了，于是，他将所见所闻，写成内参，亲报皇帝。环境太恶劣了，不能再开采了，再挖要出大事情的。他太幼稚，皇帝要知道这些干什么？他只要金子。

他只有愤而辞官。

康熙年间的《遂昌县志》载：汤显祖辞官的第二年，这里发生了大矿难，石崩，毙百余人。大明天下大得很，遂昌金矿倒了，那就废弃了吧。全国还有好多金矿可采呢。

在现代的遂昌金矿，我们看到的却是更多的绿色。这里每年只准采五百公斤黄金、五千公斤白银。

他们是有节制的,金子银子总有采完的一天,它只是大自然赐予遂昌的耀眼礼物而已。这里虽是矿山,环境却优良,已经连续数年出现的桃花水母,让人赞叹,矿山已成绿洲了。

我们下山时,仍有不少游客爬往唐代金窟。

是的,这是全国唯一黄金景区留给人们的历史记忆。

火辣暑月,耀眼的太阳底下,只有满山的绿色,在散发着丰富的氧离子,还有蝉鸣声,蝉在放肆地哼着小调。

G 长调:林的赞歌

九山半水半田,泉瀑交流,池潭澄澈,竹树深茂,遂昌是被大山环拥着的。

这里,森林覆盖率达到 82.3%,海拔在千米以上的高山就有七百多座。我们在遂昌的日子,面包车就像在绿色的海洋中行进,人们也都像走在绿毯子上一样。

我们去九龙山吧,那里是遂昌绿色的典范:

华东地区唯一的原始森林;

主峰海拔一千七百二十四米,浙江省第四峰;

海拔一千五百米以上的山峰有二十八座;

海拔一千米以上的山峰有二十五座;

2003 年,国务院批准,九龙山为国家级自然保护区。

这里单说一只鸟,它是需要保护的国家一级濒危动物——

黄腹角雉。

黄腹角雉，它原来不叫这个名字的，最早叫吐绶鸟。

唐朝作家段成式《酉阳杂俎·前集·卷十六·羽篇》这样描写："鱼复县南山有鸟大如鸲鹆，羽色多黑，杂以黄白，头颊似雉，有时吐物长数寸，丹彩彪炳，形色类绶，因名为吐绶鸟。又食必蓄嗉，臆前大如斗，虑触其嗉，行每远草木，故一名避株鸟。"

在段作家的笔下，吐绶鸟的外貌还是有些特点的，最主要的是它能吐物，还不是一般的物，而是像锦囊一样美丽的东西。这就奇怪了，难道它是魔术师？显然不可能。

不过，这种神秘现象，不少作家都观察到了。

北宋神宗时的尚书左臣陆佃，在他的《埤雅》中这样考证吐绶鸟：咽下有囊，五色彪炳。吐有时：风不吐，雨不吐，有惊惧的担心，也不吐。

陆佃认为，吐绶鸟吐东西是有特定条件的，刮风不吐，下雨不吐，没有安全感的时候，也不吐。这里，我们也可以这样解读，它的吐绶，是和神经系统有关，当外部条件不具备时，就不会刺激和反射，这种绶就产生不了，也就无绶可吐。

作为医学家的李时珍，显然更想弄清楚吐绶的原理。

在李时珍的《本草纲目》中，吐绶鸟变成了吐绶鸡。几百年下来，人们已经将它驯养了，它成了人们的美味食品："项有嗉囊，内藏肉绶，常时不见，每春夏晴明即向日摆之，顶上先出两翠角二寸许，乃徐舒其颔下之绶，长阔近尺，红碧相间，采色焕烂，逾时悉敛不见，或剖而视之，一无所睹。"

难怪李是大医学家，观察也真仔细。吐绶吐绶，吐是动作，绶是锦绣，吐不稀奇，绶才是关键。原来，它的绶确实有，是藏在消化袋里的，平常看不见，春夏之间，太阳出来，它会对着太阳展示美丽的锦绣。展示时，头上先出现两寸长的绿角，然后，头颈慢慢地舒张开来，这个时候，绶就出现了，绶的尺寸还不小呢，绶的颜色呢，红蓝相间，彩色艳丽。

吐绶的这种展示，有点儿像孔雀开屏，只是形式差不多而已，都是短暂的。所以，人们很奇怪，在杀它的时候，就想弄个明白，解剖，再解剖，但是，往往找不到它吐的绶。这就又成了谜了。

暂且将这个谜搁起，让科学家们去解释吧。布衣我，更关注吐绶鸟的另一个名称：避株鸟。

吐绶鸟，为什么要避株呢？简单说来，因为胆小。

胆小的表现，首先表现在它寻找食物的时候，一定要储蓄一些。人无远虑，必有近忧，吐绶鸟考虑得真是周到，今天有的吃，明天不一定也有的吃，明天有的吃，后天更不一定有的吃，一定要有所准备，况且，它有储藏的条件，它胸前的嗉很大，大如斗呢。其次，它担心人家会碰到它的嗉。食物有限，鸟来鸟往，说不定什么东西就碰到它的胸前了，它可不愿意，让辛辛苦苦积累起来的食物毁于不小心，惹不起，我还躲不起吗？我躲人，躲鸟，还躲草木。

也许，傻乎乎的吐绶鸟太可爱了，宋代张师正的《倦游录》

还将其说成孝鸟：生而反哺，亦名孝雉。

能反哺的孝鸟，应该不少，好像乌鸦就是。至少，吐绶鸟的品德还是让人称道的。

让布衣再来想象一下生活在九龙山自然保护区的吐绶鸟吧。

晴空下，树林或竹林中，几只吐绶鸟很惬意地漫步。它们自由自在，吃的，不用愁，昨天就储存了好多，起码可以撑好几天，那就展示一下吧，对着苍天，对着大地，可以尽情舒展，那绶吐得爽快极了，人类只知我们吐的绶漂亮，殊不知，我们这样也是生理需求呢，五色锦绣，是我吸天地精华之展现，有吐有纳，生命在于平衡嘛。我们不求别人，处处小心，事事注意，远离尘世，为的只是让自己安静而充实，和大自然相伴，我鸣青山，青山应我，山我相融，山我两忘。

这样谨小慎微的吐绶鸟，理应活得很好了，但是，大自然却并不善待它。

吐绶鸟，现在人们叫它黄腹角雉了，是中国的特产鸟，栖息于浙江、江西、广东等地。它的数量已经很少了，少到需要国家保护，和大熊猫一样。

因此，它的性格特点仍然描述为：性好隐蔽，喜欢潜伏，善于奔走，常在茂密的林下灌丛和草丛中活动，胆子很小，非迫不得已，一般不起飞。

现在，黄腹角雉虽然数量少，但它已有极好的生存环境，在九龙山这个国家自然保护区里，它悠游自在，想吐绶就吐绶，吐出自然的本色。

遂昌良好的生态，不仅是在保护黄腹角雉们，也是在保护我们自己。

遂昌人明白得很，这是他们的长调，永远的基业！

庆元四章

1197年11月，宋宁宗庆元三年（1197年），胡纮，庆元人，中央组织部副部长，向皇帝报告：我家乡的一些乡镇，属龙泉管辖，但离龙泉县城太远了，管理上也有诸多不便，民众纷纷要求另外建立一个县，州县的报告已经打上来了，我请求皇上您批准。宋宁宗心情不错：同意，庆元，将我的年号赐给你们做县名吧！

八百一十八年后，2015年6月，我深入到了中国这座非常年轻的县域，数日采撷，留有N个记忆片段。

1. 百山祖的氧离子

6月10日下午，1时30分。百山祖景区，卧龙潭。行到这里，一个休息廊桥、一潭飞瀑，将我们的脚步留住。

业余空气监测员吴大良正在工作，我和他有一次短暂的交流。

吴大良身边，有两台仪器，一台是测氧离子的，仪器不大，他提示，要一个小时后，准确的数字才会显示，你们看到的是昨天的数字，我仔细看了：六万三千多。另一台是测PM2.5的，有点儿大，屏幕像一台电脑，但要厚很多，美国进口。吴大良说：这个马上可以出数字。调试几下，蓝色的屏幕上，立即跳出主要数据：0.008mg/m³。我们揉了揉眼，一脸的惊讶，这么少，怎么可能？

氧离子，如此之高，PM2.5如此之低，几乎闻所未闻。每天都如此吗？吴大良很自豪：我曾经测到过最高的氧离子数字是二十多万，五六万是常事，你们看，景区有块大牌子，上面写着今天的平均值是40350个；PM2.5的值，很多天是个位数的，我们的数字，每天都上网，全国全球播报。

吴大良，今年六十五岁，附近黄皮村人，基本上是一天来测一次，数据每天都要向庆元环保监测站报告。

这是一片远离尘世的世外桃源。

游步道躲藏在丛林中，高树森森，树藤交缠掩映，突然就被瀑布水调皮地打湿。暴雨过后，忽然又钻出若干条新瀑布，细细的，初次和岩石相遇，带着原木和植被的气息，在那些夸张淋漓的大瀑布面前，似乎不敢大声喧哗，虽有些害羞，但还是勇敢地腾挪跳跃，一直向前，因为，它们同样是瓯江、闽江、福安江之源头，自然可以一样理直气壮。

这样的世外桃源，一定是动植物的理想王国。

百山祖冷杉，第四纪冰川的遗存，是世界植物界最濒危的十二位遗老之一，但它们比恐龙能干，在残酷的环境中竟然存活，数十年后的人工努力培育，已经有八十多株了，仍然生机盎然。

冷杉树干粗壮，灰白色树皮，不规则龟裂，在海拔一千七百多米的高山上肆意伸展虬枝，一树绿，满身湿。冷杉的球果，大约是冷杉的形象大使了，圆柱形，一层层的鳞片，夹围着向柱心延伸，绿嫩皮实，数个并排，极似健康男性挺拔的性器。但是，这种球果要四到五年结一次，且多数种子发育不良，似乎和形状的挺拔名不副实，难怪，它的生殖能力低下，有人开玩笑讲，大熊猫要"看黄片"才提得起繁殖的兴趣，这百山祖冷杉怎么办呢？真是难为那些林业技术人员了。

华南虎，黄腹角雉，云豹，这些国宝，每一种，都有着长长的故事可以抒写。数千种动物和昆虫，没有谁打扰它们，百山祖依旧是它们自在生活的天堂。

氧离子，奢侈品。我们在庆元，似乎都很贪婪，山旁溪边，田野廊桥，往往会不由自主大口吐纳。

中国生态第一县，森林覆盖率达86%。

小城在青山的环绕中，山村在隐约的雾林中，闲人在山和林的怀抱中，率性呼吸。

2. 胡纮和朱熹的恩怨

朱熹的大师宿儒地位几乎无人能够挑战，但是，成为大儒前的朱大师，也是普通人，庆元人胡纮，和朱熹有着许多恩恩怨怨。

《宋史》记载，胡纮还没有发达时，到建安去拜见朱老师，他和其他学生一样，吃的是粗茶淡饭，胡纮感到被慢待：这也太没人情味了，至少，应该有一只鸡、一壶酒的，而且，朱老师住的山里，是有能力拿得出这些东西的，为什么这么小气呢？胡纮于是离开了朱老师，心里也就埋下了怨恨的种子。

胡纮的运气不错，他傍上了韩侂胄，连连好运，所以，在倒朱运动中，胡纮应该是急先锋，他们斥朱学为假道学，将朱按上"通奸儿媳，诱奸尼姑"的罪名，并且引导舆论，使得众人都贬朱骂朱，他还津津乐道。

胡纮在《劾朱熹省札》中，语气相当严厉，他给曾经的朱老师罗列了六条大罪：不孝其亲、不敬于君、不忠于国、玩侮朝廷、以诗发怨、为害风教。

第一罪，胡纮认为，无论家里贫富，都要孝敬母亲，而朱老师竟然不给母亲吃新米，只用仓库里的陈米给母亲做饭，害得母亲在乡邻间到处审诉，她要求吃新米！而且，他居然不杀鸡给母亲吃！呵呵，这个似乎太勉强，明显带有个人怨恨的印记嘛，少年时代的"鸡事件"还记在心里呢。

第二罪，对皇帝安排的工作，居然一再推托，还说自己脚有毛病，这不是明显的不敬吗？哈，有本事的人自然可以推托的，听说要他做官，许由还跑到河边洗耳朵呢！

第三罪，不顾祖宗之典礼，不恤国家之利害，听任妖人妄言，谋求自己私利，要求将孝宗的埋葬之地改变，这是明显的卖国！嘿，这哪儿跟哪儿啊，偏安的南宋，还有国好卖吗？

第四罪，从皇帝处讨得父母的恩宠，又推荐自己的亲信担任官职，但对于朝廷授给他的官职，接受了马上又辞去，这不是要弄朝廷吗？这个勉强算有点儿过错，还是要尊重朝廷的统一人事安排嘛。

第五罪，率领百余信徒，在郊外哭死去的奸臣，还写诗，"除是人间别有天"，什么意思嘛，这不是说人间还需要别的天吗？他的罪恶用意已经很明显了！嗯，真是上纲上线的高手。

第六罪，使用机械设备，搬移、安装圣人塑像，经过街道、闹市，圣像的手脚均有所损坏，围观者为之惊叹。这实在是有伤风化！欲加之罪，何患无辞！

可怜的朱大师，注定要经历无数磨难。胡纮们的大棒，毫不留情，尽管许多是牵强附会，更多的是无中生有，但仍然够朱大师喝一壶的。

而胡纮，死后还是荣耀的，皇帝赐他十八座坟，为什么要十八座坟？可能是像曹操那样吧，疑冢七十二处，让盗墓者找不着。

2014年8月，我们的报纸，用一个整版的篇幅，报道了胡纮墓被发现的过程，这个发现，堪称浙江省年度考古最重大发现。胡副部长，又一次成了人们热议的话题。

胡和朱的纷争早已成了过往的云烟，不过呢，胡纮当年看不上的朱熹，却真正成了举世的大儒，而他自己呢，虽然恶攻朱大师，并不光彩，但故乡人民还是宽容的，一直惦记着他各种好，无论怎么说，庆元县毕竟是他争取来的。

3. 廊桥遗梦

站在月山村简易的观景台上，俯瞰月山。

举溪如一条宽绿带，与后山月形的竹林合围成椭圆，将月山村环抱。青山，举溪，廊桥，黄墙，黑瓦。远近的青山，高矮不一，极具水墨画的层次感；举溪，由西往东，将月山村轻轻环绕；廊桥，举溪上有"二里十桥"之称，如龙、来凤紧紧呼应；黄墙，黑瓦，是月山村错落有致的民居，透着年轮的神秘。凝视，注目，整个月山村都活跃起来了，俨如一位少妇，浴后出水着宽裙，系着绿腰带，松松的，柔柔的，千种风情，万种韵味。

"来凤如龙号两桥，重关交锁束溪腰。"

站在如龙桥头，一下子想起杜牧《阿房宫赋》中描写阿房宫的那种气势：长桥卧波，未云何龙？复道行空，不霁何虹？这不就是写如龙桥吗？龙静卧在举溪上，长虹就是如龙桥，横跨空中。

这是中国第一座被列入国家保护的木拱廊桥，集楼、亭、桥为一体，是古代庆元人民智慧匠心所集。"如龙桥"三个灵动红字，据说是当年名士吴懋修的儿子，七岁神童吴之球所书。

要准确描写如龙桥，还是很难，我跑到桥底下探个究竟。那些粗壮的圆杉，结构成拱形，相互支撑，犬牙交错，连接处用粗大的铁环包裹，牢牢紧握，各自相抱，钩心斗角。几百年过去了，一点儿也没有风雨吹损的痕迹，真是奇迹。

如龙桥中，双眼穿过心形的窗户，遥望着前面的来凤桥，我听到了一个明朝版的"廊桥遗梦"。

故事大致是这样的：

吴、陈两大家族，同住举溪两岸。有一年大旱，两家族的人为了争水，结下了怨仇。后来，只要是干旱，两家族的人就会发生不愉快，越闹越凶。有一年，双方对峙的场景又发生了，这回不一样，真刀真枪，似乎要血战。此时，有人出主意了，双方可以比武分水。结果，双方代表，吴如龙和陈来凤，各胜一场，平分了溪水，争斗暂时解决。

故事来了。比武过程中，如龙和来凤产生了感情，他们决定，要从源头上解决用水问题。他们从银屏山开渠引水，两家族的田地都获得了丰收。

第二年的八月十五，如龙和来凤，结成了夫妇。

吴、陈两家族，为了纪念这美好的事情，就修建了两座桥，一座如龙，一座来凤，用来警示后代子孙，吴、陈两家，永远都要和睦相亲。

几百年后，如龙、来凤依然恩爱，它们静卧举溪，日日和月山人相伴，夜夜与举溪水唱和。

举溪畔茶馆。圆脸微胖、一脸笑意的少妇，在给我们泡茶，银屏茶，当地土茶，细条绿片，制作粗糙，却是云雾山中来，涤荡人的心肺。品着银屏，大伙儿觉着少妇的口音，似乎来自更南的南方，一问，果然，这是一位越南媳妇，黄、翠、妙，她一字一句告诉我们她的中国名字。热心人马上围拢来介绍："翠妙嫁来月山不到两年，却是我们'月山春晚'的骨干演员了！"

不得不说"月山春晚"。

1981年的春节，几位文艺骨干，吹拉弹唱，自娱自乐，这就是"月山春晚"的雏形。这一粒"春晚"的种子，经数年辛勤栽培，果实终于饱满，还上了央视的《新闻联播》。现在的"月山春晚"，已经相当有档次了，整个舞台都以廊桥为背景，走廊桥，说廊桥，唱廊桥，田野山川，生活劳作，都化在了诗意的廊桥里，廊桥就是月山人的精神寄托，廊桥就是月山人的魂魄所在。

鸟鸣，山幽，廊桥的梦正长。

4. 鳅滑

三山根雕博物馆，我们在那儿吃晚餐。

农家乐，上的多是当地的土菜野菜。一锅泥鳅炖豆腐上来了，好几个人都喊出了一个词：鳅滑。这是我们下午在大济进士村学到的一个庆元新词，意思是，像泥鳅一样油滑。说是新词，它却有上千年的历史了。庆元方言专家吴式求老先生考据，庆元话，是典型的唐宋普通话。

我来假设一下，一种千百年的物质，其他地方都消失了，唯独这里保存，它的客观条件大约是偏远、封闭，主观原因是对传统顽强地继承。庆元唐代古语的存活，就符合这样的规律。

吴式求考证，庆元吴姓的祖宗吴祎，是晚唐的一位京官，为避战乱，跑到这山高皇帝远的地方来了。这是庆元唐宋古语的源头。

汉语表现形容词的程度，一般在前面加程度副词，"很""非常""极"，但庆元话不这样，它们直接加名词，比如：硬——铁硬；软——鞭软；重——砧重；轻——屁轻；滑——鳅滑；苦——药苦；薄——绡薄；厚——盒厚；穷——丐穷；紧——鼓紧；嫩——陈嫩；暖——灰暖。

印象最深的，是"鳅滑"。

我们小时候，放学回家，常在田间小沟，或者是刚刚淌平待插的秧田里，捉泥鳅，对它的滑太了解了，泥鳅身上的黏液是它的逃生利器，一不小心，它就逃脱了。实践练就真功夫，下手时，速度要快，手指触碰到泥鳅那一刻，立即要像铁钳似的夹紧。所以，我们在形容一个人的圆滑时，也用泥鳅相喻，老奸巨猾，泥鳅，就是"巨滑"一类的。

庆元作协秘书长吴守全，一再推荐"灰暖"这个词：柴薪刚刚燃尽，不烫人的感觉，那种暖，比温暖具体多了。

如果，庆元话中只是偶然出现一些古怪的词语，我认为不新奇，关键是唐宋古语，在这里还有完整的表达体系，这就让人惊奇了。

其实，任何文化都有承传性，就如动植物的遗传一样，不管传到哪一代，遗传因子总会多多少少存在一些。在各地的方言中，多少都有一些古语因子的存在。

前些时间，我读宋朝人的笔记，两部笔记中均谈到了古语。

一部是王辟之的笔记《渑水燕谈录》，卷九《杂录》中，讲到了"落苏"和"蜂糖"：

钱镠做钱塘王的时候，他的儿子脚不好，他又特别喜爱儿子。杭州话将"跛"叫作"瘸"，为了避讳，就将"茄子"喊作"落苏"。杨行密做淮阳王的时候，淮人避其名，就将"蜜"叫作"蜂糖"。

"茄子"，我小时候一直叫它"落苏"，小学叫，中学叫，家里叫，后来，去读大学，就将"落苏"叫作"茄子"了，怕人说乡音土气，有很多人并不知道"落苏"是什么东西。没想到，"落苏"还这么有文化。

一部是龚明之的《中吴纪闻》，卷四《俗语》中说了"厘"这个词：

吴人将"来"叫作"厘"，这是从唐朝的陆德明开始的。"诒我来牟""弃甲复来"，都是谐音"厘"，原来，陆德明就是吴人。陆德明是唐朝著名的语言学家，以经典释义和训诂学为主要成就，应该权威。

将"来"唤作"厘",别人不好理解,对我来说,却是小时候的日常用语。

我的老家,浙江省桐庐县百江镇,家乡操的土语(范围还有分水镇、瑶琳镇的部分村),就是将"来"唤作"厘"的。与"来"相对的"去",我们的发音很接近"客",也是去声。

方言土语,是一种有声的历史文物,我不知道家乡的"厘"和陆德明说的是不是一回事,但应该八九不离十,都是吴地,我也不知道自己是不是陆德明的后人,但很有可能就在我家乡那儿保存下来了。

和庆元的唐宋古语比较,"屁轻""绡薄""鸟"(念作diǎo),我家乡的方言也一直这么讲,但是,远远没有庆元方言保存得那么完整。

鳅滑、灰暖,犹如庆元大气中浓郁的氧离子,原始质朴,却入肌侵髓。

南塘碑影

"采莲南塘秋,莲花过人头。"我不是去西洲南塘,我去温州南塘,我也不是采莲,我访碑。

1

我们的游船,在南塘河上慢悠悠地突突,船后犁出一道道浪花的垄沟。11月底了,阳光虽然温情,但冷风仍将人逼在舱内。

船渐往郊外驶去,两岸农屋参差,一棵老榕树,根须是那样完美,在风中飘扬,虬枝扎进河面,三两村妇在洗涤,偶尔抬头,看看游船,间或嬉笑指点。

南塘河一条,东瓯史千年。

我们在逾千年历史的南塘河里航行。

晋太宁元年,公元323年,风水大师郭璞,站在郭公山上,比比画画,看到九座山峰形成北斗形,把控着全城,北面瓯江口中央还有一个江心屿，这不是北斗星绕着北极星吗？极好的星相，"斗城"温州就这样诞生了。

起初，温州就是一座被水包围的城市。

城南有堤塘，堤塘内原为一条海峡，后演变成浅海、潟湖、入海水道，海变湖，又变成河。东汉和唐朝，曾经人工疏浚，疏源头，筑围堰，南塘河畔渐成宜居之地。

公元1186年，南宋淳熙十三年，温州太守沈枢，举政府之全力，发动民众修河，从温州到瑞安，七十多千米，筑岸修堤，堤上铺石板，河里植莲藕，旧时驿路，百里荷花，"南塘驿路"一时名噪天下。

叶适有《东嘉开河记》。

陈傅良有《温州重修南塘记》。

这些碑记，都载有修南塘河的盛况。

南塘河两边的瓯柑园，连片绵延。阳光下，金黄的果子，在绿叶中藏不住，有柑农赤膊上身，正努力地将一筐筐柑搬到水泥船边。

载柑水泥船对面迎来，沉沉地压着水线。相机咔嚓，满船欢呼。

历史的碑影，也扑面而来，如甲骨般坚硬浮雕。

选一块河道示禁勒石碑，同治二年（1863年）的。

碑文显示，南塘河，嘉庆、道光、咸丰年间，屡加疏浚，现在情况仍然不容乐观，不肖居民，或浸茅竹，或弃秽物，开沟倾注，秽水横流，甚至造坑厕于湖边，搭桥盖于湖上，致恶物停积，淤塞不堪。

碑文重申要求如下：

第一条，巷底湖尾，系引三溪水源入脉，实为湖之咽喉，所有玉带桥西北一带邻湖居民，毋得私用砖石叠砌以阻来源。（私自截湖的事情，肯定经常发生，理由各式各样，都是本位主义作怪。）

第二条，近湖处不准掘造坑厕，并开沟倾注污水。已成者，由该地绅士集资购买，以便另行改造。（所有河道污染，基本都是如此，不加限制排放河道，白治。绅士出资，需要素质，否则禁令落空。）

第三条，各剃铺盥水、酒食铺泔及一切瓦片、石块、污秽不洁之物，不得倾弃湖内。（饭店的污染也不可小觑。）

第四条，各篾铺茅竹、篾片，不准私浸湖内。（由此可以推算，南塘河两岸，当时的竹制造业相当发达。）

第五条，蓄养毛猪、鸡、鸭等物，不准沿途纵放，以致污物入湖。来往要路亦不准摊晒糟糠、石莲以及堆积瓦石等物，致碍行人。（不要小看那些毛猪啊，五水共治也是重点。）

第六条，湖岸树桥，不准数间接连，上用板屋搭盖。桥上亦不得浣洗秽物，已成者即拆去，嗣后永不准再搭，如违提究。（此条甚为严格，现时违章建筑，危害也是蛮大的。）

第七条，该处行店，凡遇开张日期，或除夕、元夜，门首不准焚烧柴木，致令损裂石板，如敢故违，公同鸣究。（要求高了，石板也是形象所在。）

第八条，异地客商寓歇各栈，栈主务须晓以示禁条款，违者唯栈主是问。（外来旅客也必须遵守条款，如果违章，要追究店老板的责任。）

人与河，应该血脉相连，荣损共俱，却永远在博弈。

一百五十年过去，犹历历在目。

2

时光，在宋元明清的朝代间跳动。

农历五月初五前后，南塘河两岸，热闹得让人脚底板发痒。河面上，数条龙舟竞渡，河岸上，戏台子一个连着一个，村村都是节日。

台子上演的都是南戏。

我们走进南戏博物馆时，里面有三维动画立体影屏，正在播放《张协状元》，张状元那绵绵悠长的唱腔，似乎是在诉说自己的冤屈。

南戏的最高成就，要数温州人高则诚的《琵琶记》了。

1305年，温州瑞安的柏树村，一个著名戏曲家诞生在这里。高则诚读书中举中进士，一路做官，到五十岁左右，突然厌倦辞官。良好的文学素养，浓郁的戏曲氛围，使他潜心于南戏的创作。十年磨一剑，《琵琶记》推出，轰动全国。

我比较偏爱元明杂戏，许多人物已烂熟于心。进了南戏博物馆，自然想起《琵琶记》中的蔡伯喈，他拼命苦读，他发奋考试，他左右为难，他喜笑颜开，他正一路跳跃着向我奔跑过来。

这个蔡中郎啊，告别贫困的父母、贤惠的妻子，一路北上，果然中了状元。然而，中了状元却身不由己，牛丞相早就在物色金龟婿呢。逃是逃不掉的，蔡状元真想跑回老家孝顺父母，可是，跑回家，不是违背父母的意志吗？于是勉强成了牛家的上门女婿。牛丞相开心，牛小姐开心，蔡状元虽然锦衣玉食，却大大不开心。有一天，他抱着焦尾琴，胡乱抒发心情。牛小姐在一旁，娇滴滴要欣赏呢，一曲弹错，又一曲弹错，再一曲还是弹错。牛小姐也是聪明人，她知道夫君，一定有天大的心事压着。

戏分两路进行。

蔡状元的结发妻子赵五娘，盼了两年，夫君没有任何信息。家里穷得真是揭不开锅，让父母吃干的，她偷偷躲起来自己吃糠。吃一口，泪往心里流，再吃一口，父母已经出现在眼前头："我们错怪儿媳了，以为她自己吃好的，给我们吃差的，谁承想她吃糠，这个天杀的儿子，我们再也不要他了。"蔡妈妈一口血喷出来，娘亲就这么去了。卖嫁妆，卖首饰，卖衣服，什么都卖没了，于是卖头发，那一头青丝啊，系着赵五娘长长的怨恨。苦日子撑不过，蔡爸爸也死了。好心邻居张太公，倾囊帮助葬母埋父。赵五娘一路上京城，她要看看，那个负心人到底怎么样了。

赵五娘做了牛家的女佣，和牛小姐成了知己。牛小姐终究还是体贴夫君的,她表态,她愿意做妹妹,夫君的结发妻子做姐姐。牛丞相最后也想通了,牛家终是要接纳蔡家的。

自然,这曲戏的结尾,皆大欢喜,蔡中郎孝义两全,他的弃亲背妇形象被彻底颠覆,赵五娘的形象也越来越高大。

子孝妻贤,朱元璋要的就是这个效果。他极力赞美《琵琶记》:"四书""五经",就像米麦五谷,家家必须有;而《琵琶记》,则是奢侈美好的珍肴美味,富贵人家不可缺!

我近日读《四友斋丛说》,明人何良俊的笔记,卷三十七《词曲》中,他这样评价:高则诚才藻富丽,如《琵琶记》"长空万里",是一篇好赋。

能得到如此高的评价,且票房收入连连高涨,高则诚也算功成名就了。

瑞安柏树村的集善院,是高才子少时读书的地方,里面有一块清朝光绪三年(1877年)七月立的碑。碑文这样记载:柏树村民,每亩田要抽取五斤稻谷、一把稻草,作为聘请戏班子的经费,并且规定,不得额外多索、重秤、强勒!

这块石碑,含有丰富的信息。南戏发源地温州,可以想见戏曲之盛行,即便一个村,也都有详备的演出计划。节日、祈福、去灾等,都有戏曲撑台。

南塘河两岸,激情锣鼓和南戏唱腔,应该是温州人节假日的主题。

3

泽雅,一个温柔而又有文化的名字。

泽雅也称纸山,我们在纸山行走。民国鼎盛时,这里的山山沟沟,有纸农十万,他们都在从事纸的事业,造纸是他们生存的一种重要方式。

塘宅村,村中纸博物馆,泽雅造纸史的辉煌缩影,先民们生存的真实印记。

印象深刻的各式印章,张记、王记、李记,谁造,谁销,一清二楚。这是中国工商质量管理的前辈,是诚信和责任的真实写照。

温州的纸,叫蠲纸,唐宋就很有名了。蠲,这个字读"juān",意思是除去、免除,造纸户造纸,可以免除本身的劳役,所以得名,可见纸在当时还是贵重用品。蠲纸洁白、细密、匀称、润滑,宋代曾被列为全国九种贡纸之一,和嵊州的剡藤纸、余杭的由拳纸,并列为浙江的三大名纸。

泽雅纸是温州纸的一抹亮色。

泽雅纸,旧称"南屏纸"。元朝末年,为避战乱,福建南平的一些纸农,迁徙到了温州瓯海的泽雅。这里竹林茂密,溪水丰沛,且地势落差大,水力资源极为丰富,纸农似乎在泽雅找到了造纸的天堂。

这是一块契约石碑,乾隆五十五年(1790年)立。

碑上记载着，子玉、子任、茂九、子光、子金、茂金、茂周，七户纸民（从姓名看，应该是两家兄弟的联合体），他们在曹碓路下驮潭这个地方，联合造了个水碓，水碓建好，水碓的使用权也迅速作了明确：七人均等股份，联营生产，以后永远不扩股，谁先到谁先用，捣米者优先，违者罚钱一千串。

有外部良好的造纸条件，有内在制衡的商业精神，有良好的民营股份结构，泽雅的造纸，自然发展得顺风顺水。清末民国初，泽雅山区有造纸坊一千二百多座，捣纸浆用的水碓一百七十多座。

博物馆后有一个生态馆，这里有造纸必须具备的程序细节。有水碓，它是动力装置，捣纸浆用，有成格的小水塘，塘里浸着成捆的竹片，加了石灰，是要让它快速腐烂，烂了以后才可以做捣成浆。

水塘四周散发着浓厚的味道，让人掩鼻，这是烂竹片发出的怪味。

一个戴口罩的妇女，在纸浆缸里不停地撩纸，不，应该是捞纸原料，她很利索地用竹网捞两下，然后将湿湿的未成形的纸，往边上一叠，一次一次叠上去，意味着一张一张的纸产生，当然，还要经过烘烤处理。看着那纸女的动作，我似乎看到了东汉的蔡伦，他在现场指导人们生产纸的场景，专注而耐心。

十万纸农，在泽雅的山前溪后，环境会是什么样呢？一定不可想象。

明代，温州知府何文渊，看到泽雅欣欣向荣的背后，是巨大的生态代价，于是向上级打报告：因为造纸，泽雅的地气都变了，要求政府采取措施，关停纸业。没有更多的记载，但何知府无疑是较早的环境保护官员。

我又看到了一块碑，《岷岗溪水源保护碑》，民国九年（1920年）12月立，这是何知府们保护生态思维的延续。

兹列碑文两条主要禁令：

其一，禁造纸碓。本地溪流两岸，永远不许筑造纸碓，以重卫生。作纸须用砺灰浸竹，溪流两岸筑造纸碓，灰水入溪，鱼虾毒毙。该溪水为地民汲饮之水，妨碍卫生，莫此为甚，宜禁止。

其二，禁止开石。本地溪山两岸岩石，永远不许石工开采，以重水利。开采岩石、沙泥石屑一遇大雨，遂冲下溪流，淤积莫可疏浚。

鱼虾毒毙，谁也不愿意看到。

我们沿着村边山脚古道，缓慢拾级而上。

如果不是介绍，根本看不出古道的印迹。古道的石阶，已经被水泥满满地掩盖。几十年过去，水泥台阶斑驳缺空，青苔时而侵阶，让人不得不小心抬步。往上，钻出茂密的竹林，两山夹紧层层梯田。田中有截得高高的稻草枯根，还有不少稻草垛，中午的阳光，迎面射来，垭口古道旁的芒草秆，瘦长的身躯，闪着银光的尾花，疏影飘忽，让人迷离。幻想着，纸商或旅人疲累，脚步沉重，因为生意问题，盯着芒花有些绝望。

回望两山之间的塘宅村，昔日造纸的繁荣显然已成明日黄花，山脚几间屋前的空地上，不规则地晾着一些黄颜色的纸，那是低级廉价的祭祀用品纸。

一枚清凉的瓯柑，让人提神。

车子绕着泽雅水库缓行，数平方千米的清水挟着层层青翠，如今这里是瓯海的饮用水源地。我们到了塘河的源头，泽雅龙头村。源头清泉沿山石披瀑而下，溪边紧挨着两百亩的瓯柑文化园。两万株瓯柑，低矮结实，厚叶粗壮，果硕枝沉，青黄相间，柑皮在阳光下闪着亮晶晶的光芒。

在柑皮的光芒中，我仿佛看到"泽雅"名字的意义已经得到真正的回归：聚水的洼地润泽、恩泽，一洼清水是泽雅人的生命必须，她润泽着万众瓯民，瓯柑是检验器之一，是人类善待自然的恩泽回报。

瓯柑园，品着瓯柑餐，柑饼，柑汤，柑酒，郑愁予先生，八十三岁的台湾著名诗人，对着我感慨，他说突然有一种冲动，他要为这里题写五个字：深山纸王朝。

是的，王朝已经没落，王朝成了历史，纸山成了中国造纸术的活化石，瓯柑满足着我们的味蕾，泽雅纸已成永久的记忆。

岷溪两岸，碑影重重。

4

寒风冷冽，我们在候船，要去对面的江心屿。

郭璞当年站在郭公山上，望到的江心屿，一定还是个荒岛。

现在的江心屿，却是个热闹的旅游景点。

显眼的是东西两塔，如两根定海神针，东西遥遥相望，牢牢将江心锁定。东西塔初建于唐咸通十年（869年），均为七层六面。南宋绍兴十年（1140年），重建东塔，高三十余米，砖木结构；明朝洪武、万历年间，清朝乾隆年间，西塔多次修建，高三十二米，青砖仿木建筑。

我的视线被东塔牵引。

东塔顶端，有杂树一丛（我猜那是榕树，温州的小叶榕应该是城市的象征），也不知是何年何月，哪一只大鸟飞过，吃食拉屎留下的，一粒屎成了种子，种子一俟雨水浇湿，便苏醒，便膨胀，像螺钻一样拧进坚硬的塔顶，经风雨，历世面，也算茁壮成长了。

渡船轰鸣，一个转身，劈波斩浪，快速将我们送达江心屿。

往东几步，就是英国领事馆旧址。原式原样的建筑里，仿佛看见，一群英国职员进进出出，交流的声音似乎在回荡。

目击，至少有五对新人，在洋楼前拍婚照。冷风紧吹，新娘的婚纱裹不住，新郎也是薄薄的西服，但他们在坚持，坚持美丽美好的爱情事业。

往西慢行。

我在谢公亭碑前止步。

六角亭，廊檐飞翘，瓦棱厚实，临江，南瞰温州市区，这是可以看大海的地方。亭中有一石碑，上绘谢灵运浮雕线条像，手握诗卷，面带微笑，似乎在观海。公元422年，谢灵运做永嘉太守。

在《登江中孤屿》中,他这样表达登岛的期待与惊喜:乱流趋正绝,孤屿媚中川。云日相辉映,空水共澄鲜。

是的,一千六百年前,瓯江一定清澈澄碧,水流虽湍急,没关系,想尽办法也要过去,江心孤屿,横卧蓝天碧水中,如美人在河之洲,一个"趋"字,无限急切的心情言于溢表。上岛后又是一种什么景色呢?不去写鸟树森林了,只有干净的艳阳,只有柔软的白云,和瓯江的碧水,交相辉映,一切的所有,景色如新,都像从碧水里浸过一样。

韩愈踩着谢灵运的脚步,也来到江心屿,他的《题谢公游孤屿》诗,表达了一位著名文人对另一位著名文人的相当尊重:"朝游孤屿南,暮嬉孤屿北。所以孤屿鸟,尽与公相识。"

我是来体验的啊,江心屿好大,一天都游不完,岛中有林,林中幽静,有寺有观,佛道相依,鸟声相伴,那些飞鸟,都是谢灵运的老相识呢!

是的,从古至今,已经有数千位诗人来过这里,留下的诗笺,如江水滔滔,叫她"诗之岛",没有丝毫夸张。看,有人在"诗之岛"碑前,尽情摆着姿势。

我的脚步,又被"樟抱榕碑"拖住。

这里,我将她看成一个浪漫主义情调的传说。

一位一千三百岁的樟树老绅士,娶了个五百岁的黄葛榕。它们的爱情故事,将在诗歌中发出永恒的金光。

老绅士高寿,是全温州最年长的了,我想在中国也排得上号。他独自在江心屿生活了八百年，他在修炼自身。他有宽大的胸怀，接纳人，接纳鸟，接纳一切；他有强烈的责任，抗击风，抗击雨，他要保护脚下的土地。他默默地等了八百年，终于，收获了爱情。这是被风刮来的榕树弃儿，他精心呵护，给了黄葛榕整条瓯江般的爱。看他们的幸福生活，根连根紧贴，枝交枝抱叶。他们共生共存，他们在风雨中不断砥砺。

他们给人创造了遮阳避雨的巨大空间，他们是温州成长的见证。

南塘河。

南戏馆。

泽雅纸山。

江心孤屿。

一路寻来，我以打油句结尾：

塘河水悠悠，碑影叠绪愁。

南风知我意，吹梦到温州。

年轻的城

1. 造城前史

2017年2月23日,我去益农。

益农在杭州的最东端。杭州最年轻的小城。

它的另一个名字,叫南沙,镇所在地叫东沙,我一看到南沙、东沙,立即想起前不久去过的西沙,中国南海上的诸多岛屿。

钱塘江,沿江人叫它坍江,就是说它曲里拐弯,水量大,涨潮多,拐到哪儿,江岸坍到哪儿。清乾隆十二年(1747年),钱塘江流改道北移,海宁县大面积坍江,南涨北坍,随水而下的泥沙,被一日两涌的大潮推拥,逐渐堆积,于是就有了南沙。现在杭州的下沙,原来叫北沙,形成的原理相同。

清光绪二十七年(1901年)六月,萧绍平原连续下了数十天的大雨,南沙一带也成泽国,诸多民众逃离家园。1902年,山阴、会稽、萧山三县的绅士,捐银洋一万元,修筑了"新堤",

就是南沙大堤的前身,萧山境内约十二千米。

其实,萧绍治水,应该从两千多年前的越国修建北海塘开始。东汉至唐至明至清,一直在修塘挡江。现在,益农境内的北海塘,从西侧的众力村小塘埠头,一直往东,到益农闸为止,全长六千二百五十米,它们都成了街巷。

站在古海塘简介的牌子下,我仔细查看钱塘江南岸海塘修建的沿革,这条古海塘,已经被立法保护。北海塘马鞍路口,同一个地方,有两块公交站牌,一块是萧山的736路公交,下站直湖头;一块是绍兴的832路公交,下站湖光桥。因为塘的北侧为杭州的益农辖区,南侧有部分属绍兴的齐贤、马鞍辖区。

将南沙变成益农,造城的故事开始了。

2. 壮烈造城

先简单说另一个造城故事。

2004年秋,我去圣彼德堡,听到了特别的造城故事。

1703年,彼得大帝决定,要在涅瓦河河口建一座城市,人们都惊呆。然而,彼得大帝决心已下,并亲自指挥艰巨的城市修建工作。波罗的海附近是沼泽地,那里没有能提供木材的森林,也没有能提供石料的采石场,筑城的木材和石料都必须从远处运来。起初,工程以木材和土方为主,渐渐地,石料成了主角。从1710年开始,被强迫迁入该城的居民,每个人必须提供一百块石头，其他每个进城的人也必须带入一些石头。

经过数年不懈的努力，圣彼德堡终于成了一座举世闻名的城市。

现在，我站在南沙大堤旁，了解益农这座年轻小城的来历。

毛夏云用手指着远处：以这个大堤为界，堤外，就是原来广阔的钱塘江海涂；堤内，是原来的夹灶公社。他来益农三年多，现在是这座四万多人口小城的掌门人。我想看江，眼前却是成片的蔬菜瓜果地，繁荣的集市。毛掌门笑着说，你只能想象，围垦前，外面都是白茫茫的咸碱地，以前这里叫夹灶，没听说过这么特别的地名吧，夹着灶头，干什么呢？每处以两灶间隔，煮盐嘛，夹灶人就是盐民，世代靠煮盐为生。

会议室里，"益农通"周觉伟，找来了三位围垦的亲历者：六十七岁的中心小学退休教师胡关贤，六十八岁的原益农人大常委会主任刘仁阳，八十二岁的渔民李阿兰。说起围垦，大家兴致仍然高，似乎又沉浸到当年的场景里。

人多地少，夹灶人就将眼光瞄向了钱塘江边那广阔的海涂沙地。

先要说到一位农水技术员，徐荣。他家临江，他在江边造出几亩地，经过改良，种上了棉花等作物，居然丰收。

徐荣的夺地行动，算是无意的试验，却大大激发了夹灶公社党委书记赵五八的热情，可以组织大量的人力，进行大面积的围垦呀。

"赵五八？"我微笑着重复了下。

"对,赵五八,他爷爷五十八岁生日时得了孙子,就取名赵五八。"胡关贤连忙补充一句。

1966年11月,趁着潮汛最小的时候,赵五八牵头,夹灶公社、党山公社、长沙公社的两万五千个农民,经过一周的起早落夜,合力抢围出了九千亩沙地。

从滩涂上中间挖出一条上百米宽的深沟,沟里的沙土不断往外堆,堆成一条大坝。七天必须拿下,否则大潮汛一来,前功尽弃,每个劳力必须挑三立方土以上。肩膀顶着一担土,往来穿梭,完全自发的行为激励着他们在和钱塘江赛跑。

寒冷的冬季。冰冷的饭。霉干菜。霉菜梗。萝卜粥。赤脚。男女齐上阵。这些干燥的词语,需要充分扩展。读高中时,我也短暂挑过双坞水库,挑土夯坝,每天一百多担,每担一百来斤,来回数里,肩膀磨出了血,人累得伸不直腰,完全能想象出他们的艰辛。

刘仁阳和胡关贤,初中毕业就参加劳动了。十五岁的少年,困难年代,尚未发育成熟,那一百多斤的淤泥,淅沥滴着咸水,拔脚过快,还可能跌跤,连续挑,大堤越挑越陡,堤陡担重,越挑越重,累得直想哭。

说到少年挑土的苦和累,我表达出十分同情和理解,他们却笑着摇摇头。

沙土堆积的大堤,只是雏形而已,外堤还要再抛石头、塘渣,加固。船运石头,仅上下装船,就危险得很。千斤重的石头,一不小心,就会闪着腰,流行歌曲中的"我被青春撞了腰"，那是矫揉造作，无病呻吟，抬石师傅闪腰，极有可能三个月直不起腰，甚至落下终生腰痛的毛病。更有壮烈的牺牲者，打石炮，哑炮，又突然炸开，不幸身亡。

围垦的对手，远不只这些。

大潮的攻击。平时温柔的钱塘江水，发起威来，像疯狂的野牛，牛角直抵人心，害人命，1956年的那场大水，就将南沙大堤冲得七零八落。这潮水，自然不会放过新筑起来的堤坝。

改造良田。刘仁阳说到这里，略显兴奋：用草拦河泥，用内地熟土铺设咸碱地表面，用种植咸青籽促沙地成熟。围垦的人们，用了很多办法，才能将一块沙地变成丰收地，否则还是不毛地。

说到改造，周觉伟插进来说了一个细节。

他家以前就晒盐，他很清楚第一期围垦后的情况：到了夏天，七八月的高温里，那些地就变成白花花的一片，那是盐啊，可以卖钱的。人们争先恐后去刮泥、晒泥，然后蒸馏、熬卤、晒盐。这种情况，持续了两三年，也就是说，钱塘江边围起来的地，起先是不能种东西的，只能不断改良。

也有趣事。

李阿兰手里捏着烟，说话声音沙哑带着磁性，显得有点儿慢条斯理。他说，他二十三岁开始㧅鱼，鱼卖了钱再记工分。最刺激的是抓潮头鱼，每次都有好几十斤，最神奇的是坐潮：候潮来临，潮前挤涌着大量的鱼，瞅准机会，一个箭步冲上去，随着潮的高低迅速下手,坐在潮头抓鱼。我理解,这应该是特级技术,完全靠的是平衡,坐不好,就跌进潮里,甚至出现生命危险。1967年9月的一天,他捉到了捕鱼生涯中最大的一条鲈鱼,五十三斤,对于这个时间,他很确定。

当第一期围垦起来的九千亩沙地上,那些棉花、络麻,开始迎风摇曳的时候,人们又开始了第二期的一万八千亩围垦。第三期接着第四期,直到第五期围垦结束,已经是1976年,十年时间,造城得地五万四千亩,萧山县的一个新公社——益农,出现在了杭州的新版图上。

3. 围垦森林

无论城市和乡村,都有不少古树、大树。树是人们居住的依靠,有树的地方,就有阴凉,搭几根梁,扎一个棚,草屋落成。先在门前栽几棵树,再在村前村后种一排树、一片树。转眼间,那一片树,就成了一山的树,森林就长成了,它是人们的聚宝盆、取款机。

我在益农,就看到了一大片年轻的聚宝盆。

这个聚宝盆,毛掌门叫它"围垦森林",他很自豪:这个名字是我取的,益农的这片森林,沙地上的森林,整整五平方千米,浙江省独一无二,它既是园林,更是森林,卖出去就是钱,长在地里便是风景。

我们的车,沿着风景里的宽阔便道,蜗行,像在大广场里,将军检阅着各个方阵的战士,紫薇、红叶石楠、皂角、龙柏、红枫、白杨、罗汉松、红花继木、红叶李,依次而来,它们向我们抬手敬礼,一株株皆长得粗壮结实,根扎沙地,健康活泼。虽是初春,虽然寒冷,它们仍然朝气蓬勃,似乎都在整装待发,只听一声号令,时刻准备奔赴战场。

我在一排紫薇树旁停下,细细观察。

这些紫薇,树龄不会超过十年。钱塘江边,初春微弱的阳光,被江雾遮得曚昽羞涩,紫薇们光着栗色身子,虽然细直,小枝杈却直向天空,它们似乎在比赛,经过一个冬天的力量积蓄,即刻就想要爆发。

我们是不能小看这些幼稚园式的紫薇林的,人会很快老去,紫薇却可以生长得很久很久。

我老家的田野里,两山夹着一块小平原,田角有一棵紫薇祖宗树,已经一千多年,杭州市十大古木之一,盗挖它的人,还被判缓刑两年。现在,它仍在栉风沐雨,花开花谢,迎接韶光。

走过一段,又看见了数片海棠小丛林,浮想联翩。

苏轼和陆游,都有诗赞海棠。

东坡诗云:"只恐夜深花睡去,故烧高烛照红妆。"苏看海棠看不够,白天看,晚上看,夜深了,弄个烛灯还要赏。人世间,没有无缘无故的爱,这么喜欢一种花,一定是有缘由的,估计海棠懂他复杂的心思。

放翁诗云:"虽艳无俗姿,太皇真富贵。"陆的眼中,海棠艳美、高雅，这海棠，就是眠中的杨贵妃啊，唐明皇看来看去看不够，恨不得时刻含在嘴里。

我盯着海棠看，现在，它们没有叶子，看着有点儿像樱桃树，枝条虽朝天四散，但枝上仍有饱满的小粒，似果，又似花蕾。我想，这些海棠小丛林，马上就会浓妆艳抹的，叶会像梨树叶，圆而饱满，花会如大朵白色茶花，十朵百朵压枝低，你过花下，定会香风阵阵。

我眼里，这些树和我们相伴，人和树，相依为命。

有人和我不一样，别出心裁观察花树。宋代作家陶穀的笔记《清异录·卷上》，就有《花经九品九命》，将一些主要花树，如人间官场，一一分类。

蜡梅、岩桂、碧桃、垂丝海棠、杏、樱桃、梅、杨花、梨花、千叶李、桃花、石榴、紫薇、海棠、山茶、杜鹃、刺桐、木槿、石竹等一百多种花树，都被一一授予不同品级，垂丝海棠排三品，海棠排六品，紫薇也是六品，都不小了，这些花树，围垦森林里，基本都有。

站在朝阳闸上，向东俯瞰，连绵逶迤的围垦森林，杂花生树片片，小河波光点点，风景连着风景，让人无限遐想。

你还是金秋来吧，我不敢替你想象。

4. 金枝玉叶

春寒料峭，冻杀年少。

钱塘江边的风,吹在人脸上的感觉竟如刀刮。和毛掌门一起陪我走访的,还有益农的农办主任林志荣、社会事务办副主任洪敏。洪主任是个年轻的"80后",虽不再年少,但穿得不多,这个老家在常山的外地干部,第一次真切感受到了沙地冷风的厉害。

都说益农的草是"金枝玉叶",种草比种稻好。

我要求去看草。

镇龙殿村。

数百亩各种枯草,被纵横的沟渠分割得极有条理,高高低低,在寒风中摇曳。我们裹紧羽绒服,边走边捂紧衣服评论着,喘气时,嘴里哈出的都是冷风。

在一李姓大姐的草田边,我们停了下来。

我问:"您这田里,都有些什么品种呀?"

李答:"多了,德国兰白鸢尾、花叶水葱、日本千蕨菜,几十个品种呢。"

我问:"那塑料棚里的苗,是什么呀?"

李答:"花叶芦竹。这是幼苗,你认不出来吧?"

我再问:"这些幼苗,是你自己培养的吗?"

李答:"是呀,简单得很,将一根芦竹,横在地里,它们的每个节,都会长出苗来,一亩地可以种几十万株苗。"

我还问:"您家种了几亩地的草呀?收入多少?"

李答:"五六亩。一亩收入大概两三万。"

高个儿,脸上不断地挂着笑容的中年人李水明,是杭州益森水生植物专业合作社的负责人,他是镇农殿第一个种草者。

我自然会问起他为什么想到了种草。

他说,1999年的一天,他在上海植物园工作的一位亲戚告诉他,那些品种多样的草,很少有人会种,但市场前景却广阔,城市美化、公园改造、湿地培养、河道治理、水质改善,草都是有用的健将。而且,亲戚告诉他,镇龙殿的地势低,独特的水质和土壤(虽经几十年的改造,但仍有较高的含盐量),非常适合水生花卉生长。

亲戚是科技专家,他的话靠谱。李水明于是承包了五亩地,尝试种了一些,以再力花、黄菖蒲、千屈菜等品种为主。

我问当时销路怎么样。

爽朗的笑声再次响起,李水明脸上漾起的笑纹,将明亮的双眼挤得小了不少:"太好了,草的价格好得令人难以置信,一个花叶芦竹芽头,可以卖四五块钱,一亩地,可以发二十几万个芽头!"

我以为听错了,二十几万个芽头,那不是一百来万了吗?一亩草,能卖一百来万?

李水明仍然笑:"对的对的,那个时候,就是一百来万!"

现在,他还承包着村里的五百来亩地,草的品种达到一百多种,除了美人蕉、花叶芦竹、线叶香蒲、常绿水生鸢尾、睡莲、金线水葱等大量的外来草种,就连江南差不多绝迹的野茭白、野菱、野芋、紫芋等水生植物,也被培养起来,且生长良好,颇受市场欢迎。

我笑着问:"那你的钱数不过来了!"

他仍然笑:"现在收入没有那么高了,种的人多,我们村,还有周边村,有上百户在种,但每亩还是有几万元的收入。"

他显然心态很好,对于其他农户紧跟而来的种草,他则是另外一种理解:种草的人多了,不仅我们这里的生态好了许多,那些草种被卖到别处,对环境改善,一定会产生更大的作用。

我问林志荣主任,益农现在的种草面积大概有多少?他说,一千两百多亩,主要集中在镇龙殿、星联、东村等村。

我翻着"萧山益农"微信公众号去年发布的一则微信,那是益农草长势最旺盛的季节,满屏的花花绿绿:德国路易斯安娜鸢尾、海寿花、花叶芦竹、花叶菖蒲、花叶水葱、千屈菜、青叶水葱、日本大花菖蒲、睡莲,这些本国、异国的花草,都在益农的沙地上,各展其美,以盛开的姿势奋力绽放着。

钱塘江的春风一点儿也不温柔,毛掌门见我冻得够呛,有些抱歉地安慰:"你过几个月再来,这些草都会醒来,会热情地迎接你的!"

春夏季观草叶,那些叶,如青春的人,生机勃发。

秋季赏草色,百草百色,不,是千色,白昼的色和夜晚的色,绝对不一样。

即便在冬季,大部分草枯了,萎了,萧条肃杀,但芦苇枝头上的苇絮,露着长长荒根的水葱,却展示着另一种特独美,这是草们生命旅途中短暂的歇息,是奋飞前的停顿,依然值得我们赞美。

5. 不算尾声

巨树荣盛。

益农这座年轻的城,还长出了一棵特别的大树,枝繁叶茂,花团锦簇,它就是荣盛集团。2016 年,荣盛集团销售额达八百六十八亿,利税上百亿,列全国民营企业五百强第二十六位。

河　上　记

出杭州，经复兴大桥，往东直行，过义桥，穿戴村，就到了河上。河上，一个藏在山林中的古镇。走马观花，匆匆五记。

1. 板凳龙

元杂剧《来生债》中，有一段磨博士的道白："清早起来，我又要捡麦，捡了麦又要簸皮，簸了皮又要淘麦，淘了麦又要晒麦，晒了麦又要磨面，磨了面又要打罗，打了罗又要洗麸。"我知道，磨博士开始磨面了。

麦来了。

七十多岁的非遗传承人傅老先生，打开礼堂的大门，我一眼就看到数堆新麦堆在空地上，副镇长解释，这几天天气不好，刚收上来的麦，堆在这里晾干。蔡天新和祁媛，蹲下来研究麦，我和赵柏田、畀愚，站在边上议论，是大麦，还是小麦、面、饼、啤酒花，话题不断散开，我们离不开麦子，麦子和我们相伴了几千年。

环顾，满壁都是河上板龙的介绍，舞龙盛况，制作过程，国家非遗，历史悠久。右边厢房，满满一房间，全是闲下来的板龙。它们是龙身的各个部分，主要组织是板凳，每一条凳都有卯榫，可以自由连接。板凳上既有精致弯曲的金纹龙身，也有造型各异的动物，牛、羊、马，什么都有，它们将会组成几百米的方阵，浩浩荡荡出行。

打开一个精致的门帘，里面供着龙头，庄严，雍容，挺拔。头顶数项桂冠，张大盆嘴，嘴含赤珠，雪白巨齿，花色长须。它似乎在候场，随时准备昂首出征。

接着元代磨面博士的戏词，我脑中的板龙戏立即展开。

正月十五至十七，河上有龙灯胜会，不可少的四个程序是：开光大典、出灯、闹元宵、化灯。开光大典，请出龙首，上香，祭拜，虔诚而隆重。出灯，锣鼓敲起，龙首在先，龙身在后，沿街穿巷，将整个地方的喜庆神经都拨动起来。元宵灯会，家家户户都将过完年还剩余的热情全部释放，飞龙，在夜空中旋转，越闹来年越发。化灯，完成使命的龙头，被请到河滩上，祭拜完，点上火，龙在火光中飞舞，烧成灰烬，意思是龙升天，庇佑万民。

关于河上板凳龙的起源，我相信它是有极早历史的，虽有两个传说，但并没有说服我。我的推断是，习俗的起源，基本起源于民间的某种信仰，当初的某个重大节日，或者为了庆祝丰收，几个领头人，制作了龙头，龙身就用简单的板凳代替，凳身裹上红纸就鲜活了,家家户户都可以参与。我设想的场景是,当锣鼓紧敲,鞭炮齐鸣,龙头在惊艳中亮相,板凳一张接一张,龙头到哪儿,热闹在哪儿,龙身绵延,整个村子都沉浸在欢乐与祈祷中。当这样的欢乐持续多年,就变成了一种固定的仪式,并外加了许多神化的含义,即便是历代统治者,也十分乐意看到这样万民齐欢的场景。

头脑板龙盛会,瞬间被拉回。

拜别龙头,跨过麦堆,河上板龙大戏更让人向往。下一个龙头腾跃的日子,就是明年的正月十五,记住这个日子,这里有无穷的欢乐。

走出溪头村的文化礼堂,空旷的广场上,抬头望天,天蓝得让人连连惊叹,沿着马头墙往天空拍照,以为到了西藏。

2. 徐同泰

穿过一个二层小门厅,上面有阁楼,四根杉木柱子,细细的,旧旧的,但也有小牛腿,牛腿上有雕刻,右边是关公捧着一本经典,做灯下夜读状,左边是老子出关,悠悠骑着牛。

迎面是五座大小不一的圆柱绿色发酵罐,数十米高,容量足有几十吨。左边有叠得小山样的规则小缸,空口敞开,能装几十斤重的那种窄口缸,缸瓶横竖有形,呈梯形上摆,是一种景致,艺术感强。

前几天阴雨滴答,我想象着大雨小雨,滴打着这些缸,会是一种什么样的声音？错落起伏，叮咚有序，节奏永远慢腾腾。

是的，徐同泰，这家百年酱油老店，雨滴伴着它，不，还有风，风风雨雨，已有一百四十年的历史了。

徐同泰你可能没听说过，胡庆余堂你一定知道了。当时民间的说法是：问药胡庆余，润味徐同泰。1875年，清光绪元年，徐三春夫妇，靠摆酱油摊起家，以前店后厂的模式，创建了徐同泰酱园。

我不知道创立者徐三春，牛腿上那两个雕刻的用意是什么，但不会随意，一定有他的想法。守卫函谷关的军官，听说老子要出关云游，一下急了，这怎么行呢？这样的大哲学家以后绝世，是损失，一定得让他留下一点儿东西，于是五千字的《道德经》就被逼着诞生了。关羽虽是武将，但爱学习，忠义、勇敢、仁信。这几者合起来，延伸出去，是不是可以这样理解：做人做事都要讲道德仁义，并勤奋好学，从书中汲取智慧和力量！

徐同泰，能坚持到现在，一定是在它产品中注入了仁德元素，才声名远播。对一家百年老店而言，德与钱相比，德更重要，德养育了钱，没有德就没有钱。

溪头村礼堂，那些和龙头相伴的新麦，我估计，它们就是徐同泰的新客人，它们会在这里，一步步地变身，完成自己做酱的使命。

徐同泰的大门边，仍然是小店，有一个长长高高的柜台，台面宽阔，深黑油光，里面各个品种的徐同泰林立，女店员，安静地坐在那儿。经理说，这个柜台，和徐同泰同年纪，也经历百年风雨了。

谢鲁渤打了两小瓶酱油。

袁敏打了两小瓶酱油。

我也去打了两小瓶酱油。

蔡天新赶上来，一下打了四瓶，两大两小，他说，带回家送人。

哈哈，打酱油，油盐酱醋茶，生活有了徐同泰，我们还怕什么东西没味道吗？

3. 文昌阁

凤坞村，不是风吹过山坞，而是凤凰飞过山坞，多么美丽，多么吉祥。

凤坞村中藏着一个文昌阁。

施耐庵，右手握着本翻开的大书，左手捏着披风的长襟，端坐着迎接我们。长须，高髻，深目，沉着微笑。

施作家，为什么会在文昌阁？我好奇，他曾在钱塘为官，传说在这里写了《水浒传》，只是传说，但这里的人们，却始终相信，施大作家真有可能，在这里写作，河上虽小，却自古繁华，从杭州，过钱塘，不用一天就可到达，不远，又僻静，对于忙碌的国家公务员来说，真是不错的选择。

杭州自宋以来，勾栏瓦肆，各种戏剧盛行，水浒故事就是当时的主题之一，于是各地就流传着太多的水浒故事。淳安是方腊的起事之地。鲁智深在六和塔，闻潮信而圆寂。武松终老在六和寺。我的家乡桐庐，芦茨地方，有个村叫蟹坑口，传说就是解珍、解宝战死的地方。

当我在河上的这个小山村，看到文昌阁，看到施大作家的传说，也就不那么奇怪了，于地理，于事理，都有可能。

凤坞村的文昌阁，年份悠久。重修碑记上记载，它始建于五代十国时期，《萧山县志》也记载，清朝乾隆十三年（1748年），进行过重修。我眼前看到的文昌阁，重修于2010年，资金主要由民间自发捐助。

重修后的文昌阁，底座留一圆形小隧道，既保护了原有的基座，也是村民夏季纳凉的好去处。台座用花岗岩砌就，结实稳重。二层大厅中间是文昌君像，左右各是关羽和董仲舒陪伴。

我没有过多考虑他们在一起的合理性，我只是感觉，这些都是读书人的代表，且凤坞的董氏，也自称董大儒的后人，对他们的景仰，就是对知识对文化的尊重。村人若遇孩子升学，中考、高考，一定要来拜拜，拜文昌君，和到文庙拜孔子，心理是一样的，都想有个出色的成绩，不迷信金榜题名，但一定尊重知识。

在经济发达的萧山，看到小山村中有文昌阁，我想，这应该是他们能走得更远的原动力吧。

4. 抗战馆

接着董仲舒的董。

仍旧凤坞村，曲里拐弯，我们去看一座修缮过的董家老屋。一位身材颀长、平头，肩扛着步枪，打着绑腿的中国年轻军人，站着街口瞭望。这是一幅画，一幅指示牌，他指引着我们来到"战时萧山县政府机要室旧址"。

这幢董氏老宅，建于清末，历经风雨沧桑。

这是萧山人民抗日的记忆。

抗战时期，萧山县政府三次迁到这里，董宅是当时的机要室，内设电台，是萧山抗战的指挥及情报中心。萧山是浙东抗战的主战场之一，拼杀激烈，有数万将士壮烈殉国。当时的省政府主席，黄绍竑，也曾经到这里指挥抗战。

2015年，抗战胜利70周年，中国大地，纪念之火熊熊。纪念不是记仇，纪念是为了让我们更加发奋。火红7月，萧山民众自发捐建纪念馆的激情，如钱江潮奔涌。

与别的抗战纪念馆不一样的是，这里有强烈的民间色彩。展出的图片，几乎都是从日军的角度拍摄的，应该是日军随军记者，或者是外国战地记者拍摄，还有许多物品，都是日军当年侵略中国时使用的实物。萧山民间志愿者，通过民间渠道，从日本搜索收购，或者国际友人捐赠。看着图片和实物，心情一时波澜迭起。

许多照片，我都是第一次见到。日军军官合影，扬扬得意；日军在攻城，气势猛烈；日军"扫荡"归途，扛着枪，拎着鸡，刺刀上还晃荡着许多物件；日军在查看中国军人的头盖骨，这一定是一场惨烈焚烧后的自我壮胆。

有一张照片特别醒目：日军在喂食中国婴儿。画面上，一名日本兵，左手拿着水杯，另一名日本兵，右手往孩子嘴里塞着东西吃，孩子闭着眼，张着嘴，光头，捏着小拳，裹着破棉絮，旁边丢弃着一顶破斗笠。

很容易让人想到照片的后面。这一定是日军的宣传画，无非是反映日军的"人性"和"友善"。但是，强烈的反问也会紧跟：婴儿为什么会躺在那儿？所以，表面上仅有的一点儿未泯的人性，也显得十分苍白。

一面照片墙上，二十八位寻找到的在萧抗战老兵，个个举着手敬礼，他们是在向正义敬礼，也是在向死去的战友敬礼。

"我们不说话，让历史说话"，我们用火光搜索，是为了把阴影驱赶，从而护卫我们更好地前进。

河上记忆，就是萧山的记忆，更是民族的记忆，亦是世界的记忆。

5. 道林山

道林山在东山村。我去登道林山，镇政府的小汪陪同。

这回，似乎感觉在河上面了，因为我正在一条小船上行走。

这条小船叫金坞，是东山村的一个自然村，地处道林山脚，整个村子中间大，两头尖，形状很像一条小船。

此刻，我正站在船头，船上的动力支援点——船撑，这是一棵参天的古银杏树。六十多岁的金先生，正在树下打扫他老屋的院子。

我看了树的标识牌，约六百年，啧啧称赞："这银杏有年份了。常识告诉我，树有多大年纪，村庄就有多大年纪。"对树的年纪，金先生有点儿不满意："这棵树，其实不只六百年，我们金家村，就有七百多年历史了，树一定是建村时种下的。"我并不完全赞同，树可以大于村庄，也可以小于村庄，因为有大树古树，所以选择居住，因为居住，所以种树。但不管怎么说，前人栽树，后人乘凉，金先生就是受益者。金先生接着自豪地举例论证："我们是'活金死刘'，明朝的时候，我们的祖宗，从义乌迁过来的。"

关于"活金死刘"，传说有很多，一个权威的说法是：王莽篡汉，欲灭刘氏，刘姓被逼亡命天涯，改姓繁体刘字的一个偏旁金字，但死后的碑上，又改回原姓。富阳的龙门，也有"活金死刘"。想来，都是同一宗，应该是汉室的皇族后人。

开始登山。

迎面有"道林山"巨石碑，后面有碑记，山的基本信息是：海拔五百零九米，全长一千六百九十米，宽两米，石阶一千三百四十一级。

道林山古道，和金坞村同样历史悠久。我的思绪，一直在山名上打转：道林，什么意思？没别的什么意思，就是道士多，多得像树林一样，就叫道林山了。我思忖也有可能，葛洪就在杭州的葛岭炼丹，茅山道士在江苏南部，唐宋道士兴盛，明成祖朱棣自称真武大帝化身，这里山高林密，确实是修道的好地方。

起步时的古道，坡度平缓。道旁滴着露水的茶叶细片，会撩湿你的衣襟，刚刚阳光热烈，瞬间就进入茂密的竹海。真如海，道林山九千多亩竹山，那些竹，生命力旺盛，挤着生长，好多弯着腰，在道两旁勾肩搭背，几乎将阳光全部遮盖。背上开始冒汗，但丝毫不觉着热，大口呼吸，贪婪地将氧离子吸进热热的胸腔。

古道陡峭起来了，有数百台阶，必须仰视。脚步逐渐沉重，大口大口喘粗气，感觉到了困难，体力开始透支。有亭子在上方，再努努力，登上亭子就可以休息了。

这是一座无名四角亭，我上来的第一个念头是，要为它取个名字，再弄两副对联。我心中的名字，"小歇亭"，直接一点儿好了，这时候最想小歇一会儿。对联嘛，脑中冒出王维的诗句"空山新雨后""清泉石上流"。另两句是王籍的："蝉噪林逾静，鸟鸣山更幽。"此时空山，昨晚暴雨，一片竹海，绿得炫目，山溪流泉，隐约叮咚，虽是上午九点多，但鸟鸣不时传来，它们似乎还在早课。古道上只有我和小汪。王维诗句可以形容眼前，挂亭子正面，后两联是摹写酷热的夏月，挂亭子反面,下山可以直接看到。

告别方亭檐角盘旋的几只蜜蜂,还有亭边扶手上忽东忽西的一只大蚂蚁,继续往上。正在为体力绝望的时候,松林间忽然有成束的太阳光线射来,山岗到了。破败的屋基,就在山路旁,大石砧上长满青苔,显然是从前山里人家。

翻过岗,一片平地,几座旧屋。

道林山兜率禅寺碑,上有禅寺的简单沿革:

公元238年,三国赤乌年建,名道林寺;

公元908年,吴越王更名,名浅严寺;

公元960年,北宋更名,名金额寺;

公元1638年,明朝更名,名兜率禅院;

公元1662年,清朝康熙年间次坞俞氏重修,名兜率禅寺。

碑旁存几处遗迹,一个石香炉,上面还有断香、蜡烛残留,一个不到一米高的石经幢残件,幢顶已碎成三截,基座是一小长条石,上接一朵石头莲花,杂草茂盛,整个寺基差不多都被掩盖了。破败和繁荣,相辅相成,我似乎看见,历史的长河里,道林山道佛轮替,人头攒动,香火旺盛。

禅寺后屋的一棵百年桂花树,极奇特,金桂、银桂集于同一树身。开花时,有金、银两种颜色。禅寺大门前的那一排古银杏,十几棵,抱团生长,冲天而上。禅寺无语,银杏迎风,它们是禅寺的见证。

还有一排旧屋,则是现代的记忆,那是知青屋。20世纪70年代,杭齿厂的几十位知青,住在这里约有八年时间,周围的七百余亩杉林，就是他们用汗水和辛酸换来的。我刚刚还自以为荣，只用五十分钟就爬上山顶的道林山，当年知青却担着百多斤重的东西如履平地，岁月的磨炼，让人感喟。四十多年过去，杉林早已葱郁，当年的知青也早已白头。

我胡思乱想，兜率寺，萧山土话是不是也可以读成"道林寺"？

我还是喜欢"道林寺"这个名字，茂林的山顶，众人寻道，有自然的道，有做事的道，当然，最重要的，还是做人的道！

鲁家的童话

鲁家不是迅翁鲁镇那个记忆深刻的外婆家。

鲁家在安吉，安且吉兮。

鲁家是个村，村里有童话，童话在绕着农场跑的小火车里。

丁酉初冬的一个下午，我成了童话里的一员。

两条四道铁锈色圆弧铁轨，在粗沙砾里延伸。火车总站四个立体大字，在翠竹丛林的山里，极其醒目，大字间还嵌着中国铁路的标志，俨然就是一个车站了。总站里停着两列火车，每列火车有五节车厢。

在村里坐火车，我是第一次。

"呜——呜——呜"鸣笛三声，鲁家火车开动了。火车以三十码的速度，向着鲁家的十八个农场慢慢绕圈跑去。

鲁家火车的车速，是我理想中的速度。我在《我是大唐干部陆司马》一文的结尾中，就表达了这种向往：竹密何妨水过，山高岂碍云飞。年底，陆司马乘着马车，以三十码的速度，行进在从润州通往长安的大道上，向中央政府汇报工作去了。

那篇文章中，我是替自己在喜欢的唐朝谋个一官半职，是幻想。今天，我在现实中，坐着鲁家小火车，不用向谁汇报，放松得很。一帮闲人，聊着天，谈谈眼下天气，聊聊眼前风景。阴雨，十摄氏度以下，车速带来的冷风，直让人捂紧衣裳，但大家谈兴依然不减。车厢外，泛青的毛鹃在细雨中耸立，它们静静等待着下一次的开放；那些矮地野菊，则开着鲜艳的花，似乎在热烈欢迎我们。右边的一面山墙，几只白山羊在奋力攀岩，那是画，却栩栩如生。一座青砖搭建的小碑坊，上面用木牌雕着"立秋"字样，哐哐哐，转眼看到了立冬，设计者用心，用二十四节气分割短短的里程，节气一直陪伴我们，行进在时间的隧道里，顿感韶光飞逝。

快看，左边小河里有长脚白鹭！有人开始惊叹。仔细观察，宽不过百米的河道，清溪慢流，岸边有枯萎仍显绿意的杨柳，河床里有浅浅的水草，两只白鹭低着头，悠闲地在水里啄着什么，是鱼吗？是虾吗？是草吗？都有可能，反正让它们果腹的东西越来越多了，在浙江的每一条河里，不管大小，都有河长，白鹭以及其他野鸟随处都可安家。

这时，播音员提醒："下面，我们的列车，要经过一座'铁路桥'。"我们笑了，不就是跨小河的大铁桥吗？百来米长，火车轰一下就过了。

是的，几秒钟的时间，却映射了长长的历程。今晨，我听早新闻，有一条消息让人振奋：西成高铁即将开通，动车已经试运行了三十万千米。西是西安，成是成都，别的地方，通个高铁也是常事，但西成高铁不一样，它要穿越的是秦岭，是李白长叹的"蜀道难，难于上青天"的地方，也要通高铁，这不能不让人感叹再三。轰隆隆，鲁家的火车瞬间过了铁桥，对这个村来说，2011年，整个村集体资产还是负一百五十万，而今却有一个多亿，这实在是一个神话，不，应该是童话，童话的编织者，朱仁斌，这个体育散打教练出身的村书记，将鲁家打造成了一个童话世界。

"果园农场到了！果园农场到了！"播音员又提醒，是的，鲁家的火车要经过数个自然村的十八个农场，这果园农场是第一个。

虽没下车，但望着眼前那一大片果园，这个农场仍然给了我无穷的想象，四季鲜果，是这里的主题，经营者依托自然，又突显匠心，童话里的花果山，不仅猴子们喜欢，人更喜欢。

出果园农场，按火车南、西、北、东绕一圈，四千五百米，下列农场，依次出现在了我的眼帘中：

南区：竹园农场。蔬菜农场。牡丹农场。灵芝农场。蝴蝶农场。映山红农场。

西区：野山茶农场。红山楂农场。高山牧场。

北区：鲜花农场。葡萄农场。中药农场。铁皮石斛农场。美冬青农场。

东区：葫芦农场。桃花农场。生态科技农场。

牡丹、灵芝、铁皮石斛，映山红、野山茶、红山楂，真有点目不暇接。这不是枯燥的名词，每一个都透着鲜活的影子，它们是鲁家人致富的宝贝,它们也是鲁家生态环境营造的主力军。公司+村+农场,一种新业态,朱仁斌非常自信地告诉我们,它是鲁家人的创新。他透露,这几天,人力资源部、环境保护部、国土资源部的三个部级现场会要在鲁家开,主题是就业、环保、土地合理开发,鲁家这三个方面都做了一些有益的尝试,全村三百多人在公司和各农场就业,每一块土地都合理利用,整个村庄就是大花园。

一个现代童话版的田园村庄横空出世。

呜,火车又鸣长笛警告,原来是经过村道口了,白色栏杆横着,工作人员挥着小旗、吹着哨子,两边的车自动停下,一切都是真实的场景。我眼前又出现了等待绿皮火车开过的镜头,1980年秋,我去地处金华高村的浙江师范学院读书,周末去金华城里,抄小路走,要过两次铁道,望着那迎面而来又渐渐远去的列车,一个十九岁青年的内心也有点儿澎湃,远方,向远方,远方有我想要的很多新希望,虽然,我到不了很远的远方,但心一直向往之。

呜,警告解除。

排排绿竹向我们闪来。

安吉的竹,中国有名,满山满地,只要有空隙,就一定有竹的身影,竹子不仅给安吉带来财富,更让人有一种积极向上的精神。上火车前,我在万竹农场湖边的竹亭子里伫立,这个竹亭,搭得极有气势,顶棚转角而上,棱角分明,天穹处,一个大圆,透着一片白光,天与地,就这么简单被打通,就如这鲁家村的来历，村人不姓鲁，却崇尚鲁班的创造精神，鲁家村，冥冥中似乎有一种预言，鲁家人果然将它打造得如童话一般。

右前方的山坡上，大片的茶园，雨水中泛着青光。我知道，安吉的白茶，早就和竹子一样驰名，在沸水的冲击下，它们会跳出独特的舞姿。

不由我贪杯，呜，呜，呜，又三声鸣笛，鲁家火车到站，童话旅行结束。

在鲁家游客中心，我看到了鲁家村的全图，鲁家坐落在安吉县递铺街道，总面积十六点七平方千米，户籍人口两千两百人。

这个位于天目山余脉的田园村，极像一只在长空中翱翔的山鹰，平地崛起，头部饱满精神，两翼虽不是很长，但结实，尾部短而有力，它带着世间美好田园的梦想，向着美丽的远方奋力飞翔。

忽然记起，今日小雪。

我想在某一个大雪日，再去看一看银装素裹的鲁家，那时，铁轨边的荷花塘里，盖着厚雪的莲蓬下面，一定藏着无数个鲜活的童话。

安民故事

我去安民捡拾故事。

山乡安民，地处浙西南深处的松阳，与龙泉、云和、遂昌毗邻，那里群峰连亘，雾涌云蒸，故事绵长。

1. 夜曲

刚看到"箬寮"两字，就觉得这是耐咀嚼的地方。一座用箬叶盖的小屋，这样的箬屋里，应该有许多想象的空间。

天幕将整座山坳都遮盖了，我才有机会细细观察箬寮，其实，除了几盏路灯，以及灯光折射出的短短的影子，天空一片黑，我什么也看不见。不过，这并不影响我飞扬的思绪，在我没来箬寮以前，松阳好多朋友向我介绍过，再加上已经亲密接触了一整个下午，我想，我有些了解它了。

此刻，我静伫溪边，中午开始就迎接我的山泉流瀑，唱得更欢快了。其实，它们一直欢快，它不管来不来人，它也不管白天还是黑夜，它们一直沉浸在自己的节奏里。它们自松阳最高峰——海拔一千五百零二点三米的箬寮岘山涧汩汩而出，泉水一路汇合，到我眼前，已经有些小气候了。不过，平日里，就像这样带点儿温热的初夏季节，山泉们还是挺温柔的、清纯的身影，会让许多人生出要揽它入怀或掬它入口的念头。我知道山泉的理想，它们一直要向前奔流，四季不息，直至汇入松阴溪，直至瓯江，直贯大海，那里才是它们的归宿。

忽然，几声鸟鸣划破空山，虽不是苏东坡和儿子苏迈在石钟山听到的夜鹘，尖厉而清脆，但这鸟声也挺响亮，我不知道是不是黄嘴栗啄木鸟，或者黄腹山雀，或者灰喉山椒鸟，整个箬寮景区，有野生动物一千一百九十多种，鸟类自然不计其数。鸟也如人，它们要交流，它们也有爱情，也许，雌鸟迟迟未归，抑或，雏鸟迷失了家的方向，它们都要鸣叫呼号的。

沿溪的那些花草树木，似乎也和我一起在静听山水的畅吟。我身旁，就是一丛丛的矮叶黄杨，圆圆的细叶，它们守在溪边，犹如夜的眼。

今日是农历十二，月亮有些迟，它从山后慢慢爬了上来，从月亮的视角看箬寮，整个小箬屋显得有些灰白。懒洋洋的月光，和山和水和树和花，默默地很协调。夜深了，它们都要枕着静夜睡去。

那么，我也要回箬寮山庄睡了。

我的幸福理想是，在这深山中，什么人和事也吵不到我，只愿在鸟鸣和流泉中自然醒来。

2. 节日

清晨，爽风拂面，箬寮山庄的门前，一株猴头杜鹃对着我微笑。

这株杜鹃，显然是山上移植而来，虽然花期已过，枝也不粗，但沐着晨光，吮着朝露，依然如少妇般有韵，它应该有几十年的树龄了。

猴头杜鹃盛开的季节，就是箬寮的节日，不，应该是整个安民的节日。

箬寮的原始林，属于混交林。此地林木众多，有各类植物一千四百多种，猴头杜鹃，就是原始林中的耀眼者，满山遍野生长，它有三个集中生长点，千年杜鹃林、十里花海、迎宾杜鹃。

人们的眼光，自然聚焦到千年杜鹃林上了。

碗口粗的树干，下端还算挺拔，往上却长得龙飞凤舞，褐色虬枝，蜿蜒曲折，树越来越老，花却越开越旺，站在那千年林中，或在岩崖上俯瞰，大自然的神奇，植物旺盛的生命力，都会让人感慨无限。

中国杜鹃数百种以上，这猴头杜鹃，是独一类，皆因它初始花苞如猴头而命名。初生幼猴，尖尖的嘴，毛茸茸的面孔，红红的，煞是可爱。它们在枝头密密麻麻排列，急于要向天空绽放的样子。如果用高速摄影机显示它的开放过程，应该有这样几个经典镜头：迷人的猩红小脑袋，从虬枝上一个个钻出；粉色的花苞慢慢打开；花蕾一点点向外打开，再打开，完全打开，花叶洁白如玉。这时，整个千年杜鹃林，树枝上都垒叠着激浪过后扬起的白浪花。

第二日上午，箬寮山庄的宋明东副总，陪我们往箬寮的深山里去，寻找节日的主角。

密林中，那些小道一直曲折往前延伸，这小道就是人体中最粗的那根动脉，整座山就靠它来循环。第一次进入这样的密林，你不知晓小道的前方有什么，反正都遮阴蔽日。大部分的小道比较原始，有的用山石砌就，有的只是裸露的砂岩组成的坚硬路基，双脚不时会踩到软软的松针或者枯叶。如果你留意，道旁的岩石上，还有各色的小苔藓、小花草启亮你的眼睛。你要经常猫腰，因为有些树干会很不讲理地横亘在你的前面，你必须低头才能过去，不过，一抬头，一片风景说不定就闪入你的眼帘了，那是野茶树，细看，大片的青叶上藏了不少青青的果子，那些果子，以前没人采摘，现在，也有山民在密林里蹿来蹿去地摘，因为它可以制作野生茶油，贵得很。

我在一棵老杜鹃树下停脚。

显然，这一棵远远要比山庄前的那一棵年纪大多了，碗口粗，树干先挺拔向上，然后一枝斜斜地向小道外用力逸出，一枝又一枝，不断向外逸，那向外生长的枝条，很潇洒，犹如诸暨人杨维桢"粗头乱服"的"铁崖体"书法，不讲规矩，倔强放荡，小道外的天空很自由，酣畅淋漓，可以任意抒写。

汗微出，我着大红T恤，在无花的猴头杜鹃树前留影。哈，这大抹红色，就算是被猴头杜鹃花苞的猩红染的吧。

在箬寮原始林，不用看花，光看看那些狂放的虬枝，就很容易陶醉。

3. 苍天的眼睛

天有眼，神有灵，人间的善恶，别想瞒住他们。天地有眼，缘于东汉的一位名人，杨震。

安民乡政府所在地大潘坑村，有潘溪杨氏宗祠，这座祠堂，叫"四知堂"，他们是杨震的后人，祠堂的屋柱上，有一副对联特别显眼：承祖宗以仁以德，教子孙惟读惟耕。

"四知"的故事，是中国官员廉洁史上的一座重要精神里程碑。《后汉书·杨震传》这样记载"四知"：

> 大将军邓骘闻其贤而辟之，举茂才，四迁荆州刺史、东莱太守。当之郡，道经昌邑，故所举荆州茂才王密为昌邑令，谒见，至夜怀金十斤以遗震。震曰："故人知君，君不知故人，何也？"密曰："暮夜无知者。"震曰："天知，神知，我知，子知。何谓无知！"密愧而出。后转涿郡太守。性公廉，不受私谒。子孙常蔬食步行，故旧长者或欲令为开产业，震不肯，曰："使后世称为清白吏子孙，以此遗之，不亦厚乎！"

这个故事，集中彰显了杨震的清正情怀。昌邑县长王密，杨有恩于他，想来感谢一下恩人，但杨震似乎有点儿生气了："我了解你这个老朋友，但你为什么不了解我呢？你为什么带这么贵重的东西来，你难道不知道我的人品吗？"王县长不了却心愿不罢休："晚上没有人知道的。"杨震的"四知"掷地有声："苍天知道，神灵知道，我知道，你也知道，怎么可以说没人知道呢？！"

别人的东西不要，来路不明的财富不要，这就是仁德了，这是人立身处世的宝贵的精神财富，必须继承。

我在潘溪杨氏宗祠，还看到了极为细致的家训族训，兹摘两条如下：

> 平争讼。生活中哪有不磕磕碰碰的，大家一定要容忍，如果事出非常，也要依理而论，按照辈分逐级申请调解，不能随随便便打官司，那会伤了感情。
>
> 保丘木不斩。凡祖山坟木，各家都要精心培植，不论内外人等，不能盗砍一枝一干，违者重罚，加倍罚。

安民乡乡长吴华基告诉我，因为杨氏的严厉族规，杨氏历代祖宗古迹皆能基本完好保存至今。是的，惟耕惟读，干踏实事，做清白人，于家、于族、于国都是好事。杨震"四知"的故事，再一次敲击着我们的心灵，我们仿佛又经历了一次精神洗礼。

出"四知堂",往山脚溪边走,有一排绿植,盛开着四角白色的花,叶片青色光亮,我以为是小香樟,细看不是,经过识别,它叫"四照花",也叫山荔枝。"四照",呵,我自言自语,会心一笑,是巧合吗?"四知堂"外遇"四照",照什么?照人脸,也照人心。

4. 安岱后

安岱后,这个村名,和箬寮一样,显得那么别致。

我问来历,乡干部说,安岱后就叫安岱后,没什么特别的意思。我自己这样琢磨:安,安全,放心;岱,肯定不是泰山,但山是可以向着泰山的,浙西南的高山;安岱后,一个可以安心居住的高山村庄。

1935年5月,在当地革命青年陈凤生、陈丹山等人的引导下,刘英、粟裕率领中国工农红军挺进师来到了安岱后,建立起浙西南第一个革命根据地,这里成了"浙西南井冈山",他们在此修整操练,积蓄力量,暂时将心安顿下来。

一进入安岱后,抬头就可以看到廊桥上萧克将军题写的"红军桥"石碑,仰望着石碑,我们踏石阶上桥。

此桥建于清朝光绪年间,为单孔木梁廊屋桥,桥上有廊屋数间,可容上百人。此桥也是安岱后出入的唯一通道,自然也是红军的重要据守点。安岱后村的老书记陈吴福,指着南墙上的两个大洞告诉我们："这是枪眼,当年红军的两挺机枪架守在这里,喏,枪眼边上还有子弹划过的痕迹。"

显然,安岱后并不能让人安心居住,敌方追剿得很紧呢,深山也不放过。

红军挺进师在安岱后驻扎了三年,留下了不少生活和战斗遗迹。除了红军桥,还有红军主会场、红军食堂、刘英和粟裕旧居、浙西南特委旧址等,陈吴福细细讲解,我们一一瞻仰。

实现理想,需要付出,特殊的年代,那就是血和生命的付出,为了"耕者有其田,住者有其屋"的理想,安岱后的这片天空,曾经见证了先烈们的英勇。

刘英、粟裕旧居旁,路边石砝的下方,长着数十株厚朴。阔大的厚叶,直直的身子,茁壮得很。这厚朴,我熟悉,是一味上好的中药,剥皮阴干,沸水微煮,再阴干蒸软,卷成筒状晒干。如果食积气滞、腹胀便秘、湿阻中焦,那么,取一卷厚朴,切丝加姜煎汤即可。

历历往事,早已尘蒙三尺,但有的时候,回忆就如厚朴,能治病。

去安岱后,抱朴见素。

安民尚有许多故事,茂密的原始林,沧桑的遗迹,清亮活泼的流泉,都会向你一一细诉,悠悠的,柔柔的。

文学之门

文学之门在陕西吴堡一个叫寺沟村的小山沟里，它由柳青的作品筑就。《创业史》《种谷记》《铜墙铁壁》《狠透铁》《沙家店战斗》等，二十三部柳青作品的中外版本，一百六十余吨石材，以繁体字"門"为意象，逐层累叠而成独特文学之门。

庚子初冬，陕北的寒风已将我棉衣裹紧，我进入了这座特别之门，走近柳青。

两山夹着一条浅沟，我沿着沟中间缓缓上坡，其实已经看不出沟了，它经过精心打造，右边为丁玲、杜鹏程等四十一位陕北籍或在陕北工作过的著名作家手工精雕石板画，右边就是柳青故居。

1916年7月2日，一个男孩降生在寺沟村的刘家，此前，刘家已有三男二女，本来家有余粮，日子还算殷实，不承想，寺沟村遭遇土匪，刚满三岁的儿子，被土匪一枪打死在身怀六甲的妻子怀中，十二岁的大儿跳墙逃命，又被子弹打穿手掌，刘家主人更惨，从寨墙上往下跳，摔伤了腰和腿，躺在床上一直动不了，显然，对这个快要塌了的家庭来说，他就是"多余"的。男孩降生后，刘家妈妈不仅不包裹，还将他放在灭火后的土坑拐角，任冷风吹，用意很明显，让他自生自灭。天无绝人之路，男孩次日被奶奶发现救下，不料，土匪又来侵扰，大人们白天逃出避难，夜晚回家，却将孩子放在家里，真是命大，一连十六天，顽强的男孩，居然还活着。柳青故居中间的那孔窑洞，是他出生的地方，我脑子里立即映出孔夫子出生的故事，叔梁纥与颜徵在郊外野合，生下了孔子，孔子这位老爸却不管他的死活，以至于颜氏死前都不愿意和儿子说他父亲的事，孔子"少也贱"，故"多能鄙事"，而这个叫刘蕴华的孩子，同样也经历了相当的曲折，但凭着他的天资和韧劲儿，终于成人成才，且成了大才。

我记住柳青，是因为他的《创业史》。《创业史》写于20世纪50年代，可它文学的光芒，到我20世纪80年代读大学时，依然晶亮闪耀，这一回，在柳青文学馆，看着他那些发黄的手稿，不同的版本，众多的评论，我试着努力进入他彼时的创作世界。《创业史》写作的艰难程度，对柳青来说，是一次重大的生命超越，所有的积累，所有的创造，所有的坚持，才铸就了他写作史上的里程碑。

2015年底，中国作家协会第九次全国代表大会结束的那个晚上，人民大会堂有一场文艺演出，别的节目我已经没什么印象了，但张抗抗、李敬泽、贾平凹等八位作家表演的《梁生宝买稻种》朗诵片断我却记忆犹新，贾平凹念梁生宝，字正腔圆的陕西腔，活灵活现，将节目一次次引向高潮。

然而，在柳青笔下，《创业史》的主要人物形象，前三稿还叫杨生斌，一直到第四稿才变成梁生宝，六十多年过去，梁生宝这个典型人物，依然泛着浓郁而鲜活的泥土气息。按柳青自己的说法，作家写作，"真像一根扁担，一头挑着生活，一头挑着技巧"，确实，土生土长的柳青，他的许多技巧都是自己琢磨出来的，这实在太难。我可以想象出，他常常背着手，捏着烟，在屋里不停地踱步，百般揣摩语言、人物、细节、结构，为借一本英文版的《安娜·卡列尼娜》，他来回走一百六十里山路，回来路上的深夜，还遭遇到了狼。柳青的女儿刘可凤在《柳青传》中透露，《创业史》第一部，历经四稿，第一、二稿，内容有些单薄，第三稿读来为之一振，内容也丰富多了，人物的心理和情绪跃然纸上，到了第四稿，精雕细刻，内容更加充实，每一个词，每一句话，都经过了深思熟虑。第四稿仅《题叙》一章，就写了八个月，而书中的其他章节，每一章节在每一稿中都要用一个月时间。第一部开始刊发时，书名还叫《稻地风波》，一直到连载八个月后，才改名《创业史》。

我感叹柳青真正地深入生活，不，应该是潜入。柳青与生活的贴近方式，很少作家能做到，他像一颗螺丝钉一样，在皇甫村的古庙里一住就是十四年，如果没有长时间和农村、农民及土地的漫浸，就没有《创业史》。刘可凤这样回忆："来皇甫村前，柳青就脱掉了四个兜的干部服装，换上一身农民式的对襟袄，恢复了青少时的老习惯，瘦小、黝黑，和农民在一起，生人绝不会说他不是农民。"

我面前的柳青照片，对襟袄，戴着眼镜，下唇的一撮浓胡，短而有力，拄着拐棍，这是柳青给我们的标准形象。柳青并不老呀，为什么要拄拐？他的身体太虚弱，幼儿时落下的肺病，一直侵扰着他的身体，然而，即便身体如此糟糕，他依然心里挂着老百姓，村里有什么事，村民第一想到的就是找柳青，他从不厌烦，他知道，他的身体里，本来就流淌着农民的血液，他和他们就是亲人。我在想，如果柳青不是六十二岁去世，上苍再假以他二十年时间，那么，计划中《创业史》后面的几部，如今都会在中国当代文学史上屹立。

看着笑眯眯的柳青，我却读出了他的毅力和果敢。即便舆论对柳青不利，说他江郎才尽，写不出东西，他也不急于证明自己，不满意的作品，绝对不拿出来，有一部作品，我只知道大致内容是反映老干部的，柳青自己也没有透露书名，近十万字的作品，却被他烧掉，烧作品的场景，刘可凤在《柳青传》中也透露了他矛盾的心理："他实在不满意这部新作，划着一根火柴，伴着落英，点燃了它的一角。这也是自己劳动的成果呀，他又不舍地掐灭了刚刚燃起的火苗。"然而，最终柳青还是下决心烧，这种决绝和悲壮，一般人无法体会，不过，正因为不留后路的自我逼迫，才有了文学之门中的那些坚强的基石。

从文学之门一直朝沟上方走，沟的两端，间或有些榆树、枣树、柳树，黄土虽贫瘠，却已经被文学的因子布满，除柳青故居外，还有柳青文学馆、柳青私塾、柳青书院，另外，路遥馆、陈忠实馆、贾平凹馆、延安革命时期作家馆、陕西作家馆、陕西作家手稿及影视资料馆、报刊资料馆等散落其间，这条沟里的二十个院落、七十七孔老窑洞，四千多平方米空间，都被赋予了新的使命，这里成了名副其实的陕西作家第一村。

回程往坡下走，文学之门的背面，我贴近了看，左边，写着柳青名言：人生的道路虽然漫长，但紧要处常常只有几步，特别是当人年轻的时候。谆谆教导，语重心长，就像是对所有人说的，我记得读大学时就工整地抄过。右边，路遥、陈忠实、贾平凹都表达了内心对柳青的无限尊敬，其中路遥这样说："柳青是我走上文学创作之路的真正教父，很难忘在长安县皇甫村与柳青讨教文学创作的美好时光。"我相信这是路遥的肺腑之言。

我到吴堡的当天晚上，就去瞻仰柳青。黄河岸边，吴堡文化公园内，巨型柳青像醒目矗立，慈眉善目，对襟衣裳，右手捏笔，一大沓稿纸，雕像的右下角为《创业史》中的场景，雕像底部，矮柏缀成"创业史"字样。今日农历十三，望着夜空中差不多已经满了的明月，谛听静静流淌的黄河水声，地灯映射，柳青雕像流淌着暖光，我若有所思，我为什么来此？他给我什么样的启示？

走进柳青的文学之门，这是一次精神之旅，离开吴堡前，我发了一条微博，后半段有这样的句子：柳青的意义，不仅仅是他自己深扎人民之中，更是路遥、陈忠实、贾平凹等陕西作家的精神指引，他自然也是中国当代作家的伟大标杆。

人民作家柳青，人民是他的根，他的血，他的魂。

天中之上

唐建中四年（783年）元月，七十五岁的颜真卿带着德宗皇帝劝服叛将李希烈的重任来到了蔡州，不想却被囚禁，他自知生还无望，便写下了不少遗表、墓志等遗书，其中就有他念念不忘的"天中山"："周公营洛建表测影，豫为九州之中，汝为豫州之中。""天中山"三个大字雄浑苍劲，颜碑的用意也极其明显，叛乱者们，这里依然是大唐的中原，天下一定会统一！

蔡州就在今天驻马店市辖的汝南县，因周公营建都城测日影而诞生的天中山，虽只有三米多高，世界上最小，却因位居天下的中心而著名，更因颜真卿题写山名而名扬天下。于是，天中，就成了驻马店市的另一个代名词。

庚子初冬，阳光和煦，我去天中，别样风景和深厚人文，如影历历扑面。

1

你是谁？你从哪里来？要往哪里去？这样简单而又复杂的哲学终极问题，在盘古山得到了解答。

桐柏山脉北陲，南阳盆地东缘，为泌阳县盘古乡地域，盘古乡因盘古山得名，山并不高，海拔四百五十九米，不过，我们的车子沿山盘旋而上，有时依然喘着大气。盘古山顶有盘古庙，山门上的一副对联，写尽了盘古的神话传奇：人根鼻祖开辟天地万物，盘古文化繁衍世间文明。门内正中墙上，"回来了"三字，你会觉得无比亲切，这是回家了吗？不是回家，是来见人类的祖宗盘古，这里是我们最原始的出发点。

不同的文化体系里，人类的诞生传说都不一样，但中国古老的盘古神话，却是深扎于所有国人的脑子中，是盘古为我们开了天地，盘古乃华夏民族共同认可的祖先。世传盘古九月初九圣诞，三月初三升天，于是，每年的阳春三月，大地回暖时，这里的人们便自行集会，以念盘古开天之功善。

感恩，念恩，中华民族修身养性中最为看重的美德之一，大地给予我们一切生存所需，不过，前提依然是生命的诞生，苹果的种子里有苹果，人类也如苹果种子般生生不息。中原大地的河南，从夏代到宋代，先后有二十个朝代建都或者迁都于此，九朝古都洛阳，七朝古都开封，当今中国的三百个大姓的根，在河南的就有一百七十一个，人口数量前一百的七十八个姓名，源头或者部分源头，均在河南，"老家河南"，和眼前盘古庙中的"回来了"，均以不容置疑的口吻告诉你，这里，极有可能是你的老家。其实，这不仅仅是你的老家，这也是中华民族的文化源头所在。因此，我虽知道，中国多地都有盘古神话的传说，不过，在河南见到盘古，却特别亲切。

盘古大殿中，彩塑盘古高坐，目光炯炯，他以微笑的方式迎接着每一位朝见的子民。盘古神话里，盘古兄妹遵了天帝的命令结合造人，盘古的心情沉重而痛苦，虽然，这种人伦规范，从人类最初诞生的时候起便开始需要遵守了，但毕竟先要造人，才可能让人去遵守规范，从这个意义上理解，盘古是一位伟大的创造者，也是一位了不起的牺牲者，我恭敬地向盘古像鞠了个躬。

眼前的盘古庙，为当地民众20世纪80年代集资复建而成，据说原庙初建于五代。环顾四周，还有另外几座佛殿，供奉着释迦牟尼像、道教诸神像、四大天王像。中国传统文化，讲究包容和兼容，儒释道并存，大家和谐相处，人如此，神也如此。我眼前浮现的场景是，三月三，三教九流，贩夫走卒，叫卖声，讨价还价声，此起彼伏，无论人间的烟火多么炽烈，盘古只是端坐其中，微笑看着来来往往的子民，这种微笑，带着浓郁的慈父般暖意。

2

公元1080年正月十八午后,粗大的雪花漫天飞舞,蔡州城的北门,来了两人两骑,年长者显着有些疲态,年轻者看着陌生的地方,却有些新鲜,两人入得城来,匆匆找了家旅店住下。

汴京到蔡州,其实路不远,但这一走就是十八天,他俩正月初一就动身出发了,他们的目的地是长江边上汉阳不远处的一个小城——黄州。似乎你也猜出来了,这年长者应该是苏轼,前几个月的"乌台诗案"差点儿让他去了黄泉,被贬黄州做团练副使,至少,性命无虞,这不,他带着长子苏迈,一起去黄州。

终归是文人,无论心情如何,走到哪儿,都忘不了他的诗文。唐朝的蔡州,历史上发生过著名的事件,有块著名的石碑,他一直惦记着,必须去看一看,于是,就有了苏轼的《平淮西碑》诗:

淮西功业冠吾唐,吏部文章日月光。
千古残碑人脍炙,不知世有段文昌。

现在,我从宋朝穿越到唐朝,和苏轼一起回到"淮西功业"的场景中去。

唐朝后期，藩镇割据，淮西节度使吴元济不听朝廷命令已经数十年了，元和十二年（817年）十月，也就是颜真卿死后的三十二年，裴度统一指挥，李愬雪夜入蔡州，生擒吴元济，这震惊了全国，各方节度使随后纷纷向朝廷表示忠心。如此重大胜利成果，一定要刻碑纪念，唐宪宗命同时参加此次战役的行军司马韩愈撰写碑文，韩大师苦思冥想七十天，终于写出了雄文，气势磅礴，文采斐然，宪宗十分满意，立即命人抄写数份，分发各立功将帅，并诏令蔡州刻石纪念。这就是苏诗中的"吏部文章"。

不想，事情转眼就发生了变化。蔡州的碑立完后，李愬的部将石忠孝，公开将碑砸碎，什么情况？这是死罪呀，然而，皇帝却不追究，反而，又让人重写碑文。原来事出有因，那李愬的夫人，是宪宗姑妈的女儿，表兄妹呀，打蔡州，李愬是头功，而韩文却写裴度指挥得好，李妹妹大为不服，天天告状碑词不实，宪宗头都大了，那就将韩文磨去，再写一块。谁来写呢？翰林学士段文昌。

就这样，平淮碑的韩文碑变成了段文碑。一碑写两次，也算中国碑文化中的稀奇事了。不过，韩愈的碑文可以磨去，纸上的碑文却永久流传，苏轼说它依然散发着"日月光"。我相信，苏轼父子在读碑时，一定有过讨论，也一定感慨万千，但从诗意看，他们都是拥韩者。

北宋政和元年（1111年），汝州来了陈太守，想必他也是拥韩派，这种事估计不用报告中央，又不是本朝的事，他命人磨去段碑，重新刻上韩愈的碑文，不过，已经不是韩愈的原文了。

汝南县政府办副主任王新立先生，中等个儿，极为谦和，他兼着县作协主席，他带我去县文管所，看平淮碑，从碑上的文字看，均为韩愈碑文，段碑已完全不见踪影，我边看边叹，叹韩愈，也叹段文昌，但无论怎么说，段文昌的平淮西碑也是被载入史册的，只是这样的方式有些尴尬罢了，不过，这实在由不得他。

颜真卿的"天中山"三字真是具有极大的预见性，大唐虽已走向衰落，但毕竟统一了，这《平淮西碑》也可算是对他英勇就义的一种赞美书写。

3

又几百年过去，这一下就到了明朝。

朱见泽出生的时候，他老爹还被他叔叔软禁着，两年后，他爹夺回了皇位，又变成了明英宗，他就被封为崇王。二十岁那年，崇王被分藩到汝宁府（现今的汝南县）。汝宁真是个好地方，此前，崇王的五兄秀怀王朱见澍也曾被分藩于此，只不过，秀怀王命不长，到封地两年后，不到二十岁就去世了。

明成化十年（1474年）年三月初五，大地回春，阳光灿烂，朱见泽带着大队人马，从北京出发，踏着他哥哥朱见澍的脚步，前往河南汝宁府。藩王就藩，国家大事，而且，这还是当今皇帝明宪宗朱见深的嫡亲弟弟,场面必定更加隆重。这一支声势浩大的皇家队伍,一路浩荡行进,此前,沿途各地政府尤其是驿站都已做好充分准备,而临近汝宁府的驻马店,就成了名正言顺的皇家驿站。

驻马店地处南北交通要冲,这里是华夏文明的重要发祥地之一,春秋时属蔡国,战国时属楚国,汉设汝南郡,唐宋时为蔡州,元朝开始设汝宁府。自汉代以来就开始有官家驿站,南来北往的信使,在此歇息换脚,驿内常常人欢马嘶,驻马店,这是一个可以让马休息的地方。也有人说,此地原产"苎麻",人们叫着叫着,就谐音而成"驻马"了。1974年10月,当时的驻马店镇力车厂发掘出明朝一古墓群,其中一墓砖上刻有"明弘治元年河南汝宁府确山县驻马店",这项考古,并不能说明驻马店的来历,但至少告诉我们,"驻马店"这个名字开始于明朝,也就是说,自朱见泽来汝宁府,这里就开始叫驻马店了。

不是所有的驿站都叫皇家驿站的,汉代的时候,高祖刘邦曾驻驿于此,而朱见泽来汝宁,我相信这里已经很有点儿名气了,不过,这个名气,会随着他的到来,以及他的皇帝哥哥御驾亲征经过此地而名声再次大震。

我进皇家驿站的北辰门,登上高大气派的城楼,黄色的幡旗迎着风不断摇曳,放眼四望,这里已是一个兴隆的小镇了,皇华宫,驻马驿,驿丞署,急递铺,车马行,驻马书院,各抱地势,各呈风格,中轴线两端,挂着红灯笼的商铺,依次比邻而立，驿站广场，人来人往。沿街挨着店铺走，古老和现代，时空不断转换。

古代的驿站，勾连着各地精彩的世界，驻马店市的这个现代驿站小镇，历史文化韵味和当地文化特色兼具，风景别样。

4

黄淮之间，自西北向东南，汝河、颖河、灉河、涡河、汴河、泗水等如"川"字状津润着豫皖苏北大地，它们最后入洪泽湖、淮河，再东流入海。

北宋熙宁四年（1071年），沈括接手了一项临时性的技术工作，"检正中书刑房公事专提举"。次年，测量汴河下游的地形，这实际是一项赈灾疏浚工程，也就是说百姓可以用劳动来获取粮食。沈括此次的主要任务有三项：用专款在南京（河南商丘）、宿（安徽宿州）、亳（安徽亳州）、泗等州，招募民众前来疏浚汴河；另外，就是查清官家私家在汴河沿岸的田地和可以修筑闸门放水淤田的地点；第三就是做好开凿汴洛运河的准备工作。自然，沈括凭着他卓越的学识和勤勉的工作，把这项工作完成得很圆满。

民为国之本，农为民之基，历代政府，都非常重视农业和水利建设。

1958年3月，大地在天寒地冻之后苏醒，汝南、上蔡、平舆、正阳、西平五县的十一万民工，开始了一场气壮山河的造水库工程。清淤排沟,将汝河等四条河流截河为湖,仅十个月时间,一百六十八平方千米的宿鸭湖湖面上就映出了湛蓝的天空。既能蓄洪,又能灌溉,还能发电、养殖,亚洲最大的平原水库,被誉为"人造洞庭",鱼欢鸟鸣,这里也被称为"渔都"。

无法统计,宿鸭湖六十多年来带给沿湖人民多少恩惠,只是,历史的沧桑,库区周边生态环境持续恶化,它自身已经严重受损:水变浅,水体自净能力丧失殆尽。要想宿鸭湖重新焕发生机,除非清淤扩容,这是唯一选择。

我们的车在宿鸭湖大堤上快速行进,右边的湖面仍然广阔,左边也是大片的水面,不过,这些水是从湖中由挖掘机挖掘上来的泥沙水沉淀而成,管子里冲出来的泥柱,80%是水,20%是沙,这些沙沉淀后,就成了淤泥,淤泥干涸自成大坝,种上树、种上草,就成了怡人的风景。

我们到观景平台,一根抽水管蜿蜒戳进湖面深处,那里有清淤船,船上的挖掘机在紧张作业,这根水管有八十厘米粗,里面发出沙沙的声音,那是泥沙擦着管壁发出的,这样的取淤口有十九处,从前年的12月开始,河南省就启动宿鸭湖的清淤扩容工程,总投资三十一点六亿,工期三年,要将九千多万立方米的淤泥,从湖中抽到大堤的另一边,水流回湖中,淤泥终成田地。汝南县委书记彭宾昌介绍说,宿鸭湖清淤扩容意义重大,它是全国首个试验区,目前已经完成了一半工程。我听后,脑子里立即出现了和宿鸭湖类似的画面,需要这么做的水库和河流，全国到底有多少？一定有许多，它们都已经进入老年状态，或者不堪负重，亟须修补治理或者休养生息，从某种程度上说，给予和索取，是对等的。

我刚刚看过遂平县汝河、玉带河的水系治理，水清、岸绿、景美，已经深有体会，故对修复后的宿鸭湖，充满了期待，我相信许多人和我一样。彭宾昌说，这湖里有一百三十多种鸟，过几天，就有十万只大雁来过冬了。

5

阔大的湖面，只有虚了空了，才可以注入更多的活水。如果将宿鸭湖的清淤看成"有中变无"，那么，我在红色老区确山县竹沟镇看到的提琴产业园，则完全是"无中生有"，这里制作提琴所需的材料均来自外部，但它生产的提琴却占据了中国高端提琴市场总产量的 80%。

传奇的源头，可以追溯至 20 世纪八九十年代。那时，一批竹沟人，到北京的提琴厂打工，开始步入提琴的制作领域，从土里土气的乡下人，到带着一身技术回到家乡的创业者，其间他们所经历的艰难与险阻，很难用文字简单描绘。总之，这批"提琴种子"回到了竹沟，他们用若干年的时间，使整个竹沟都充盈了高雅的音乐。这个普通的山区小镇，已有提琴企业一百六十多家，各类提琴的年产量达到四十万把，大名在国际制琴界也响当当。

我们走进产业园的昊韵乐器公司的展示大厅，有钢琴声和提琴声悠扬传来。小舞台上，一位钢琴老师正在伴奏，年轻的女孩，大提琴师，专注地拉着，站着的那位，小提琴手，一位扎着马尾辫的青年女子，看模样打扮，应该是村民，曲子不算流畅，不过，已经像模像样了。她们不是表演者，她们只是普通的练习者，或许，在昨天，或者昨天的昨天，她们还不知道提琴，这神秘的西洋乐器，看着简单，但要让它流出动听的音乐，那是不可思议的事情。

我上二楼的生产车间参观，多个钢货铁柜上，挂着出口各个国家的提琴，美国、意大利、德国、日本、韩国、澳大利亚，成排成行，提琴们整装待发，开始它们异国的音乐旅程。在装配马子的工位上，我和一位宋姓女工攀谈了一会儿，她说今年四十六岁，已经工作四年半，开始半年是学技术，现在每天可以装十把左右琴，月工资六千以上。问她为什么来此工作，她说是政府照顾安排的，前几年，她丈夫身体不好，女儿又在读高中，家里日子过得紧，她说现在好了，丈夫已经病愈，开始工作，女儿从河南师范大学毕业，已经被郑州的一所高中录用。我笑着说，恭喜恭喜。花白的头发，与她的年纪并不相称，不过，她脸上始终洋溢着笑容。

我问如何打造一个和提琴产业相匹配的人文环境，陪同的确山县委书记路耕告诉说，从前年开始，政府专门请专业音乐学院的老师来这里的中小学，开设提琴特色班，培养学生苗子，并组建室内弦乐团，他们的目标是，要让提琴活起来，要让它奏出美妙的声音。

　　小提琴、中提琴、大提琴依次飞扬出不同的乐音，舒缓清晰，轻盈俏丽，低音贝斯，则缓缓淌出宽厚温柔的低沉，钢琴也跳跃着悦耳的音符加入，听着梵婀铃（violin，朱自清《荷塘月色》）和谐的旋律，我陶醉了，这是如歌的行板吗？！

　　驻马店市驿城区乐山大道与开源大道的交叉口，有一座高耸的方形塔，名曰"天中塔"，塔高五十九米，直指蓝天，塔基四面有大块浮雕，其中西面为"盘古开天辟地"，北面是"周公定天中"。天中塔呈方锥形向上递进，塔顶端是一根直指蓝天的象征驻马店锦绣未来的不锈钢标杆，无论是夜晚或是晴空，天中塔都会有晶晶光亮闪现。

　　三千年的历史，活泼泼的现实。

　　天中之上，历史之光，人文之光，创业之光，珠辉玉映，如此华章。

乔司这边风景

1

杭州的两百多个镇街中,乔司的名称是独特的,表面上,没有梅城、昌化、于潜、新登、分水等含着古意,它们都是古州、古县,但多读几遍乔司,就感觉有了几分洋气:乔司,Jose。据说开在乔司的宜家杭州商场,就这样称乔司。然而,这只是表面,其实,乔司和杭州其他古镇一样,是一个有悠久历史且装满厚重故事的地方。

钱塘江边诞生了一个集镇,开始叫仁和镇,唐乾元二年(759年),朝廷在此设立专门管理盐业的机构,盐铁使为主管官员。到了宋代,仁和设县,下设九乡、四镇,此地就改名叫汤村镇,这里成了北宋产盐的重要基地。苏轼的一首《汤村开运盐河雨中督役》诗,将当时盐民的苦和官员催盐的急,描写得淋漓尽致:

……

盐事星火急，谁能恤农耕。

蘴蘴晓鼓动，万指罗沟坑。

天雨助官政，泫然淋衣缨。

人如鸭与猪，投泥相溅惊。

下马荒堤上，四顾但湖泓。

线路不容足，又与牛羊争。

……

北宋熙宁五年（1072年），苏轼任杭州通判的第二年，督开汤村运盐河。苏轼自己对这首诗也有解释，他这样说：百姓劳苦不易，天雨又助官政之劳民，转致百姓疲弊，役人在泥水中辛苦，无异于鸭与猪。为什么苏轼能观察得这么仔细？因为他自己当时就在现场，骑马行走在泥中，与牛羊争路而行，他感叹，百姓苦，他也苦，如果不来做这个官，又怎么会到这样的地方来督役呢？

诗人显然是有意表达，故意选了个下雨的角度。晒盐最怕下雨，如果是阳光灿烂的大晴日，那么，在有些官员看来，盐民来来往往，筑田舀水铺盐板，白花花的盐堆成垛，码成仓，形势就会一派大好。然而，盐民的苦，很少人能体会到，狂风暴雨，茅屋飘摇，如沙头鸟般的迁徙居住地，也可以这样说，白花花的盐就是盐民身上的汗渍和辛苦晒成的。

南宋的汤村，已经"户口蕃盛，商贾买卖者十倍于昔，往来辐辏，非他郡比也"（吴自牧《梦梁录》）。为什么呢？因为这里就是都城临安的近郊。到了明朝永乐十一年（1413年），汤村果然被数百年一遇的钱塘江大潮所陷，整个集镇都被江潮冲塌，百姓只有往江岸里边搬迁。清朝初年，朝廷依然在此设立盐课盐司，并取名为乔司，意思为盐课司乔迁，乔司就这样诞生。

2

庚子初冬的某个周末上午，我到了乔司，静静地享受它的慢时光，这里已经成了余杭区的重要街道，紧连着杭州市区。

丰收湖的一侧，一片丛林中，有一块省文保单位的碑立着：杭州海塘（余杭段）。碑的边上，有约千米左右的古海塘，古海塘的内里，是丰收湖。我想象着苏轼的诗句"下马荒堤上，四顾但湖泓"。我也四顾，前方一大片就是如盆景般的丰收湖，景致营造得极为别致；我没有站在荒堤上，我就站在古海塘的条石上。条石与条石之间，还有一个小孔，这个榫卯结构，使条石之间亲密无间，条石方整厚重，它们要团结起来，共同抵御钱塘江大潮。

说起钱塘江的江堤，是一个长长的话题。

钱塘江大潮壮观，可是潮患，人们却常常为之所苦。杭州沿江海塘，早在五代、北宋时期，就已大规模修复过十余次，怎么修呢？将石头装进竹笼，倚叠为岸，固以桩木，一段接着一段。但是，江堤依然抵不住汹涌的潮水。《淳祐临安志》卷十之《山川》这样记载："绍兴初，江涛连年冲突，自仁和白石至盐官之上管，百里生聚荡为洪波，堤捍百端随即沦毁。"不断地修，依然潮灾不断，嘉定十六年（1223年）冬，"江涛溢，圮沿江民庐，余杭、钱塘、仁和大水坏田稼"。因此，钱塘江两岸的海塘修筑与加固，便成为当政者的一项重要工作。北宋庆历年间，政府在钱塘江设捍江五指挥，每个指挥下有四百个兵士。这样的捍江力量，足见政府保卫江堤的决心。

我脚下这条古海塘，不知道修筑的具体年份，从条石的完整度及颜色看，应该是清朝初年。古海塘有四层露出地面，皆用条石逐层叠砌，再用铁钉铆住，异常坚固。陪同的乔司街道宣传委员陈树春告诉我，乔司当地人叫老海塘为"老石塘"，乔司这一段，东起吴家村，经过三角村，西至胜稼村，全长约三千五百米，塘路面宽两米左右，它是研究古代水利设施不可多得的实物。是的，杭州的古海塘已经不多了，前几年建了一个海塘博物馆，也是为了留住古海塘的历史记忆。

钱塘江沿岸的许多村镇，都是人们一点点从江滩中围垦夺来的，两岸的城市化进程，离不开围垦，围垦其实是一种极好的治理。我采访过萧山的益农镇，杭州最年轻的城，1966至1976，十年时间，五次围垦，十万亩滩涂成就了现在六万多人口居住的新城。杭州新设立的钱塘新区，大江东和下沙两边，原来绝大部分也都是滩涂。眼前的乔司也一样，在《百年乔司》一书中,就占据了四分之一的篇幅,该书抒写了乔司人民参加钱塘江大围垦的记录,南京大学教授、博士生导师,当年曾参加乔司海涂围垦工作的俞为民这样回忆:三年的围垦生活,使他养成了一种特别能吃苦的精神,这是他生命旅程中最难忘的一段经历,对他今后的事业产生了巨大的影响。确实,在浙江,围垦早就成了一种自力更生、努力拼搏的精神象征。

现在的乔司,已经和杭州主城区的江干连在一起,是城市的东大门,面积虽不大,只有三十平方千米,户籍人口四万多,登记的外来人口却有三十余万。这个数字,常常让我遐想,为什么有这么多的外来人口?想一下,马上释然,这里,自南宋开始,就是都城的边缘,对于进杭州的外地人来说,无论居住还是工作,这里都有别样的优势,杭州四季青闻名的服装,有一大半就产自这里。

伫立古海塘,瞭望整个丰收湖公园,一幅精致的山水画就在眼前。现在,我就往画的深处徜徉,细细感觉这个"城市绿肺"。湖面,睡莲已经睡去,却依然能感觉出它刚刚勃发过的气息。绿地,绿地上的树,我注视良久,看它们的模样,应该都来自山野,或老树虬枝,沉静而稳重,或精干短枝,默默无闻,但我知道,它们都蓄势以待来年春天的绽放和盛开。八百余棵乔木,一千七百多棵灌木,组成了丰收湖公园强有力的骨骼。

我在"水漾临风"站定,这里居然有立体水瀑,多层次的曲面叠水空间,绿植池花草镶嵌,结合雾森技术,形成了眼前灵动自然的欢乐水歌。站着指指点点，说话稍微大声一点儿，喷泉居然会有感应，它和你互动了，看眼前湖面，感应喷泉涌动荡漾出一圈又一圈的涟漪。我感叹，乔司人，在寸土寸金的地面上营造公共乐园，既是一种智慧，也是对钱塘江的尊敬，取自于大江滩的土地，更要精心装扮，让它焕发出自然的气息，人民需要它，自然需要它。

3

丰收湖公园带给了我无限的愉悦，城市近郊这样一处美好，特别让人留恋。然而，记忆之门再次被打开，乔司并不一直就是眼前这般美好，它和别的地方一样，也曾有过万般的苦难和百般的创伤。

侵华日军乔司大屠杀遇难同胞纪念馆，里面的图片和实物，让我悲愤难抑。

抗战前夕的乔司，已经成为工商发达的大集镇，杭嘉湖地区著名的富庶之地，当时全镇人口已达一万三千多人，其中镇区的常住人口两千多人，各类房屋两千五百余间，较大的厅房就有七十多幢。1937年底，杭州沦陷，乔司也有百余日军驻扎。中国人民的全民抗日，由此开始。

1938年2月17日（正月十八）夜，国民党第十集团军62师一部的一百多将士，悄悄从萧山渡过钱塘江，迅速包围了乔司的日军据点，一场激战，一个多小时，就歼灭了四十多名日军。不料，日军次日就开始了报复性的大屠杀，将怒火发泄到手无寸铁的普通百姓头上。

这是一场蓄意的杀戮，一千三百六十多个冤魂，集体诉说着他们的不幸。

2月18日天刚亮，日军就从笕桥机场大本营、临平和海宁长安据点，三路调集两百多兵力，将乔司围得水泄不通，先用喷火枪烧房屋，将人逼出房子，然后开始肆意屠杀，乔司镇的街前街后、河塘桥边、各个集中屠杀点及附近农村，一千三百多人被以不同的方式残忍杀害，七千余间房屋被焚烧，一天之间，乔司变成了一片废墟。

1938年，是农历的戊寅年，乔司大屠杀又被称为"戊寅惨案"。

站在戊寅公墓前，已经担任纪念馆十多年的志愿者，乔司原文化站长丁有福先生为我们讲述公墓的来历。

惨案发生后两年，民间医生方寿僧，俗称小和尚，乐于助人，精通医术，他出资并发动百姓收集遇难同胞遗骨，一寸一寸，一节一节，最后装满整整两大石缸，方寿僧将这些遗骨埋葬，做成简易的坟。1941年冬季，方寿僧又与李厚耕、高怀孙、唐志纯四人发起募集，将原来的两大缸遗骨和"千人坑"内的遗骨，合并建成了现在这座戊寅公墓。

眼前的戊寅公墓，已经全面修缮，并树立了纪念碑，桂树和柏树，安静地陪伴着远逝的遇难者，这里已经成为杭州重要的爱国主义教育基地。丁有福告诉了我们一个令人深思的细节：

多年来，有不少日本和平人士也来此祭奠，其中一个叫本多胜一的日本人，朝日新闻社的记者，畅销书《南京大屠杀》的作者，他曾三次来戊寅公墓祭奠，并采访了多位大屠杀幸存人员和他们的亲属后代，他还多次给丁有福来信，他的目的只有一个，就是揭露侵略者屠杀的真相，还原历史真实。

本多胜一实在是个有良心的记者，让人民记住惨案，并不是煽动人民去复仇，而是为了和平，维护更美好的生活，杀戮的野蛮和残暴，注定会被钉上历史的耻辱柱，无论古今。

4

下午有细雨，我们穿过艺尚小镇，到东湖公园漫步，好大呀，东湖公园比丰收湖公园大得多。在城市的中心，还有这么大的公园，少见，六百亩，七点五千米的绿道，不断变化的风景，树和草，水和鸟，都可以让你将繁忙的节奏放下来，撑着伞，不疾不徐，慢慢和它们对话，它们一定会认真倾听你的心声。

湖边上，一座别致的大型冰裂纹建筑夺人眼球，那是余杭大剧院，三面环水，是丹麦著名设计团队的作品，透着浓浓的北欧小清新，一千二百座位的大剧院，五百座位的小剧院，还有展览中心。我相信，乔司这个文化新地标，它的上空，将会有更多的文化因子涌动和演绎。

湖边的芦苇丛旁，一群小野鸭在嬉戏，远方朦胧，一只大白鹭突地腾空飞起,同样是雨天,我忽然同情起苏轼来了,他那时在乔司督盐役,路泥泞,身湿透,"压力山大",哪有闲心看风景呀,哈哈!

第二辑　在西沙

在 西 沙

与西沙群岛的一次亲密接触，使我更加懂得，必须谦逊地将自身的生活与愿望，置于更大的宽广中。这种宽广，是理解一切生命的基础。

1. 望西沙

去西沙前，我一直在想朱棣，他为什么要派郑和下西洋？

要是当初，朱元璋不听翰林学士刘三吾的建议，就不会有后来的"靖难之役"，可朱皇帝耳朵软了下，还是让长孙朱允炆继了位。要是小朱不去削什么藩，那么，朱棣就没有理由造他侄子的反。

可是，历史没有假设，朱棣发动了一场惊天动地的战争，最终做了永乐皇帝。侄子活不见人，死不见尸，成了朱棣最大的心病。

在某次朝会上，朱棣发表了慷慨激昂的演讲，主旨就是，实行改革开放，通商海外，建设一个强盛的大明王朝！演讲显然精心准备，因为，一个理由就打动了全体高级干部：大唐为什么有这么多的遣唐使来学习？宋朝的广州、泉州等港口，外国船只如南海里的鱼一样云集，皇家仓库里，各国的贡品，都长毛毛了！南宋的进出口关税，占国家财政的三分之一以上！

一切筹备停当，永乐三年（1405年），朱棣的心腹，太监郑和，怀揣他的明令和暗令，带着大型联合船队，开始了西洋之旅。

对于这次航行的目的，众说纷纭，不过，明、暗两令，都言之有理：

明令，诏书上写得明明白白："扬我天朝国威，让四方蛮夷归服。"

暗令，《明史·郑和传》上似乎也明白得很："成祖疑惠帝亡海外，欲踪迹之。"就是说，事变之后，小朱皇帝，国内遍寻不着，是不是跑到海外去了？红色追捕，跑到海外也要找到他！

集两种目的于一船，郑和下西洋，就有了最好的理由。

郑和一路鼓帆南行，沿途留下标记，西沙群岛，就叫永乐群岛吧，我们是永乐的先锋队，我们是大明的探索者。印度西海岸的古里，郑和第一次下西洋到达过那里，石碑的铭文上刻着：去中国十万余里，民物咸若，熙嗥同风，刻石于兹，永示万世！

我盯着中国地图，试图找出郑和航行的线路图。虽不太清晰，但大方向我是知道的，右边转了个弧弯，然后，向南直下。船队从苏州刘家河港出发，沿东海，出南海，再往沿海各国。我不关心三宝太监到过的几十个国家，我只关心，船队要经过的南海，经过我要去的西沙，那里，是他们出洋的必经之地。

中国南海，有西沙、南沙、中沙诸群岛，大大小小数百个岛屿星集，拱卫着大中华，岛面虽在远方的海洋，岛根却和大陆紧紧相连，先民们如奋飞的海鸟，常常候季而至。2012年，中国最年轻的市，三沙市成立，陆地面积最少（二十多平方千米）、海洋面积最大（二百多万平方千米），人口最少（四五千人），南海明珠，三沙如明星般升起。

三沙，世界为之瞩目，众人向往。

宋绍圣四年（1097年），已年过六十的苏轼，"一贬琼海至北门"，北门，就在海南岛的儋州，北门江畔。

十几年前，我到三亚的天涯海角。我想，这大约就是天的尽头了。那些大礁石，在海边，孤零零地兀自矗立，但它们并不寂寞，因为游人如织，爬上爬下，观景拍照，热闹得很。有人说，那红色的"天涯"两字，是苏轼所书，我估计是附会，儋州在西，三亚在南，越往南越荒凉，两地相距差不多有六百里地，年迈的苏轼，没有高铁可坐，无力折腾到这么远的地方来了。

2017年的新曙光里，这一回，我要从三亚出发，从天的尽头，再往天的尽头，中国南海中的永乐群岛。

2."南海之梦"

三亚凤凰岛,那四颗子弹头般的建筑,它们铆足了劲,要向天际发射的样子。

凤凰岛码头,一艘乳白色大船,安静地泊在正午的阳光下。这艘叫"南海之梦"的大邮轮,要载着我去西沙。

广播里响起欢快的音乐声,有点儿激昂,似军队检阅的那种,人们都很兴奋,开始登船了。

长长的甬道,有点儿夸张地铺着红色的地毯,两旁站着一排船员,船长、大副、二副,白色衣裤笔挺,大皮鞋锃亮,大盖帽帅呆,方形檐帽也极可爱,船员们带着标准的国际微笑,拍着手,嘴里说着"欢迎欢迎"。

8228,八楼,28号房,我和叶剑铭很快找到了自己的铺位。十平方米的房内,面对面两张床,窗口下一台电视机,还有个小吧台,洗手间虽窄,但一应俱全。

站在窗口,往外望,一片蓝海,三亚湾的海岸线极清晰。我想,接下来的四天三晚,这个窗,就是我们在房内和外部连接的唯一视角了,窗户玻璃其实挺干净,仍然找了块毛巾,再仔细擦一遍,当然是为了拍照。

呜呜呜,汽笛长鸣数声,邮轮披着三亚湾落日的余晖,载着我们开始南海之梦。

上了大船,有两件事必须先做。

第一件，船内参观。"南海之梦"邮轮共有十层，每一层，都有不同的设置，每个旅客，上了船，就像到了家一样，这个家，你必须尽快熟悉，事关吃喝拉撒睡，事关安全。七层是服务中心，相当于宾馆的大堂，从七层往下，一层层走，下到底部，有一个足球场般的内舱，外部有出口，用以搭建临时码头，供快艇进出，我们要从这个出口坐快艇登岛。从七层往上，十层就是甲板，甲板上，是可以无限想象的极好空间。

第二件，救生演习。我脑子里不停地出现杰克和罗丝的镜头，虽然没有罗丝，我也不是杰克，"南海之梦"也不是泰坦尼克号，我坚信也没有那么坏的运气，但还是要体验一下。问题来了，90%的人，救生衣都穿不好，我也穿不好，虽然我穿过无数次的救生衣，但都不合格，因为从没人指出有什么不对，这回，救生员一一纠正了我们的错误行为。你身上背的东西，比如小包包什么的，必须挂在救生衣外面，包包是外物，可以随时丢弃，救生衣却是你的命；救生衣的上下扣带，必须打死结。我问为什么。救生员大声喊："如果落水，海浪一冲，救生衣都散了，还救什么生？！"救生衣右上角，有个小口袋，里面有应急电筒，落水里它会亮，救援人员凭亮光可以找到你。救生衣左上角还有个挂着的小口哨，用以吹哨求救。排队闲着时，我拿出口哨，用力地吹了好几声，二十多年前，我当老师，常吹口哨的，算是复习一下！

在第九层的小甲板平台上，救生员指着悬空的艇解说着："这只艇，可坐一百多人，里面储备有足够的食品和水，这样的艇，全船有四只，分别在左右上下的邮轮上悬挂着。"我想往里再探探，救生员说："别靠近了，紧急情况才能打开。"救生员又强调，"如果登艇，必须按照先儿童老人妇女再男子最后船员的顺序排队！"我们大声回答："这个我们懂！"

我们被编入第五组，每组二十人，船上的就餐和登岛活动都按组进行。每组一位管家，管家们都有外号，皆以南方特色水果命名，荔枝、杧果、香蕉，我们的管家叫青柠，青色的柠檬。

虽然是大船，仍然有些颠簸，感觉就像喝了些酒，微醺。窗外是茫茫的夜空，什么也看不见，索性拉上帘，早早上床。

因为靠窗，头就像枕着波涛，轻轻的，如外婆的摇篮，均匀摇动。波涛一阵阵打在邮轮坚硬的钢铁上，在涛声和发动机低鸣的交响曲中，迷糊睡去。

3. 鸭公之珊瑚

东经111度41分、北纬16度34分，我踏上了一座珊瑚岛，整个岛，没有一粒沙。

从航拍的效果看，这座岛，外形有点儿像卧在水中的鸭子，人们就谐称其为"鸭公岛"。岛微型，面积零点零一平方千米，却是中国南海上一个清晰的标点符号。

这个符号，是数千年来，中国人生产生活历史记录簿上的粗黑墨点。

然而，墨点是白色的。

深一脚，浅一脚，凉鞋和珊瑚挤压，发出吱吱的声音。似乎是踏在玻璃上，必须轻手轻脚。这些珊瑚，已经壮烈成遗骸，南海上空炽热的阳光，数千万年的暴晒，使它们的身体，变成了乳白、蓝色、黄色，还有其他数不清的颜色。

岛的一角，我轻轻地坐在珊瑚上，仔细观察满地的珊瑚。

大大小小，短短长长，粗粗细细，似松枝，有叉，密实的树状结构，极不规则，主干都是圆柱形，断裂的杯口，有大有小，大的像唇形，稍小也如鼻孔，分叉的枝杯口，细而小，如针尖一样。

粗粗一看，都是珊瑚，渔民们叫它鹿角珊瑚，松枝鹿角，丘突鹿角，粗野鹿角，好多分类，据说有数百种。其实，鸭公岛上还有其他的贝类，最多的是砗磲壳，洁白晶莹，大的如剖开的秃瓢，浅浅的，小的如精细打磨过的挂件，任何一件，都是精美的工艺品。间或，还有各种螺的壳，红口螺最多。

有人喊，登玻璃船了！

坐上小艇，艇中间隔出一个长方体，我们围着坐。长方体的底部是玻璃，大家的眼睛都盯着玻璃看，这玻璃就是船底，或者说船底是由玻璃构成的，为的是能清楚地看见海底的珊瑚。

鸭公岛四周浅海，呈一片透明状，渔民们称它为玻璃海，水深大约二十米，清澈见底。

我们坐的玻璃船，就在玻璃海上漫游。

底下就是珊瑚的世界。海底如陆地，高高低低，深深浅浅，沟壑纵横，山峦连绵，在这个世界里，珊瑚们在自由生长。山峦上，一棵大珊瑚，似陆上大树，枝粗叶茂，不知名的藻类与之共生，游鱼环绕，它们生活得都很安详，偶尔的游船，似乎没有惊动它们。

珊瑚并不是没有生命，它其实是特殊的动物，它会通过光合作用，补充自身的大部分营养，但在夜间，它们也捕食浮游生物。

我再登鸭公岛，要做一条南海里的鱼，浮潜。我想再近距离观察珊瑚们的生活场景。

在一片划定的玻璃海内，戴上泳镜，用几十秒的憋气能力，一段一段地浮潜观察。

仍然有新发现。有一浅盆地，上有一巨型灌木状鹿角珊瑚群，这应该是一个家族，繁荣昌盛，中间的大珊瑚，估计是族长，呈树枝状，高大威猛，它的子孙已经层层叠叠。突然，我发现这株大珊瑚上的枝丫间，有几个黑影，仔细一瞧，是海胆，它们在狡猾地卧着，长短不一的黑针，直指我的双眼，我不知道它们是不是已经发现了我，怕它们下黑手，一时紧张，换气时大喊，救生观察员大声告诫："别碰！别碰！它们会扎你的！"

鸭公岛，或许是中国唯一的珊瑚沉积岛。

看着那些银色的石化珊瑚，想着玻璃海底的大片活珊瑚，我有些感慨，珊瑚和人类，都有生生死死，那一岛的珊瑚，就让它们静静躺在那儿吧,郑和的联合舰队,没有惊动过它们,我们也不要带走一粒!世界自然保护联盟,已经将珊瑚列为红色名录,保护级别:近危!

突然想起,我常吹的萨克斯《珊瑚颂》中的几句歌词:"风吹来,浪打来,风吹浪打花常开。"要做一棵珊瑚,一棵花常开的南海珊瑚,必须风吹浪打。

4. 如何吃一条鱼

鸭公岛浮潜,畅快地做了一回南海里的鱼。

上得岸来,我们决计要去吃一条鱼。

前一天,我在靠海的一鱼档仔细观察过,满满的两池鱼,南海鱼,花色品种众多,大小都有,基本叫不出名字,还有龙虾、海胆、红口螺,鱼们和龙虾,探头探脑,挤挤挨挨。一些游客在问,这一条多少钱,那一条多少钱。渔老大,壮实粗黑,中等个子,穿着一身迷彩服,南海民兵的打扮,我印象很深。一条足有十斤重的大鱼,海石斑,五百块,惊呆,我居住的城市,这样鲜活的鱼,起码五六百元一斤。边上有人感叹,这条鱼,内陆至少五六千块钱。

我记住了那条鱼。

现在,几分钟时间,我就奔到了昨天观察过的鱼档旁。

"南海民兵"依旧热情,我急着找昨天那条鱼,找寻两遍,都不像。

"南海民兵"憨厚地笑笑：我知道你看的那条鱼，昨天就卖出去了。喏，这一条也不错，比昨天稍小了点儿，品种一样！

多少钱？

三百块。

什么？

对，一条！

买之前，我们必须弄清楚，是一斤三百块，还是一条三百块。青岛天价虾的新闻，好像就发生在去年。

我朝徐晓杭笑笑："我们就买这一条吧！"

晓杭找了个网兜，一边捞一边笑，鱼池里捞鱼，十拿九稳的活儿，快乐得很。大鱼当然要挣扎一下了，它知道，它一进网兜，就要献身了，它的那些同伴，都以这样的方式离去。

网兜上的水珠，嗒嗒地跳着往珊瑚间隙钻去，我掂了掂鱼的分量，沉得很，七八斤，绝对有。然而，渔民们不用秤，论条卖。

一鱼两吃。鱼身子，割成一块一块，清水煮，加些作料，满满一脸盆。鱼头、鱼尾，煮汤。

我和晓杭、李国平、胡苗正、俞建新、严静，六个人，围着一张简易桌，开始期待品尝。

汤先尝一口，"鲜！鲜！"没人要求这么整齐喊口令，大家不由自主地想夹一块鱼肉，麻烦来了，居然夹不动，筷子戳不开，鱼肉都一块块连着呢，它们似乎不愿意分开。俞建新找来一把匕首样的刀，耐心切割，鱼皮的坚硬，大出意外，它似乎比牛皮猪皮都要坚硬。

我问："有鱼皮做的皮鞋吗？这鱼皮，绝对可以做鞋！"

众答："当然有了，你没见鲨鱼皮呀，游泳运动员身上穿的，牢固得很。"

可这不是鲨鱼啊，和鲨鱼相比，这只是条七八斤重的小鱼呢。

我问"南海民兵"："这鱼，是网捕上来的，还是钓上来的？"

海鱼好钓，我在马来西亚的邦客岛钓过，鱼多得很，在那里，我光着脊背，卧趴在钓船上，钓到了平生中的第一条鱼，食人鱼，一周后，脊背上的皮却脱了好几层，中度晒伤。

"南海民兵"仍然憨厚："是我们潜到海里，用网兜捉上来的！"

我表示不可思议。

"南海民兵"继续解释："夜里，鱼们都在休息，穿上潜水服，潜入数米深的海中，在强光照射下，鱼们似乎还在睡梦中迷糊，我们瞬间兜网。"

我抬头，再仔细看"南海民兵"，我在猜想他的肺活量，他一定不会比舞台上表演水中憋气的那些人差，那些人只想创造吉尼斯纪录，而他是谋生，本领往往惊人。他在南海里捉鱼，如同牧民驰骋在广阔的草原上套马一样，技术娴熟。

于是，我们只吃鱼肉，不吃鱼皮，那鱼肉，也是千锤百炼而成，韧而柔，糯软鲜爽，这是南海鱼特有的味道。

对于鱼皮的坚硬，我后来的理解是，这鱼，长年生活在深海中，每平方厘米的皮肤，如那抹香鲸一样，要顶着数百上千公斤的压力，不硬才怪。

有压力，才会有定力。

这一点，人要向鱼学习，摒弃浮躁，学会深潜。

5. 鸭公之狗坟

鸭公岛内有个小泻潟湖，面积最多百来平方米，不到一米深，泊着几只快艇。潟湖靠西，有一平缓小坡，上有长条形石碑，细看，两个醒目红漆字：狗坟。

我的脚步慢下来，想探个究竟。没有任何说明，黑黑的大理石碑，在乳白色的珊瑚堆中，静沐着炽烈的阳光。

我想弄清楚"狗坟"的故事。

百多株黄槿树，树高约两米，树枝也不复杂，叶子并不茂盛，中间还有几株高高的海椰子树，这就是鸭公岛上的森林了。

森林中间，有数家渔档开着。

符姓渔民，中年壮汉，特有的南海脸，被海风长年吹晒成古铜色，偏黑，一口浓重的粤方言，听得艰难，幸好桌边有几位三沙市工商局的先生帮忙翻译，显然，他们在走基层。

符老大是琼海人，在岛上已经住了十几年，打鱼为生。

聊东聊西，自然，我的目的，就是想挖挖那个狗的故事。

我得到的信息，实在有限：

几十年前，这岛上有个老渔民，姓李，琼海人，他带来一条狗，后来，这狗，老了，病了，死了，李老大就将狗葬在珊瑚岛的潟湖边。现在，李老大早已去世。

简单的故事，并不妨碍我的想象，只要合理。

茫茫大海中，一个小岛上，并没有几个人，而仅有的这些人，也是进进出出，他们要打鱼，他们也要回琼海老家。

寂寞冷清中，这狗，我暂且叫它旺旺吧（我们家也有只狗叫旺旺，去年底刚刚老死），就成了李老大工作生活中重要的伙伴了。

李老大出海，旺旺就蹲在海边，两只狗眼一直望着大海的边际，它的视力极好，远方，海天连接处，只要出现一个小黑点，它就能判断，是不是李老大回来了。在旺旺凝视海面的时候，海鸟们想要和它游戏一下，它也装作看不见，心里只有李老大，李老大能每天回岛，就是它最大的期望。小渔船一靠岛，旺旺立即跳上船，摇头摆尾之后，它甚至都能帮助李老大拖鱼，那些死鱼，挺大挺沉，旺旺使出全身力气，实在拖不动，它会对着大鱼猛烈地狂叫数声。旺旺的叫声，和着李老大爽朗的大笑声，鸭公岛上一下子有了浓郁的人烟气息。

忙完一天，夜已深，咸腥的海风，吹在李老大身上，润滋滋的，要休息了，旺旺会蹲卧在老大床边，狗眼睁得圆大，它知道，并没有什么人会来惊扰他们，但它必须守着，这是它的职责。

日复一日，年复一年，旺旺老了，它甚至比李老大更老，终于，有一天，它在李老大的怀中，幸福地闭上了常常睁得圆圆的狗眼。

李老大，伤心欲绝，按亲人去世的方法，用所有能做得到的礼节，将旺旺体面安葬。旺旺永远留在了鸭公岛上，它和那些鹿角珊瑚，融为一体。

我问符老大："我这样想象合理吗？"他憨厚地笑笑："狗是最忠诚的，也许，它的故事，比你想象的更丰富。"

我确信，李老大和旺旺一起生活的十数年，一定还有更多精彩的细节。

我坚定地认为，旺旺对人类的贡献，有一半是它死了以后才实现的。岛上的渔民怀念旺旺，不少上过岛的游客怀念旺旺，我也怀念旺旺。

鸭公岛社区居委会，现有居民三十五户，七十八人。这个微型社区里的每一个成员，都值得我们尊敬，他们是西沙和平的种子，这自然也包括老去的旺旺。

6. 银屿之厚藤

永乐群岛周围海域，是通往南洋的重要航道，自古以来繁忙。渔民们曾经在岛周围海域，发现大量明清沉船钱币，故以银屿称之。

对银屿岛上的一些设施，地理地貌，匆匆掠过。

一直在岛上寻绿。岛的一角，我找到了惊喜。

成片的绿藤，铺满了沙滩。要是在别处，也许普通，可这里是西沙，只有水和天，除了大海中自由生长的鱼类，小岛上居然还有如此顽强的绿，让人无限喜欢。这种绿色植物，叫厚藤，还有别名，如马鞍藤、马蹄金、马蹄草、海牵牛。

粗看，厚藤有点儿像我办公桌上的绿萝。绿萝也算好养了，插水里，绕窗什么的，都能长得很好，但和厚藤比，绿萝就是温室里的小花朵，绝对经不起大海的狂风和炽热的阳光。

银屿岛上的那一地厚藤，挨挨挤挤，一根不知从哪儿飘来的八爪鱼般的大枯木，半身埋进沙里，背上却成了厚藤们戏耍聚会的极好场所。然后，厚藤们越过枯木，又结伴向沙滩上进军，那些枝条，长长嫩嫩，骄阳下，略略昂首，对前方茫茫的大海，似乎充满探索的好奇心。

我喜欢厚藤，一个字：耐。

它耐盐，沙滩是咸的，海水是咸的，海风是咸的，我浮潜时不小心喝了一口海水，难受得不得了，急忙大口灌矿泉水，厚藤不怕，它可以整日与盐为伍；它耐旱，西沙群岛，雨量虽然不小，但强烈的阳光会迅速蒸发，虽处汪洋大海中，但和茫茫沙漠中，也差不了多少，有的只是旱，厚藤不怕，它就是喜欢干燥；它抗风，如野狂风，有多少动植物能抵挡得住？厚藤可以，它不反抗，弯腰屈身，以柔顺的姿态，耗尽对手的体力，如有定海神针般的毅力，人们已将厚藤当作防风定沙的第一线植物了！

这一片厚藤,正以蓬勃的姿态,出现在我的面前。在厚藤的鼓励下,几簇牛筋草也长得极繁茂,这是一种杂草,细细的草丝,软软的,但它们抱团生长,也悠然自得。还有一种草,叫不上名,渔老大说,这种草,如果伤口出血,将它嚼碎敷上,立即止血!

绿丛中,我突然有了新发现:居然还有一朵厚藤花,浅蓝色的宽五角漏斗形,像一只蝴蝶,停在两片绿叶间,似乎是在寻觅,它是不是想透过厚厚的革质表面,吮吸其中的蜜汁呢?哎,又有一朵,又有一朵,其实,有不少花呢,只是被大片的厚叶子遮掩了。

有花就有果,厚藤们是在为下一代生长做准备。过几年再来,我相信,那一片白白的沙滩,一定是厚藤们绿绿的领地了。

午后,越来越炽热的紫外线,将人逼得透不过气来,厚藤们却显得比以往任何时候都悠然自在。数亿年的种族改进,使它有了抵御干旱的强大能力。

查中药大典,厚藤还是一种药。甘,微苦,平;主治:祛风除湿,拔毒消痈,散结。

在银屿,凡是绿色植物,我都会睁大双眼。

嘿,岛中隐蔽处,竟然有个小菜园。简陋的露天棚子,轻轻推开,有四垄地,不是沙,是地!大陆的泥土,支援西沙边疆,它们和西沙群岛上的细沙,关系已经十分融洽。两垄菜显然已经收割,只留下菜根,还有两垄小青菜,三三两两,长势也喜人。隔离墙两边，有密集的厚藤往上延伸着，定睛细看，居然有五只大鸡立在夹墙的角落，一公四母，鸡们并没有慌张，它们挤在一起，警惕地看着我，我瞬间醒悟，它们才是主人，我是客人，赶紧退出，不打扰公鸡的幸福生活。

银屿社区共十户，十九人。居委会主任，也就是岛长，李遴君，被称为"海上鲁智深"，高大魁梧，声如洪钟，他在岛上居住了二十多年，虽领导着也许是全中国最小的社区，却需要无比坚强的毅力，才能坚守岗位。

看着"鲁智深"黝黑的脸庞，我想，他就是那坚韧不拔、顽强生长的厚藤了！

7. 全富之英雄

凌晨五点多，我登上"南海之梦"邮轮的顶层甲板，几抹金色的霞光，从东方幽暗的海平面上射出，随后，整个苍穹逐渐亮了起来，晨光带来新的一天。

今天，我们要去全富岛，其面积是鸭公和银屿的总和。

为什么叫"全富"？因为岛的周围海域，盛产红珊瑚，还有海南三绝之一的梅花参，都很名贵，故称全富。

越过玻璃海，一脚踏上全富岛，岛上的珊瑚沙，一直热情洋溢地钻进我的凉鞋，陪伴我两脚的周围。和鸭公岛不一样，全富岛，全是细细的珊瑚沙，阳光下，细沙略呈粉红色，这是珍贵的红珊瑚粉身碎骨而成，中国唯一的粉红色沙滩，和巴哈马的粉红沙滩一样，都很著名。

绕着岛，我检阅着沙滩上的一切。

岛中有个小潟湖，上有一段钢架木质廊桥，年久陈旧，禁止行人通过，像博物馆里摆着的文物，显眼得很。

一座两层楼高的瞭望台，鹤立鸡群。全富岛目前无人居住，晚上不允许留人，如果有敌侵犯，千里眼会立即发现。

一个在建厕所，刚刚浇筑完墩桩。

十株种下不久的水椰子树，气色不怎么好，耷拉着脑袋，但我相信，它们一定能挺过难关，扎根生长的。

细沙中，不时有尚未演化成沙的珊瑚碎片，还有许多圆圆的，像导演帽一样的小物件安静地卧着，一问，才知是海胆壳，就是我昨天浮潜时看到的，黑黑的身子，长长的针刺，看起来有点儿吓人的海胆，它的壳居然这么萌，有人捡了一堆，弄几个小贝壳，围起来拍照。

在一年轻瞭望员的大伞顶下，我坐了下来，看海。

远处的大海，似乎就是岸，有雾花白色，有暗赭色，很像是建筑群。不可能啊，我们身处南中国的汪洋大海中呢，不可能有海岸，瞭望员小李，他告诉我，那是海浪，不断涌过来的海浪，在天尽头，看着像墙一样。

沙滩上，顺着新鲜的丫形脚印，我发现了几只小海鸟，它们叽叽喳喳，也许是我们惊动了它们，也许它们在商量，下一站飞往哪个岛。海里的鸟，我只认识海鸥，但它们似乎不是，它们那么弱小，和陆地上的麻雀差不了多少，它们怎么会有这么强大的飞行能力呢？我可是坐了十几个小时的大船才到达的。

除了一些游人、船员、几个卖海货的渔民，并没有看到太多的东西，但我想，这座几千几万年的岛，它的细珊瑚沙中，一定还会有别的故事。郑和下西洋的船队，在此逗留过吗？没有具体记载，但他的两万七千多人、三百多艘船的庞大船队，曾经七次下西洋，南中国海，是必经之路，永乐群岛，永乐的群岛，大明王朝永乐年间就是中国人的，铁的见证。

终于，我从船员青柠处，听到了一个关于英雄的故事：

20世纪70年代中期，西沙保卫战期间，有两位受伤的军人，被海水冲到全富岛东南方向的尖角沙滩上，当地渔民奋力营救，虽一死一伤，但英雄们的故事还是流传开来，于是全富岛也叫英雄岛。

细想一下，全富和英雄，其实有相当紧密的内在联系：中国南海，中国自古以来的宝贵财富，财富向来有人觊觎，英雄保卫财富，就是保卫家园。

明日就要回程，夜幕下，我又登上甲板远眺凝视。

海风带来丝丝凉意，今晚，头顶上的启明星似乎比平时近了不少，东南西北方，鸭公岛、银屿岛、全富岛，还有珊瑚岛、甘泉岛、永兴岛、金银岛、羚羊礁、筐仔沙洲……大大小小数百个岛屿，它们就是中国南海夜幕中闪耀的群星。

仿佛看见，六百多年前，郑和庞大的联合舰队航行于此，在各条船上、各个岛上点起的油灯、升起的篝火,同样烛照天幕,灿烂无限。

西沙,永乐群岛,一次震撼的心灵之旅。

谢　　洋

这一回，我上上下下、前前后后、仔仔细细地将谢洋打量了一番。

其实，谢洋不是一个人，它是浙江岱山渔民休渔祭海的一种仪式。

每年六月十六，休渔季开始，岱山渔民都要谢洋，隆重而有地方特色。

领头的渔民在喊：涨潮喽！涨潮喽！

众渔民齐声回应。谢洋开始了。

当当当，当当当，当当当，当，当，当，当！铜钟响过十三下，嘭，嘭，嘭！大鼓擂动三通，对锣、螺号、唢呐，齐齐响起，祭旗徐徐上升，宽阔的镶黄祭旗，在海风中遒劲舞扬，钟声、鼓声、锣声、螺号声，在鹿栏晴沙的海坛上空久久回荡。

八位渔民抬着四杠箱子，四位渔民端着各种果品，依次上场。穿着黄绸汉服，束发，冠带微飘，祭司的岱山方言，抑扬顿挫。

主祭上场，敬完六杯酒后，他开始念祭文。浓重的岱山方言，又是四六句的辞赋格式，古今夹杂，大多数听不懂，不过，从神情中可以读出庄严。

谢洋，顾名思义，感谢海洋的慷慨赐予。

盯着远处的大海，我想到了一个人。

这个人，是达尔文的祖父，伊拉斯谟斯·达尔文，对自然的演化，有着独特的理解：一切事物皆来自海里的贝壳！他将这个新发现，写在他们家坐的马车上，招摇过市。我完全理解一个生物学家的做法，他拼命宣扬，生命，从海洋里演化而来。也就是说，人类的祖先类人猿，虽是人类的早期，却已经是海洋生命演化的后期了。

海洋里的微生物，如何一步步发展成各种动植物，以现在的研究，还不能一一给出科学的解释，但有一点很明确，人类来自海洋，海洋就是人类的母亲，人类无法离开母亲。母亲给予人类太多的恩赐，感谢海洋应该是人类的基本伦理，不会感恩，所有人都不会喜欢。

公元前219年，方士徐福，再一次哄骗秦始皇，深入海洋，帮他找仙药。嬴政认定，徐福能找到仙药。帝王的长生，意味着帝国的永远，秦始皇梦寐以求，孜孜不倦，丝毫不怀疑徐方士，这一次，徐方士也是下了铁心，秦始皇更下了血本，三千童男童女，诚心上天可鉴！徐福信心载满舱，海风助他张满帆，大型船队，从秦皇岛出发，黄海海面上，帆船一字排开，向长生的希望驶去。

航船一路向南,熬过无数个苦难的日夜,海风将童男童女们的脸吹得又红又黑。有天中午,海上迷雾茫茫,山隐约,水波荡,徐福认为到了蓬莱仙境,他命令将船慢慢靠近岛,舱板的船沿轻轻地抵着岛边的一块大石头。徐福往岛上猛地一跳,稳稳地立在了湿润的土地上,滩涂上芦苇摇曳,脚边的野地里开着大片格桑花,带着雾气,花瓣上滚动着晶莹的小水珠。

"孩子们,都上岛,统统上岛!"徐福用力挥手,向童男童女们发出命令,他相信,在这样的岛上,一定会有长生的仙药。"岱山"这个地名由此诞生了。中国有几个地方能称岱的?只有泰山,岱岳。岱山之岱,也暗含了无比崇敬之意。岱东的上船跳村,就是为了纪念徐福果断的那一跳。

徐福的船队,最后不知去往哪里,我料定,数千童男童女,一定有人溜出队伍。岱山有徐姓,他们都自称是徐福的后人。

徐福将海洋完全诗意化了,海洋里有仙山,有仙药,这是一定的,只是要不遗余力去寻找。

一敬酒,二敬酒,三敬酒,渔号告祭!祭司的声音,随着众渔民的"拔船号子"声,再一次高亢起来。

领队:"也啰伙来,啊家哩吆!"

众渔民:"啊格家哩吆!"

领队:"摇嘞摇橹伙来!"

众渔民:"摇橹也伙!"

领队："嗨唑唑！"

众渔民："嗨唑嗨唑！"

在"摇橹也伙""嗨唑嗨唑"为主调的摇橹号子里，我仿佛看见了一群群油黑光亮的袒裸渔民，在岱山海面上奋力劳作。

东沙古镇，中国海洋渔业博物馆，讲解员为我们描绘了数百年前，古镇渔市的极度繁华。宋元时期，岱山渔场就是"楼橹万艘"（苏东坡诗），"千家食大鱼"（沈梦麟诗），到了清朝，则出现"无数渔船一港收，渔灯点点漾中流。九天星斗三更落，照遍珊瑚海上洲"（刘梦兰诗）的壮观场景。彻夜不眠的渔港，场面催人想象。

中国有三种大黄鱼，其中之一就产在岱衢洋，产鱼季节，江浙沪数万渔船汇集于此，数十万人，将东沙生生营造成了"衢港灯火"的胜景。

鱼也会叫，鱼叫起来，似乎比鸟叫更悦耳！咕咕，咕咕，雄性大黄鱼和雌性大黄鱼，都会发出这种大同小异的叫声，鱼声的雌雄，只有经验老到的渔民才分辨得出。每年的春、夏季，它们群聚奔涌而来，渔民敲锣张网以待，咚咚咚，咚咚咚，那些金属锣声，不断刺激着大黄鱼们的耳朵，用不了多久，它们就会晕头转向，浮上海面，渔民们"嗨唑嗨唑"，以逸待劳。当整个洋面上，摇橹号子震天响起，渔民们血脉偾张，他们齐力拖着的，似乎不是那一网网的大黄鱼，而是一网网的大金条！众渔船围追堵截，无数个大黄鱼军团被一一歼灭。

现在的东沙洋面，不，岱山渔场，不，中国原产大黄鱼的所有产区，几乎都难觅野生大黄鱼的踪影。岱山渔场，每年投放几百亿尾大黄鱼鱼苗，但捕捞量，只是个位数。

大黄鱼去哪儿了呢？

"跪拜龙王，祈祷鱼丰民安！"祭司的喊声，又将我的思绪拉回到谢洋现场。一切铺垫完，关键人物，龙王，在四抬大轿中隆重出场。紧随其后，主祭和两位陪祭、众渔民，鱼贯进入祭坛，接香，点香，进香。

我理解，谢洋的"谢"，还有一层意思，就是谢罪，向海洋谢罪，因为人类向海洋索取得太多了。大黄鱼消失，有多种原因，但人类的滥捕一定是主要原因。

中国古代传统文化的记忆里，海是百变莫测的。海龙王，海洋的统治者，他的权威，和人间的帝王一样，至高无上。

现在，海坛前，渔民们面对海龙王，点着香，叩着头，虔诚而胆怯，他们害怕，他们的衣食父母，随时都可能断供，已经有无数的事实证明，这绝不是恐吓，只希望，风调雨顺，鱼足民富。他们此刻的心情，犹如皇帝面对一场巨大的灾难，看到子民们的惨痛场景，从而发出的罪己诏一样："上苍啊，我的工作没做好，我有责任，您惩罚我吧，所有的罪过我一人承担！"

东沙古镇的对港山上，有一尊巨型大黄鱼雕塑，它高昂着头，张着大嘴，面朝大海，它是要游向大海深处吗？它是在向海龙王哭诉吗？不得而知，我只知道，作为一条大鱼，应该身在大海，鱼离了岸，即便雕塑得活灵活现，它也只是一条死鱼而已。

岱山港边，夕阳映照海面，人们在悠闲漫步，千余艘铁船停锚待发，它们要在这里停泊三个月，它们要暂时给鱼们一个安静的生活环境，每年的休渔季，以法律的形式被庄严固定。

"乐舞告祭！"祭司拖着长腔，表示谢洋仪式进入尾声，一群渔家姑娘，载歌载舞，她们以婀娜的姿态，迎接男人们的丰收归来，那满仓的金黄，就是她们的希望，男人们黝黑的胸膛，就是她们强有力的臂膀！

岱山海坛，中国首个大型祭海坛，山的顶部，有一根金光闪亮的定海神针，粗壮，金黄，直指天空。那是母亲用来指挥子女们在大海中行进的方向棒；那也是孙猴子的金箍棒，棒杀一切海魔！

江月不随流水去，天风直送海涛来。海坛上飘扬的旗帜，是谢洋在大海中谆谆告诫子民们的慈祥身影。

种　　海

十月的阳光和煦，我们的游船，后面拖着长网，在乐清湾慢慢突进。

二层甲板露台，太阳伞下，我们掀开盖布，船状木桌木椅，一阵惊喜，这是观光最好的地方了，海风紧拂，太阳很亮，没有凉意。摆姿势，他拍，自拍。喝茶，抽烟，天南海北，东一句，西一句，对不常见到海的人来说，这种兴奋往往不邀自来。

我钻进了驾驶台，这里可以观察船在海图上的运动。

轮机长，周师傅，端坐在驾驶台前的样子，也显出他的高大来，目光在前方左右扫描。周说，开了二十几年的船了，他对这片海域非常熟悉。

左前方海岛，海拔不是很高，却整体绿绿的，绿间藏着不少红房子、白房子，两层、三层、四层都有，一看就是建造得比较考究的那种，这不是旅游岛，这是普通渔民居住的岛村。

我问:"这些渔民,这么有钱啊,房子都造得这么好?"

周答:"呵,他们是有钱,每家每户都在养殖呢,他们吃海,每年每户的收入都在几十万以上。"

我们坐的游船,主要是观光捕鱼,六小时,拉网两到三次。鱼啊虾啊蟹啊,看运气,现捕现烧,捕什么吃什么。

范师傅,负责放网拉网,今年六十一岁,两个儿子均已成家立业,他老伴儿也在船上,负责炊事。每个月的工资?范憨厚地笑笑,他两千五,老伴儿一千六,不是每天来,有游客就来,反正在家里闲着没事。

粗壮的缆绳卷动起来,收网开始。卷扬机上的缆绳,滴着水从海里伸上来,湿漉漉的咸潮味,一圈紧似一圈。二百多米长的缆绳卷完,渔网上来了,梭子蟹上来了,两只大脚在示威,海鲈鱼上来了,在奔跳,鲻鱼、海鳗、虾,还有叫不出名的各类海鲜小伙伴,统统都上来了。这一网,蔡轮机长说:"你们运气好,好几十斤呢,根本吃不完。"

不描写吃海鲜的场景了,对看客来说,有点儿不厚道。

靠近岸边,一群海鸥,三三两两,闲闲地立在一个大水泥立柱上。它们是翱翔后的休息,我们是满足地回程。

我们的车,驶过大桥,直接到了西门岛的中心点,这里是乐清湾的北部大岛,与雁荡山隔海相望,人称"海上雁荡"。

西门岛村委会前,三面彩旗,高高的旗杆上,旗面扬着轻盈。远眺对岸,向东向南,那是温岭和玉环,向北,那一排隆起的石山,如竖起的屏风,宽大、厚重,那是雁荡山羊角洞景区。近观眼前,数万亩的潮间带湿地,还有数百亩的海底森林——红树林,潮水中的常绿乔木,这是它生长的最北线,这一大片林,最早种下是1957年。嗬,别看矮矮的树丛,它们已经历五十多年的沧桑了。我想象着北海红树林景区的壮观,陪同的李振南兄,乐清作协主席,乐清通,他长臂画了一大圈:未来,这里一定会成为有规模的绿色屏障。

西门岛,显然是一片未开发的处女地。

我们去看雕楼。一赶海回家的渔妇,自愿为我们带路。边走边谈。她满足了我的好奇心:今天只卖了四百多块钱,每天都会去赶海,多的时候卖一千多块。抬望眼,路边山上的柿树,金黄色的柿子,完全抢了绿叶的风头,婀娜抢眼。路边小贩,摊上摆的都是自产货,鲻鱼干,一包二十元,足有两碗的量。摊主广告:"这都是我们自己赶海捞来的,拿回家,浸透,去咸,加老酒葱姜蒜,煲着吃,原汁原味。"下单,毫不犹豫。

雕楼到了。这座三层小石楼,已经被周围的楼房掩映,不过仍然结实可用。这座建于民国初年的雕楼,主要用于海防,雕楼顶瞭望岛上有什么动静,一清二楚。有海万事足,渔民们的安静生活,不想被不怀好意的人偷窥。

陈鱼观,当地的诗人,在乐清港向我们描绘蓝图。

站在几十米高的综合塔吊龙门下,人感觉非常渺小。小时候看过的电影《海港》，里面有一句唱词："大吊车，真厉害，成吨的钢铁，它轻轻地一抓就起来。"这里的塔吊，不是几吨了，是几十几百吨地一抓就起来。

其实，这里建良港，孙中山先生早就想到了。他在《建国方略》中，描绘的"未来东方大港"，就包括了乐清湾这一片海区。

乐清港区，总规划面积一百一十一平方千米，超过三个澳门，建设十年，已经投入了上百亿，设计吞吐能力在亿吨以上。形象点说，今后，乐清港将成为码头作业、临港工业、现代物流、船舶修造、海上休闲旅游，数位一体的浙江省内综合性大港。

水铁联运重要枢纽，重要的港口大市，这是我对乐清的新认识，以前，我只知道乐清有名山，雁荡山，想不到，海才是她的本源，她的雄力所在。

唐朝开元二十年（732年），除夕前夜，乐清县公安局局长张子容的家里，来了位同乡好友，他就是著名诗人孟浩然，他可是从湖北襄阳赶来的。张局长的《除夜乐城逢孟浩然》，开头两句便是："远客襄阳郡，来过海岸家。"孟浩然的《除夜乐城逢张少府》头两句也是："云海泛瓯闽，风潮泊岛滨。"两个诗人的中心意思是：东海之滨的乐清，县城紧临着大海，在这儿过除夕，有酒茶鞭炮，有歌女唱曲，更有中原大地听不到的阵阵涛声。

盐盆大堤，陈鱼观，带我们兜风。

夕阳的余晖，光线特别柔丽，大堤外，是数万亩的滩涂。大海和远山，都洒上了金色。有水的滩涂里，低泥堤将滩涂割成不规整的一块块，水平如镜，呈波浪形，又如老树的年轮，沧海桑田。远处有泥艋船、筲船的影子，就是那种只用一块木板或木槽，渔民坐在木板上，两手一划就可前进。在泥滩涂里，这样的船行动方便灵巧，人和船，都像鱼一样游动。

指着那些游动的影子，陈鱼观给我们科普："这个叫'种海'，我们海边就是以海为生，靠海吃海，养殖，捕捞，渔民的主要营生。"我想象着，渔民们晨起赶海的场景，热闹而辛苦，然而，那些生龙活虎的海鲜，给了他们无限的动力，乐此而不疲。

陈鱼观转过身子，指着盐盆大堤内的乐清经济开发区："这一片，也有万亩，都是填海填出来的，那些成片的厂房，已经初具规模了。"顺着他的手指，我们看到的是温州"千人计划"乐清产业园区。这是一片新的力量，这里已经成为创业的乐园，这不就是一千多年前，孟大诗人枕潮听涛的大海吗？

黄杨木雕，欣赏，赞叹。从工艺美术大师虞定良的工作室参观出来，我们在雁荡山脚的香喷喷饭店用餐。

看着"香喷喷"的招牌名，我和谢鲁渤兄也说了一个店名：者者居。鲁渤兴致盎然："什么意思？"我答："它出自清朝作家钱泳的《履园丛话》，'者者居'，源自《论语》，意思

| 209 |

是,近者悦,远者来。近者悦,来过的人高兴;远者来,这种情绪会影响远方的客人,犹如淘宝网上门店的星钻,颗数越多越好,天南海北,再远的人,都不影响网购。"

我幻想着,在西门岛海对岸的北面,那宽大的羊角洞景区石屏上,打上"者者居"三个大字。者,者,居,像充满活力的精灵,正在乐清的山海间跃动,向我们奔来!

威尼斯记忆

金主完颜亮，极可能是奔着柳永词来杭州的，这么好的地方，必须拿下。"东南形胜""钱塘自古繁华""烟柳画桥""市列珠玑""户盈罗绮""参差十万人家"。如果柳词不将杭州写得那么繁华和富庶，或许南宋就躲过一大劫，历史说不定就改写了。

意大利人马可·波罗，自称在元朝待了十七年，也游过杭州，他一定知道柳词引发的事件，所以，元世祖忽必烈，即便封给他官做，和他推心置腹，他也很少提及家乡威尼斯，他不想重蹈覆辙，他知道，蒙古铁骑厉害得很，哪里都能打过去。

我去威尼斯，就是想寻一下马可·波罗的踪迹，这个小马哥，为什么不和忽必烈讲讲他的家乡岛国呢？

七百多年后的威尼斯，是岛，但不是国，世界上独一无二的岛。

威尼斯就是一座浮在海上的城市。它的街道就是水的网络，网与网之间，用石拱桥勾连，那些桥，精致结实，似网格的结,四通八达。走在桥上,桥下一艘艘"刚朵拉"来往穿梭,似鱼儿轻松游弋。船夫们摇着"刚朵拉",慢条斯理,面带微笑,永远都有好心情,"欢迎""你好",中文已经说得很熟练。操着世界各地口音的男男女女,端着相机,伸出双手,常常掩饰不住莫名的激动,他们来到的这座海岛,极特别,城建在波中,墙砌在水上,窗口下临水,水包围着城,水围绕着街。

直奔威尼斯的中心,圣马可广场。

广场上很多人在喂鸽子,手臂上、肩膀上、头顶上,一只,一只,一只,一人身上,多的有十几只,只要你手上有足够的鸽食,那些鸽子,训练有素,甚至会和镜头互动,停在你掌心,小脑袋滑溜溜转,挺立四望,振翅欲飞,似乎在辨人,白的、黄的、黑的,男的、女的,嘿,它们是有记忆力的,超强,它们仿佛在找熟悉的脸孔。

网络与网络之间的绿蓝色海水,在安静地流动,网络与网络之间的行人游客,却热闹非凡。这好像是一个巨大移动的格子岛,建筑物的影子、帆影、人影,时而被"刚朵拉"刺成碎影。

出了圣马可大教堂,夹在川流的人群中,往北大约四百米,曲里拐弯,终于找到了马可·波罗故居。

这是一座三层的黄色院落,现在是私人住宅,但里面并不是他的后人居住着,完全不像其他名人故居那样完整修葺保留。院落的一边,夹杂着餐厅、酒吧、旅店,都以"百万"命名,导游介绍说,《马可·波罗游记》,意大利文的译名就是

《百万》,一种说法是,在游记中,马可·波罗常常用"百万这个""百万那个"的口头禅来形容他见到的繁华,人们于是称马可·波罗为"百万先生"。在我看来,这个故居只是一个符号,更多的是商业写真,这个符号仅表示,马可·波罗一家曾经在此居住过。

小马故居虽简陋,临水的墙上,颜色斑驳,有些黄色的小砖块已经掉落,但并不妨碍想象,我的思维在元朝的时空里任意驰骋。

1275年,二十一岁的小马,与他父亲和叔叔,一群威尼斯商人,带着罗马教皇写给元朝皇帝的亲笔信,从威尼斯的这座三层小院出发,沿着陆上丝绸之路,经过四年的艰辛辗转,到达了元朝首都北京。在元朝的十七年时间里,小马从年轻的威尼斯商人,变成了一个相当有主见的元朝官员,忽必烈极其看重他,常派他到全国各地处理重要事情,有时甚至派他出访邻国,担任友好使者。外国人在中国的朝廷里做官,历史上并不罕见。忽必烈,蒙古大帝,马可·波罗,欧洲商人,似乎天生就有亲近感,强者,智者,能说到一块儿,也不是什么奇怪事。

马可·波罗到处游历,尽情掠影,春风得意。

这一回,他来到了杭州,立即感受到了杭州的和平风气。

这里的居民都非常友好,恬静闲适,公平忠厚,自己做自己的事,邻里互帮,十分亲密,极其厌恶战争,都不知道怎样使用武器。家庭内部,男人对妻子表现出相当的尊重,没有任何妒忌或猜疑,如果哪个男人对已婚妇人说了什么不适宜的话，就将被看成一个有失体面的人。

他还见到了美丽的西湖。

靠近湖心处有两个岛，每个岛上都有一座美丽华贵的建筑物，里面分成无数的房间与独立的亭子。当杭州的居民举行婚礼或其他豪华宴会时，就会到这两座岛上。凡他们所需的东西，如器皿、桌巾台布等，这里都已预备齐全，这些东西以及建筑物都是用市民的公共费用备置的。

在小马眼里，杭州的一切都是那么美好，虽有战争创伤，但这座城市的自愈极快，而杭州只是中国神奇土地上的一个小站。难怪，欧洲人读了马可·波罗的游记，立即激发了对古老神秘东方的探索欲望，大航海时代开始了！

公元1632年12月，杭州西湖，一个大雪的夜晚，作家张岱，撑了条小船，带着火炉，独自前往湖心亭看雪。马可·波罗描写的一切早已了无踪影，张岱看到是天与云、与山、与水，上下一白，湖上影子，只有长堤一痕，湖心亭一点，小船中两三粒人影罢了。

我似乎听到了马可·波罗和张岱跨越时空的一段对白：

张岱："敢问意国前辈，您的家乡威尼斯这么好，为什么不向忽必烈大帝介绍呢？有人说，您将杭州、元朝写得这么让人神往，却没有到过杭州，是这样吗？"

马可·波罗："张大作家，威尼斯那岛国，弹丸之地，不值一哂。游记里写的，确实是亲身经历，我临终都已经发过毒誓了，我写的一切都是真的，我所写的不及我看到的十分之一，如果没到过杭州，我怎么会知道西湖里的两个小岛呢？您现在站的这个湖心亭，三百多年前，我早来过了！"

是的，威尼斯的水，西湖的水，地球上所有的水，都是以不同的形态，相连游动沟通的。

十七年后，马可·波罗找了个理由，从海上丝绸之路回到了威尼斯。

此后的威尼斯，一直成为欧洲人的骄傲。

有个研究颜色的英国专家，用一个细节佐证了这种骄傲：16世纪，威尼斯已经成为欧洲最重要的红色颜料交易中心，那里的商人们将红颜料转卖到中东，去做地毯和织物的染料，而威尼斯女人们的需求量也不可小觑，据说城中当时修女只有两千五百零八位，妓女却有一万一千六百五十四名。想想看，这么多妓女在那儿，胭脂的市场能不红火吗？

我在威尼斯，询问，寻找，观察，没有发现大批量的胭脂，显然，这一切都成过眼云烟。

一个岛，一座城，一个人，一本书，陆上，海上，丝绸之路，马可·波罗将威尼斯紧紧相连，马可·波罗将威尼斯和中国紧紧相连。

离开马可·波罗故居，沿着马可·波罗桥返回码头，抬望眼，我似乎看到了十七岁的马可·波罗正站在桥上，在和一群人挥手告别，他要去远方，他要去古老的东方中国。

天池的面孔

2015年8月25日，中午12点半左右，青岛飞往延吉的飞机，已经开始下降，忽然，坐在右舷舱边的伙伴们欢呼了起来："天池，天池，下面就是天池！"

我连忙探头。晴空下，青山巅，簇拥着一面不大的镜子，锥形面上，蓝镜波纹不动，六千米高空下，长白山天池，那一池水，犹如天地间的一颗蓝宝石，熠熠闪光。

穿龙井，经安图，一路徜徉在长白山的绿色里。三个半小时的摇曳，暮色中，迎面袭来，深深的凉意，我们摸进了二道白河镇。这里是长白山的腹地，明天，我们要在这里登山。

26日，我们往长白山北景区的深处挺进，目标，天池。中途不幸消息，天池下雪，能不能上，要等通知。

导游扯开了嗓子："今年，长白山天池的最后一场雪，下到了7月2日，今天，8月26日，今年的第一场雪，就被你们碰上了，你们很幸运！"

嘀，导游真能扯，瑞雪兆丰年吗？我心里只想着天池，千万别藏着掖着,您可要露真容啊!

长白山,是著名的植物自然王国。

万物从复苏萌芽,到似锦的繁花、斑斓的秋色初现,再到弥漫的风雪掩盖,我的设想,这个季节,本应是花和景最好的时光。因为气温的原因,长白山的植被,垂直分布,一千一百米以下为红松阔叶混交林带,一千一百米到一千七百米为云冷杉林带,一千七百米到二千米为亚高山岳桦林带,二千米以上一直到山顶,为高山苔原带。

从温带,到寒带,车子沿山,向上盘旋,河边,谷地,丛林,山坡,在长白山各个层次景色的怀抱里,我们惊诧,我们欢呼,肆意尽享氧离子带来的酣畅。

最值得一说的是,垂直带第三层次的两种树,岳桦和松。相互依存,互长互生,谁离了谁,都不行,这种植物共生现象,恰似人类社会。当一种单独个体,无法和自然抗争时,它就会千方百计寻找其他的物种,共同抵御,以求最简单的生存。一加二,互帮互助,冷风、苦雨、大雪,强冷风、多苦雨、大暴雪,该低头时低头,该弯腰时弯腰,每年,虽然只有三个月的生长期,但也要生存,顽强地生存。看看岳桦林那苍老的形状、沧桑枯枝,显然经受了岁月的过度折磨。

终于到达,二千六百多米的天池山顶。俯瞰,需要穿透五百多米的高度,下面就是天池了,可是,栏杆铁索边,站在一层明显的积雪上,雪粒还不断地打击着我的脸,风如刀割,真是如刀样,穿着厚厚的棉大衣,冷风还是直往里钻,等候、等候,不是说天池的气象是瞬息万变吗?希望来个万变,快快掀起你的盖头来。

时光闪回到一百多年前。

1908年,光绪三十四年,刘建封对长白山做了实地勘查,写下了《长白山江岗志略》,他这样写天池:

天池在长白山巅为中心点,群峰环抱,离地高约二十余里,故名为天池。这位奉天候补知县,是秀才,也是诗人。经过近四个月的跋涉,此时,他正站在天池边观景。由池中心向外数,一座峰,又一座峰,大的峰有六座;再向外,一座峰,又一座峰,小的峰有十座,整整十六座大小山峰,将天池围个严实。作家的眼光,总是比较细腻,他一边看,一边随口命名天池边的奇峰,六座大峰:白云、冠冕、白头、三奇、天豁、芝盘。十座小峰:玉柱、梯云、卧虎、孤隼、紫霞、华盖、铁壁、龙门、观日、锦屏。

在刘建封看来,十六座峰,就是天池的十六层锦绣围帘,将她秀丽的面孔,神秘笼罩。

而此时,天池,终不肯为我撩起面纱。

27日中午11点多,顶着狂风暴雨,我已经在山顶,开始登一千四百四十二级台阶了。这里是长白山西景区,明知没有希望看到天池,仍旧不甘心,希望到顶的时候,忽如一夜大风来,天池雨雾一散开,不断地喘气,大口地吸氧,栈道两旁,高山苔原,不畏风雨,那鸢尾,那百合,那金莲花,那长白杜鹃,那珠芽蓼(草河车),风吹不折,雨压不弯,越开越鲜艳,给我以春天般鼓舞。

可是，苔原鲜花给我的那些许暖意，远远敌不过天池顶的狂风暴雨。大腿根以下，裤脚全部湿透，雨靴里浸漫了水，头晕眼花，口干舌燥，终于，还有两百来级台阶时，我止步，无缘天池，下山！

刘建封在日记里也说，登长白，观天池，异常困难，气候恶劣如此，道路万难这般，有数次险情发生。

长白天地度假宾馆，躺在温暖的大床上，我曾数次想象，天池的两张面孔。

一张是飞机上晴空下的亮丽面孔。

天池这张面孔，是人人喜欢的笑脸。她看尽千年人世的兴衰，人事的沧桑，她是苍茫宇宙间，生命的本源。

她是神池、圣池，孤悬天际，没有入水口，只有出水口，二十亿立方米的清流，构成了中国最高最深的高山湖泊，她融天地之雨露，给人类以千万年的滋养。松花江、鸭绿江、图们江，三江的源头，养育了两岸无数的生民。长白山，几千种植物的王国，上千种动物的天堂，山民赖此，休养生息。

站在乘槎河源头下，大小两练天池飞瀑，奔腾呼啸，从天而降，钟鼓雷鸣，桀骜不驯，宏大，常年不绝。这时的天池飞瀑，似乎在一瞬间，要汇聚她巨大的能量，成为江的源泉。飞瀑溅起的细水滴，打在脸上，算是我们和天池最亲密的接触了。

另一张是月夜冰封下的温柔面孔。

天池这张面孔，是人人仰慕的成熟。她不再将亮丽展现给世人，不急于表现，不再理会世俗的喧哗和烦躁。她内敛，她沉静，她的灵性火焰，和星光对接，和宇宙交流。她一只眼睁开，一只眼紧闭，半睡半醒，醒睡之间，向外看世界，向内察思想。她要积聚力量，向自然借力，向宇宙借光，积聚足够的力量，以待来年最美的呈现。

在上苍爱抚的眼光里，月夜冰封下，沉睡天池的面孔，童话般迷离。她是一朵鲜花，刚刚在天地间绽放；她是一片新大陆，一千二百万年间，以水的形式，和长白山共眠；她还是一颗行星，晶莹剔透，冰洁圆润，以独有能量，发出无限的星光。

两张面孔，长白天池灵魂的两个侧面。

此回两番上长白，没睹天池真容，我不遗憾，伙伴们也说不遗憾，因为，我们不在乎她物质的面孔，我们在向往中向往，越发增添向往。

或者，相见不如怀念。

怀念天池的面孔，还有长白山的雨，无穷无尽、行迹变幻如太极的冷雨。

一滴水的遇见

2015年3月19日晚。杭州大剧院。《遇见大运河》。

我,大运河,这是一场舞台上的遇见。

崔巍,闪烁着疲劳但坚定的眼神告诉我:"这是我酝酿最艰难的一个作品,历时三年。有了人,才有了河,有了河,才有了运,有了运,才有了千年的繁华。我就是这么寻找人类和运河之间联系的。"

大幕缓缓拉开。

两条主线:找寻大运河历史时空的艺术家和开凿、繁荣、遗忘、又见运河的千年回忆。这是一场回忆,更是一场人文寻找,回忆与寻找的交错进行中,观众对流淌千年的运河有了全新的体验。

依我看,这台舞剧,就是一滴水的今世前生。

这一滴水是这台舞剧的女主角,她是千年运河里的一滴水。

二千五百年前,吴王夫差下令,开凿邗沟,从江都(今扬州）邗口至淮安末口，以通江淮。自邗沟挖下的那史无前例的第一锄始，此后的两千多年，海河、黄河、淮河、长江、钱塘江，近两千千米，便勾连成了一条线，这是古代中国贯通南北的主要国道。

舞台上，那一大群前朝民夫，无论男女，衣衫虽褴褛，却仍爆发出强大的张力。呼喊，呐喊，手舞，足蹈，滚翻，他们是在向山宣战，向石宣战，他们要用双手，与大自然拼搏。开凿大运河，充满着巨大的艰辛和危险，必须要有充分的民力和无穷的智慧，中华民族的先人们都做到了。

于是，有了那第一滴的运河水。这一滴水的出现，成了世界文明史上的一个大事件，从此，人类交通有了质的飞跃。那是先人们智慧的结晶，那是民众的巨大希冀，那也是水滴的欢快生命。

她从通州出发，一路雀跃，数河相交，直抵杭州。

有了她，两岸，不，古代中国，迎来了繁荣的大时代。

这样的繁荣在舞台上表现得淋漓尽致。运河两岸的璀璨文化，流水人家，流动的田园风光，商埠林立，喧闹人群，歌舞杂耍，繁忙漕运，外贸往来，一切的一切，都是因为有了运河。

这一滴水，在舞台上灵动地穿梭着。阳光下，缤纷多彩，绚烂至极，她灵秀，她欢畅，甲乙丙丁，一二三四，ABCD，都想和她亲近，爱护她，保护她，这是幸福的一滴水，她给人们带来了无限的荣光。

时光荏苒，无情的风吹皱，那一滴运河水，被遗忘了，遭遇了各种摧残。

女主角,光鲜的身体上裹着数不清的残缺烂片,她承受着各种非人的折磨。

这个时候,观众全神贯注于被污染的运河。舞台上飘起了浓浓的雾霾,崔巍这样解释:"首演的时候,这里用的是碎纸,但效果不是最理想,主创人员就一场一场地试,绿豆粉,黄豆末,我们现在用的是茶叶碎末,你看看这效果,灯光下,茶灰色,压抑,是不是形象表现了空气中的重料?"

我盯紧了看,那一滴水,被各种重料包围,逐渐窒息,最后蜷缩着,佝偻着,一动不动。男主角,就是那个拥抱水滴的现代艺术家,由相知到相离,这是一次悲伤的离开,他抱着她,极速地旋转,悲恸欲绝,几近疯狂,失去爱人的痛苦,锥心刺骨,无以名状。

我身后的一个小女孩,轻声地问她的妈妈:"妈妈,运河是死了吗?"妈妈轻轻地回答:"没死,是被遗忘了。"

掌声。这掌声不是欢呼运河死了,是送给那表演一滴水的女主角的。她让我们看到自己对运河的漠然、遗忘。这是一场精心设计的假死,但触及心灵。

观众从沉重中回过神来。

又遇见运河了。

场景自然愉快。那一滴水,女主角,生命又焕发了生机。绿色的,轻盈的,浮光的,流动的,大跨度的跃动,爆发的活力,前所未有的青春勃发。

男女主角又不舍分离，相亲相爱，这种爱，一直幻化为生生不息的坚守和相望。

当以大运河的起点——杭州拱宸桥作为巨大背景出现时，我似乎也幻化成剧中的人物了，不，我就是剧中一角，因为，我常常要在那桥上伫立。

我家就在大运河杭州的起点，一千七百八十六千米，这个标杆牌，我只要一出小区门，就能看见。夜空下，标牌远远高高地亮着，告诉来往的船只，这里是一个有特别意义的地方。

沿着标牌出发，往南走，沿着运河的石阶走，一千多米，就到了南北通津的运河广场，这里，每晚都人声鼎沸，风雨无阻。拱宸桥，这座明代才建的桥，和运河比，很年轻，但和我们比，呵呵，没法比！

我常在桥上四顾，胡思乱想，望桥东桥西，看桥南桥北，探桥下流水，一百年前的拱宸桥是什么模样？两百年前？三百年前？再往前？更往前？还往前？这桥上的块块青条石，被时光磨褪得很成熟的样子，条石上无名的大小孔穴，模糊不清的各种字体的文字，它们是怎么形成的，都有着怎样的故事？这些都是我很想知道的。

我清楚，我这种胡乱穿越，只能无功而返，拱宸桥和桥上的条石们，它们不理我，依然很安静。对它们来说，来自何方已经不重要，重要的是，它们还坚强地存在着，它们冷眼察观，静看人世，宠辱不惊，处变不惊。

拱宸桥下的流水，突然又跳上了舞台，变成了那灵动的美丽身影。

一滴运河水的前世今生，其实也是中华文明生生不息的象征，她需要好好保卫。保卫需要爱，需要具体的行动。在尾声里，我似乎听到了这样一种集体的呼喊：

我觉得，你爱上了她！

我相信，你爱上了她！

我看见，你爱上了她！

我坚信，你一定爱上她！

我想，我们大家都已经爱上了她！

穹顶之下，那一滴水，不，无数滴水，正蜕变成生动的精灵，升腾上空，齐心合力，捉拿着霾这个妖怪！

再一次，遇见，大运河。

走　运

小　引

　　2500年前，吴王夫差下令，开凿邗沟，从江都（今扬州市）邗口至山阳（今淮安市）淮安末口，以通江淮。他也许没有想到，他的率先挖河行动会被载入史册，并被不断弘扬光大。到隋炀帝时，为了加强中央集权和南粮北运，发疯般开凿京淮段至长江以南的运河，全长二千七百多千米。

　　有人说，隋炀帝挖这个运河是有私心的，他其实是个隐藏得很深的花花大公子，他只是想自己下江南方便。他下江南，那个气派，无人能比，据说，他江都宫里的美女就有三万。这么个排场，运河当然要好好修了！还有后来那个乾隆皇帝，也替运河生出许多的艳情故事。所以，北起北京，南迄杭州，全长一千七百九十四千米，无论历史之久、里程之长，均居世界运河之首。

　　我的家，左岸花园。西门对面运河边上，有一个标杆碑，一块法国设计师整体设计的标杆牌，上面标着一个数字一千七百八十六千米。这个数字，无论在晴朗的星空下还是灰蒙蒙的雨夜，都会发出熠熠的光芒。过往船只，特别是那些游船，游人只要抬头往左岸的方向看一下，就会感知，噢，这里是杭州，这里是拱墅，这里是世界著名的大运河的起点！

一篇旧文，一篇新作，时移景变，运河年年有新。

旧篇：2008年11月

严格说来，标题应该叫"运河边的惬意生活"。住在运河边上，每天都会与幸福的细节相遇。

同事们很热烈地谈论各式各样的健身，我只是淡淡地说，有空常常会在运河边上走走。因为我的脚只要从左岸跨过丽水路便是举世瞩目的运河。

我的行走路线多半是固定的，从左岸的后门出发，穿丽水路到北星公园，在热闹或不热闹的公园里起步。热闹或不热闹取决于我的行走时间，晚上七八点最热闹，跳舞的、唱歌的、压腿的、嬉戏打闹的，统统都有。在北星公园转个身，向南迈去，前面就是有三百多年历史的拱宸桥了。

这个时候是很随意的，不必拘泥走的形式，你可以不时地摸着造型别致的石栏杆。这时，往往会有突突的货船或游船在运河里驶过，船犁开浪的时候，河里就会翻起浓浓的泥土味。在运河边住久了，闻惯了这样的味道，很亲切。走着走着，迎面不时有运动着的男女老少疾疾穿过，这些人往往是暴走，喘着粗气，流着大汗，在运河边来来回回。

从3月份的不知哪一天开始，你会看到，河边五步一株的柳枝，慢慢地裁出细叶，一寸寸地长起来了。它们长得很快，一天一个样，有时一周没来，那新长出的枝条就能撩着你的脸，轻轻地触摸你了，弄得人痒痒的，而我也绝不会用手去拂开它，只任它触摸。还有那草地边的矮脚栀子花，在灯光的渲染下，乳白的本色中带上些许碎银色，很腼腆的样子。初夏夜里，浓得沁人肺腑的香味，让人很是留恋，刚好，这里的长椅使你不得不放慢或停下脚步闻香。你看，这一对互相抱着的，埋着头，无声无语，在尽情享受哩。

运河边的夜大约是最热闹的。到运河广场，往往会接着走上拱宸桥，站在桥正中，环望四周，看着桨声灯影里的运河，我在努力地回想她三百年前、两百年前，抑或一百年前的热闹场景，这个时候，发现自己的脑子总是不好使，竟没有一次想象出她以前会是一种什么模样。朝空中一看，哇，有几只闪着亮光的风筝努力地向远处飘着，星星点点。

广场边一座亭子里，圆润的越剧女声将我吸引。两个二胡操琴手，一位弹琵琶的，好像年纪都不是很大，他们都沉浸在演出的氛围里。一位老太太，中气很足，在唱着《红楼梦》里宝玉的某个唱段，"合不拢笑口将喜讯接"，台下不时有掌声，细一看，不仅有老头老太之类的票友，还有不少年轻的粉丝。大家的神情都随着老太太的嗓子在变化。咳，不对啊，好像还有一个声音从边上传来。细一听,在游船码头这边,又有一台戏,唱的还是越剧:"我老六——"噢,是《祥林嫂》。这边的观众就少了些,三三两两,但老太很认真,正做着悲怆的手势呢,那操琴的老者估计也有些年纪了,操琴的动作没有那边厢的节奏干脆,但边上的音箱效果却不错。两边正在热烈地比赛中,一艘游船从远处突突驶来,驾驶员大概是想让游客感受一下拱宸桥的夜文化,所以一下子就慢了下来,游客们则站在仓台上忙不迭地举起长枪短炮,闪光点点。

见此情此景,不由得想起前段时间刚刚开始学吹的萨克斯。这个东西,不要看它小,发出的响声倒是够大的。不用说,运河边的亭子里自然是理想的练习场所。再没有比这好的场所了。厚厚的绿化带掩映着一座古色的廊亭,坐着或站着,对着运河吹,对着运河边的树木吹,对着游船吹,曲虽不那么好听,但却和着缓缓流动的运河水,和着大自然的声音,因此,不用怕扰人,自在得很。

不同的季节,运河有着不同的风景。去年的那场大雪,让我从另一角度体验了运河的静。那天早上,车被冻得出不了小区,只得坐公交。晚上下班已经比较迟了,打车到青莎公园边,我就让司机停下,因为全副武装,就想沿着运河走。那雪真是太大了,运河边积着的厚雪上基本没什么脚印,于是我踏着积雪一步一步走,开始还感觉有趣,边走边给陆地同学打了电话,说,我正在运河边踏雪呢,真正的踏雪,一步步地踏。但后来就越走越难了,因为还结着冰,必须提着神。雪夜的运河两岸已经看不出什么景色了,白茫茫一片,空旷的雪地上只有我深一脚浅一脚地前行。平时四十多分钟的路,那一夜我足足走了一个半小时。不过,那种深夜一个人在雪地里走的感觉却是独特的,那是在运河边走啊,很有纪念意义呢。当时就想,大概只有杨子荣同志在智取威虎山的时候,在夹皮沟才有那样的雪吧。

江南的雨景也是别有一番韵味,关于雨后的运河,我曾仿有几句打油诗:运河新雨后,柳叶润如酥。移步石阶走,不敢下脚去。不管恰不恰当,对运河的感觉,对我家边上运河的感觉,就是这样。

新篇:2012 年 11 月

初冬周日的早晨,阳光已在催我起床。

站在阳台上西望,运河的西岸,那些新楼盘非常醒目,想来想去,只能用鳞次栉比来形容。

最远处,能望到左前方的几幢显眼而别致的黄颜色建筑,那是由大河造船厂改造而成的,现在叫运河天地。有数家时尚商场,KTV 店,各色美食店,周星驰还在那儿开了家影院,叫"比高",我不知道周老板什么意思,极有可能是和别的影院比高低吧。有一次,比高影院很热闹,原来是周老板亲自视察工作来了,和员工一一握手,一边勉励,一边一人一个红包。

眼光由运河天地往北转,岸边那一片凌乱,现在已经全部整齐，估计用不了多久，那里便是宜人的公园。阳台对岸就可以直视南北西岸，河边的那一排别墅很平静，不张扬，临河居，临着一条数千年历史的运河而亲水，那是一种什么的感觉？有亲朋好友来，我经常会指着对岸给他们解说，几乎都是羡慕的口气："你们真好，阳台上的风景就看不完。"我说："是啊，不仅看不完，还可以沿着河做无穷的想象。"

目光暂时收回。

周日的下午，我会沿着运河往南走。

桥西历史保护街区是一定要去的。迈过拱宸桥，白墙板壁黑瓦，每一块石板似乎都有久远的历史。左边是舒羽咖啡馆，这不是普通的咖啡馆，它基本是一个传播文化的场所了，这里经常举行诗文朗诵、绘画、音乐等活动，前几天，杭州读书节的时候，这里就很热闹，中外名作家齐聚。我在街角就刚刚碰上余光中先生，老先生携夫人，还兴致勃勃地东转西转，他说他们在享受运河，看也看不够。拱宸桥的正对面就是几家大的国药馆，张同泰、胡庆余堂、方回春堂，省内的各大名中医都会来坐堂，走累了，口渴了，一脚拐进国药馆，倒一杯免费的茶，冒着热气，带着中药味，坐着慢慢品吧。

桥西直街还有好几个博物馆，中国刀剪剑博物馆、中国伞博物馆、中国扇博物馆、手工艺生活形态馆。一馆看千年，常见家长带着满脸兴奋和惊讶的孩子在细细研究。在手工艺形态馆，有许多互动项目。比如油纸伞，你可以亲自参与制作，据说，一把伞光是伞结部分，就要穿针引线两千多下呢。两个工人从火炉里钳出一根铁火棍,你一锤我一锤,我一锤你一锤,不一会儿,一把刀的雏形就出来了。最让人感叹的是,这些个博物馆,都不是新盖的,而是利用原来的工业厂房改建而成,真是点石成金哎。老作家黄仁柯和我说,他父亲原来就在这个厂里工作。我说:"哈,黄老师,那你可以写写了。"

继续往南走。偶尔会和钓鱼的、撒网的擦肩而过,他们抓鱼的神情很专注。

登云桥下。经常来的地方。这里的亲水平台上,我有时会吹萨克斯。几年的学习,虽是三天打鱼,两天晒网,但毕竟也比较熟练了,《城里的月光》《梁祝》《真的好想你》《春风》《天路》《北国之春》等等,我常吹。经常是,我的音乐声响起不久,就会有游人停下脚步,他们有时会默默地听,有时会竖起手指,有时会拍起手掌,运河里轰轰而过的游船,那些游客往往很兴奋,相机咔嚓咔嚓,我知道,他们把吹萨克斯也当成运河的景色了。虽然还不是很出色,但毕竟不会扰民了。一次,一老人特地和我交流,他说就住在旁边的高楼上,听见我的音乐,不由自主地跑下楼来了。我知道,萨克斯的声音是很悠扬的,能传得很远,特别是在这个桥下,有回声,有共鸣。这个时候,平日里的那些烦恼都抛诸脑后了,我想,这些游人也是在分享我的快乐吧。

继续穿过青莎公园。再穿过大关桥。前面就是大兜路历史街区。美食是这里的特色。这里已经集聚起了几十家比较著名的餐饮店。友人一直在说,我选择左岸花园这块城北的地方有眼光，我还是淡淡地说，这是杭州城里最后改造的地方，一张空白的图纸，当然可以画最美的图画，道理就这么简单。拿这个餐饮说，以前拱墅这地方，只有极有限的几家，选择面很小，而现在，不得了，大兜路已经名声在外了，基本上是车水马龙，胜利河美食一条街也是热闹得很，还有西塘河台湾美食一条街，不用去台湾了，这里什么都能吃到，台湾的大厨高调宣称，一只虾，有十三种吃法哎。拱墅已经做好了迎接全杭州，不，全浙江，还不对，应该是全中国全世界游客的准备了。

往南左转，我的脚步停在了富义仓。

这是清朝光绪年间的大粮站啊。1880年，当时的杭州城，粮食紧张，浙江省省长谭钟麟，下令杭州城有钱老板购粮备急，数千万斤粮食买来了，仓库却不够用了，于是在此再建粮仓，精打细算，节约再节约，银子花了一万一千两，四列三进的仓库造好了。谭省长调任陕甘前，将仓库正式命名为富义仓，寓意为"以仁致富，和则义达"，富义，这不就是我们现在强调的勤劳致富、和谐社会吗？自然，现在的富义仓并没用来堆放粮食，它已经修旧如旧，变成拱墅的一个文化粮仓了，这里集聚了十几家文化创意企业。像这样的改造太多了，LOFT49号、A8艺术公社、唐尚433、理想丝联166、乐富知汇园、浙窑陶艺公园、元谷创意园、SOHU创意部落，都是腐朽变神奇，传统的空间里透着十足的现代味，现代人的创意在那里无限释放和发挥。

好了好了,脚也累了,路也走够了。
往回走吧,留着下一次,留着明天。

走运河,简称走运。
天天走,天天走运。

寂静的雷鸣

2016年4月7日。

傍晚边到达神龙川,战鼓般的瀑布迎接我们。

平时的瀑布,一定没有这么大,我从天气预报里早已得知,这里,昨晚到今天上午,一直是大雨。从往大山深处盘旋而进的车上,我观察,山外的溪流,已经有一些混浊,河面宽阔了不少,水流湍急,黄色的溪水,激荡着青青的柳树根部。

瀑布声急,相互间交谈,需要大声招呼。我们入住,天香园民宿。

四个房间,以棋琴书画命名,我拿到的是"书"房。进房间前,穿过一个大书房,各式杂志,茶盘茶盏,是小聚的理想场所。"书"房靠山的窗外,奔腾的溪流哗哗,窗的正前方下,有休闲大露台,露台下面,就是狂奔的瀑布。

这"书"房,自然满意,但似乎有担心,这么大的瀑布声,晚上睡得着吗?

晚饭后,我选择餐厅附近的一个瀑布,零距离观察。

谛听，咚咚咚，咚，咚，咚，是沉闷的那种，就如我刚踏进神龙川时听到的那样，似鼓在擂响。灯光下，白练齐整，那练仿佛是从巨大的织机中扯出，有些厚度。白练激起的浪花，溅到我脸上，星星点点，早春的夜，有些凉意。白练经过几分之一秒的洁白展示，齐齐跳入深潭，像跳水运动员那样，完成一个 2.5 难度系数的动作后，双手双脚并拢，一个猛子扎入，溅起的水花越小，分数越高，瀑布也一样，猛子扎得很深，在深潭处回旋数圈，泛起无数朵小泡泡，再荡出圈圈涟漪，潭的另一面，水流不久就恢复平静。潭水清澈，靛青泛蓝，即便是这般急躁的大雨过后，潭水仍然绿透，如碧玉晶莹，惹人喜爱。

我知道，瀑布们，如此欢快，我不应该打扰它们。在人类没有居住到这里以前，甚至，在人类的噪声存在以前，这神龙川，只有大自然的声音，当然，流瀑应该是其中最雄壮的一种，尤其在大雨滂沱后。

今晚，我决计读它，我们彼此倾听。

这个"书"房，还是有些特色的。设计者极用心，让你在烦躁的俗世生活中，躲进山居，窗外的山，能让你觉得，睡在她的怀抱里，就如婴儿睡在母亲的怀抱里一样，安全踏实。流动的溪水，如果是潺潺的那种，那就是伴你入睡的外婆的摇篮。在这里，一切身心都可以解放。

只是今晚，大雨过后的溪流，变得欢愉了些，变得粗野了些，我不怪它，这里是它的家，它可以任意东西的，而我是不速之客。

关紧所有的窗,躺在柔软的床上,开始听瀑。

咚咚的鼓声,变得沉稳了,依然有力的节奏,我知道它们要去远方。

我努力想听出它的层次。

五分钟后,瀑似乎变成了海边的涛声。哗哗哗,哗哗哗,只是涛声慢,瀑声急。涛声由远而近,声音由轻到重,一阵阵,有起伏,有轮回,节奏感很强。而这瀑声,几乎是一种急促,它们在急急赶路,它们要集体赶往一个地方,它们没有更多的时间来停留和稍息。用音乐来比方,这个瀑声,很像交响乐《打虎上山》,咚咚的锣紧敲之后,就是各种乐器一起奏响,有锣、有鼓,有主导节奏的电声,有提琴,小中大都用,各种乐器,然后,钢琴出场,一直高亢,它给我们营造的氛围,就是急促高昂,勇猛向前,它是在鼓励杨子荣们,上威虎山消灭座山雕去!

瀑们也这么焦急,奔腾不息,几百里后,浩渺的太湖在迎接,只有到了那边,它们才可以安静下来。这里是太湖源头,奔赴,就是它们的使命,大雨即军令,今晚,它们在急行军,我理解它们,军令如山。

喜欢瞎想,这太湖的源头,到底是如何形成的呢?

一滴水!起先,一定是有一滴水,它的号召力极强,不断凝聚,犹如核裂变,迅速壮大。黄河源头,长江源头,还有很多著名河流的源头,我都没有到达过,但我看过纪录片,往往是一孔汩汩的山泉,几缕流淌的细脉,极不起眼,但恰恰就是著名江河的源头。太湖源也一样,神龙川的源头,在景区尽头,那里,也一定有一孔山泉,从泉里淌出的每一滴水,都有着极强的使命感,它们是八百里太湖活跃的种子。

活跃的种子,还有雨滴。

大雨狂落,或者细雨绵绵,都是雨水对土地和森林,表达爱的不同方式。大雨滂沱时,雨滴从高空中一一跃下,像冲锋的战士,直接跳进溪流中,和山泉汇合,队伍迅速壮大。细雨绵绵时,雨滴就如一个顽皮的孩子,起先落到高大的柳杉叶上,继而,往下跳,撩拨一下低矮一点儿的松枝,接着,它看中一株大朵的花蓬,因为那尖顶的花朵上,已经有些小伙伴在热情地等候了,它们要一起练习芭蕾,轻轻点点,自由舞动,它们甚至,要和蝴蝶比美,谁能否认雨花的美呢?然后,再然后,它们合并身体,集体俯冲,一齐冲入溪流的大队伍中,汇成浩浩荡荡的壮观。

太湖源头,在这寂静的雷鸣中,我想象着一滴水的前世今生,想象着一滴水的奔跑。

聆听,是一种无言的过程。

听着这不断重复的乐章,我已没有原先那种厌烦,丝毫没有,相反,因为聆听,我和瀑布们有了良好的交流。瀑布告诉我,它们的乐章,是有明显分部的,每一滴水都有不同的角色,它们分别承担着各自的职能,它们和途经的山边岩石、溪中流石,和山旁的树枝、树根,和溪流中鱼、虾、蟹,都有互动,每一次互动,都会产生不同的音符,交会,迸裂,温柔,怒吼,曲调变化多端。

溪流有言，我无眠。我不怪它们的粗野，我是在阅读它们。

枕着涛声，万籁俱寂，索性夜读。我带的是宋代笔记，南宋作家周煇的《清波杂志》，卷九《花信风》："江南自初春至首夏，有二十四番信风，梅花风最先，楝花风居后。"我批注：窗外的清流中，不知有哪些花朵呢？读到卷十二《拦滩网》，眼睛一亮："江上取鱼，用拦滩网，日可俯拾。"我批注：今日溪中鱼，一定如游大海畅快，什么网也拦不住！周作家，晚年定居临安（杭州）清波门，日往来湖山间，把酒赋诗，悠然自得其乐。

清波门，嗯，清波，这窗外就是一溪的清波，只是它们喧闹了些；临安，嗯，南宋的临安已叫杭州，但临安却保留了下来，今天的临安，是杭州的副城，此刻，我就躺在副城太湖源头的天香园。

明天一早，我必须寻找神龙川寂静的依据。

早晨六点多，打开窗，瀑布声一下挤满房间，依旧磅礴有力。晨雾氤氲，半遮山峦，右前方一片徽派建筑，白墙黑瓦，檐角层层，这是典型的中国乡村水墨画，自然生成，且每天随气候不断变幻，那灵动的画面，让画家们永远无法企及。

我看了一眼依然起劲奔腾的瀑布，丝毫没有停下的意思。

我往画中走去。

两个小银杏群，一个四世同堂，一个五子登科，都是高寿的树老人。银杏树上的新叶已经绽满，叶面小，细嫩，滴着露珠。

转两个弯，跨两道急流，是一个长长的藤蔓走廊，两边的葡萄藤已经抽芽，我想象着，7月的茂盛。右边是一片大茶园，生气蓬勃，茶园里的数桶圆形土蜂箱，如一幢幢别致的小木屋，那是野蜂们的自然家园。

扑哧，一根小枯枝从柳杉上掉落。

"清明，酒醉；清明，酒醉。"乌鸫，似乎很悠闲在叫。

"布谷，布谷。"布谷鸟就如时令官，在向人们不断地发布季节的命令。

我的窗外，有一块很大的背景板，上面写着"2016中国太湖源第十六届野猴节"，从日期看，活动显然刚刚搞过。我真希望，这个时候，有几只活泼的小猴子跳出来，向我道早安，可野猴们很懒，还在各个山头树上猫着呢，不肯出来见我。

对生活在这里的七大类两千三百余种野生动物来说，乌鸫和布谷是勤奋的早起者，它们知道，早起能多吃到虫虫。

抬眼望山，一直往上看，无边无际，两山夹溪，竹木夹杂，丛流哗哗，飘荡而来，山绿得让人发亮。

我终于知道，前夜如此急的大雨，并没有使溪流常规变色，这山，这树，吸吮污浊的力量太强大了，雨滴重重滴下，或者轻轻融入，水依然清，山依然绿，丝毫不受影响。

寂静的山，雷鸣的瀑，神龙川水奔腾不息，至八百里太湖，滋养着湖两岸的万千子民。

天光云影（外一篇）

时空穿越。

初春时节，我穿着木屐，行走在南宋临安的大街上。

街道整齐的青石板，不时在木屐声中笃笃作响。街两旁各色小摊林立，有茶叶，有丝绸，琳琅的货物中，显现出南宋繁荣的时光。那些泛着青光的条石，那些充满香味的新茶，还有各色山货，都是踩着青溪江（今新安江）、富春江，一路顺流而来，青石们的故乡就在淳安。南宋的淳安，因为水路的发达，已成为朝廷一个重要的物资供应地。

公元1165年秋。大儒朱熹，在好友的邀请下，兴致勃勃前往淳安姜家郭村的瀛山书院讲学。讲学之余，朱大儒和文友游赏酬唱，心情大好。在得源亭的方塘边，朱大师手捧圣书，远望山峦，近凝清澈方塘，但见源源活水不断来，诗兴大发，立即口占一首方塘诗，于是，千古绝唱《观书有感》就在这里诞生："半亩方塘一鉴开，天光云影共徘徊。问渠哪得清如许，为有源头活水来。"

方塘成了朱大师的精神源泉。在随后的几年里，他一连四次来姜家讲学，在他的引导和教诲下，小小的瀛山书院，一共出了一位状元、三位进士。

时空再次穿越。

二十年前，我很庄严地将自己的书房命名成"问为斋"。此后，方塘也成了我的精神源泉，布衣好几本书的后记里都标有"问为斋"，这是能让我静心写作的地方。"问"什么？问渠哪得清如许；"为"什么？为有源头活水来。布衣告诫自己，要使自己的写作常写常新，没有别的秘诀，只有勤读书多思考。

感谢淳安的半亩方塘，感谢朱大师的悟道。

1958年，淳安在为浙江人民做出巨大的贡献后，千岛湖应运而生。

付出巨大，得到也丰厚，上苍待淳安人民不薄。1078个各色岛屿，星罗棋布，在蓝天下，就如一块块大小不等的碧玉镶嵌。

家有碧玉，看淳安人民是如何精心呵护的。

湖是生命，湖是大动脉。投入数十亿的一百四十八千米自行车骑行道，应该是目前中国最长的自行车骑行道了，红色的地胶，柔软而有弹性，来自全国各地的骑行者们，戴着头盔，正奋力向前。湖水在微风下泛起微波，湖风轻拂着骑行者的脸，他们正在抒写着自己关于健康和运动的有氧诗歌。

以湖为中心，景却在向湖外不断延伸。

龙川湾的夜是那样宁静，天空是那么低，头顶上的星星，明亮而耀眼。有人喊道："关掉手电，关掉手电，我们来数星星吧。"于是，我们都回到了童年，开始认真地数起星星来。但是，耀眼的星星实在无法计数，没有霾，没有尘，这里的每一颗星星都很干净。

森林氧吧。拥有千岛湖最好的森林植被，是亚热带原始次森林保护区。瀑布，彩岩，怪石，嘉草，新花，潭水澄澈，高木郁然。这里，最神奇的是氧离子，每立方厘米空气中，含有五万八千至六万二千个，我在氧吧里爬山，一点儿不觉得累，不仅不累，还让人有醉的感觉，我在空气中饮醉了。

浪川乡的芹川古民居。我们随着小溪里戏闹的石斑鱼一直往前行，它们似乎是引路人，它们习惯了游人的指点、惊诧，它们显然很快乐。东西向的小河将整个村一分为二，从山顶往下看，村子沿小河形成一个"王"字，原来，这个村的始祖就姓王。这是淳安最大的一个村，已有七百五十多年的历史，雕梁画栋，小桥流水，似乎回到了几百年前的徽州。闻着酒香，酒幌子招引着我们钻进了一家土酒店，大瓶小壶，农家酿造，忍不住解囊。提着酒瓶，麻酥糖的香味又勾得我们满嘴流香。在芹川，仿佛回到了外婆家。

千岛湖的水为什么有点儿甜？

千岛湖的鱼为什么会跳？

千岛湖的水下古城在哪里？

千岛湖有哪十大美景？

千岛湖有哪些名菜?

好了,我说不了那么仔细,那么明白,你们还是去看《千岛湖旅游100问》吧,淳安处处是美景。百闻不如一见,见了更容易怀念。

盯着千岛湖的航拍图,我似乎坐到了航拍的飞机上。俯瞰千岛,那一张硕大的蓝地毯上,水光潋滟,天光云影共徘徊。

我们向远方飞去,那一湖澄蓝,也即将向远方流淌。

外一篇:蜜山听雨

2016年5月7日上午,千岛湖,烟雨,朦胧,我们向东南湖区的蜜山岛挺进。

近了,浮在湖面上的"蜜山"看见了,岩壁上,"蜜山禅寺",四个金色铸字,逐渐清晰起来。

游船缓缓靠近,细雨飘滴脸庞。迈步,小心登岛,拾级而上,我们踏进传奇里的蜜山岛。

迎高壁仰望,"蜜山禅寺"的"蜜"字上方,有一朵花,极艳,峭壁上,松树下,只有一朵,定睛细看,是月季,鲜红、醒目,绿叶几乎和青山融为一体,饱满的花朵,在雨中摇曳,它向我微笑,欢迎我登岛。

史志记载,蜜山禅寺,始建于北宋开宝元年(968年)。人世沧桑,时移世易,禅寺几经毁建,但是,蜜山古道上的那些石阶,却永远地镶嵌在那儿。

我踏着的石阶，就是一千多年前的那种青石板。石板的高度，平均九厘米，长宽比例和谐，几乎完全按照黄金分割比例切割。脚踏上去，一步一步，虽不断往上，却一点儿也不觉得累。

一段幽深而长长的古道。

古道两旁，树枝交叉，你牵着我，我缠着你，有时，调皮的小枝丫，会伸到你的胸前，软软的，嫩嫩的，你忍不住想将它们掬进怀里。青条石板上，不时散落着几片发黄的枯叶，那是冬春季节的替换，你踩着枯叶，是在和叶子交流，和叶子亲密接触，感谢它的付出，感谢它完成了自己的使命，却又来为我铺路，有枯叶在，青石板就不会寂寞。

宋朝的青石板，静静地躺在那儿，一块叠着一块，向山上延伸，它们经风沐雨，迎来送往，草绿了，草枯了，它们依旧泛着青色，磨去的只是岁月的时光。蜜山禅寺，原来叫马石庙，明朝以后曾多次改扩建，叫过蜜山庵，叫过蜜山堂。1959年，新安江大坝横空出世，狮城、贺城，千年的古城，永远沉潜在水底，千岛湖惊艳亮相，蜜山，就成为蜜山岛了。

雨滴打在树叶间，雨滴滴到伞顶上，滴滴答答，我们到达蜜山岛的半山腰，看三个和尚圆寂塔。圆寂塔，高约三米，六角形，塔身用六块长方形茶园石砌成。细雨簌簌，四野寂静，我的脑海中，却出现了一幕热闹场景，剧情的中心主题是：一个和尚挑水吃，两个和尚抬水吃，三个和尚没水吃。这个中国家喻户晓的传统民间谚语，就是从这里演绎而来，它堪称蜜山岛的传奇。

你尽可以想象，蜜山寺初建时的规模，一定是一个渐进的过程，它完全符合事物发展的基本规律。此地，"有蜜出水空罅中"，谷深，树茂，水甜，是一个修行的好地方。起初，来了一个和尚，不久，又慕名来一个和尚，后来，再一个和尚随至，虽是出家修行，但人的惰性，照样显露无疑，这是惰性的张扬，更是体制的弊端，三个和尚，注定没水喝。

一定要打一口井，有了井，所有的问题，迎刃而解。

踏步上山顶，我们就到了蜜山泉边。山顶有泉，不算稀奇，但这口泉，因为有了传奇故事的铺垫，就变得哲学起来，深刻而给人以启发。

几乎难以相信，蜜山泉，现在也可以放心喝。井边放着两只木桶，桶上系着绳子，扑通丢下桶，使劲儿翻滚，满满一桶泉就拎上来了。

拎着蜜山泉，往禅寺的客堂去，急着烧茶，我们想品一品，蜜山的泉水，还有没有宋朝的味道。

大雨如注，我们坐在禅寺客堂前的长亭里吃茶。亭正前方，有小和尚煮茶小铜像雕塑，盯着炉，看着壶，捏着扇，神情不一，但都专注，一个写着"悟道"，一个写着"静心"，一个写着"悟心"。悟心的小和尚，似乎在吮小指，面前的小茶壶嘴上，有雨水不断滴着。

亭前右角大樟树下，有一牌，上书"青山隐茶遗址"。唐高僧灵一，与人在此吃茶，赋有《与元士青山饮茶》诗："野泉烟火白云间,坐饮香茶爱此山。岩下维舟不忍去,清溪流水暮潺潺。"青山、白云、野泉、香茶,已经日薄西山了,吃茶吃到不忍离去,这青山茶园,就是我们现在坐的这个地方。

现在,也有僧人陪我们吃茶。中年僧,出家二十余年,和我们谈"心"。

先从这杯蜜山茶开始。

习惯了,吃茶先闻一闻。鼻子凑近瓷杯,粗制墨黛青杯,茶汤有一股清香,散着淡淡的炒青味。中年僧笑着说:茶叶做得不精致,是我们自己炒的,我们的茶叶叫"别有香"。他往下一指,那一片,就是"别有香"茶园,茶园不大,只有五亩多点儿。顺着他的手指,我立起身往下看,竹林杂树丛中,数垄茶蓬蜿蜒,条理清晰,细致干净,茶园周围,雾气在雨中升腾,那雾,不知是几重了,小气候中的小气候,再加上这场如帘大雨,茶园的茶叶,青色发亮,仿佛是千岛湖中的绿毯,裁剪了一块披在这蜜山顶上。

吃一口蜜山茶,丝丝甜味。

我好奇地问:"这水,就是我们刚刚打上的那桶吗?"

中年僧狡黠一笑:"也可以说是,也可以说不是,刚打上的泉,要沉静一下,你们没看到井边那些字吗?"

我立即答:"我知道,按你们释家的说法,刚刚打上的水中,有八万四千条小虫子,需要过滤,才能喝。不能伤及小虫的性命,众生平等,自然也包括小虫。"

中年僧又笑了,憨厚的样子。

我们听雨，茶亭檐瓦，如注沙沙响。我们吃茶，叶子和泉，生发出无限的关系，茶中悟人生。我们谈善恶，人不可作恶，恶必有报，人都有小过，只要迁善改过，人就会圆满。我们话众生，芸芸众徒，苦乐不均，熙来攘往，心安最好。在这个雨天，湖上的雨天，吃茶聊禅，儒释道已经贯通，精神中的经典，已经融入我们的内心，向上，向善。

亭外的一株蜡梅，春天催发，青叶换装，我壹庐的院子里也有这样一株，它让我一下子想起千年前的林大诗人。

北宋开宝元年，蜜山寺初造，数百里外的杭州，那个林和靖，"梅妻鹤子"的林逋，也是刚刚出生。这个宋朝的独身主义者，先锋文艺青年，钟爱梅花，孤山放鹤，我想象着他到过蜜山寺，"竹树绕吾庐，清深趣有余。鹤闲临水久，蜂懒采花疏"。闲鹤，懒蜂，当然还有隐人，他在孤山小隐，杭州至淳安，一两百里地，水路极方便，极有可能到这里来修身参禅。

茶吃够了，话谈透了，我们兴尽下山。

轻踏宋朝的青石板，雨点依旧滴答，修竹茂林，梵音阵阵。

再过些日子，就是夏至，它又被称为"蜜月"，是蜂蜜丰收的季节。嗯，蜜山岛，蜜山泉，蜜山茶，蜜山禅，多好啊，蜜一样的世界。

何时再来蜜山岛呢？"蜜月"最有寓意了，千岛湖万顷碧波，涵养着蜜山泉，蜂绕茶园，百果流香，一定更有蜜意。

荔 波 的 雾

荔波山水皇家驿站。我住55幢。

清晨六点醒来，拉开窗帘，一幅巨大的风景画让眼睛定格：二百多亩花海，一路卷向前方山脚。山不是很高，层叠伸向远方，山头柔软，都被雾绕着。这雾，不密，不浓，轻飘飘的，淡烟，在山的腰间，慢慢在移。雾在移，目光也随之移。那些雾，散漫得很，似乎没有什么组织，三三两两，有时她们自己也在游戏，一会儿围成一个圈，一会儿又迅速散开。我直勾勾地盯住一朵细看，一直盯着，她有点儿难为情了，终于挤挤挨挨去和组织汇合。

其中一座帽子山，不高，特别显眼，这帽子是江南水乡的乌毡帽，艄工好像下河摸鱼去了，毡帽就随意地丢在岸边。这雾，绕着帽子中间，往下沉，往下沉，接着地了，像极了毡帽那卷起来的帽檐。有顶有檐，那才好看，没有檐的帽，那不是栾平戴的吗？一副吊儿郎当相。

闻着浓浓的山野清香，绿海中，我们的大巴，向着小七孔景区，稳如船进，两边犁开一道道的山雾。

狭窄的山道，杂树高森，要当心那些冷不丁伸过来的树枝，一不留神，它会辣辣地撩着你的脸。那些雾，却很受欢迎，她们已经化作氧离子，挤进车窗，钻进我们的肺腔。深吸，深吸，不断有人做着深吸的姿势，这里的氧离子数，平均都在几万以上，鸳鸯湖高达十八万二千五百个。

卧龙潭边。

潭的上方是坝，由坝上冲下的瀑布，自然激成了白练，白练很粗，练条均匀，围成一个长长的弧度，像戏台上京剧老生宽大的白胡子，老生大跨向前，头一摇，身微转，大叫三声，表演开始了！老生的大叫，就是瀑布的轰鸣声，场景生动，气势夺人。

坝的上方，是一片平如镜的河面，这河叫响水河，一直流，流到……老生在轰鸣，河面却很静，静流，几乎不动，河面上贴着升起了雾，这里的雾，更薄、更淡，从远处慢慢移来。

伫立十分钟，我在深深吸氧，我也在静观，看看河面上那些雾的运动轨迹。果然，那些雾在向我移近，又移近，不断移近，差不多就要移到坝上了，她们是不是想去坝下，和卧龙潭水卷起来的浪花汇合呀，一定是的！

动若脱兔，静若处子，也完全可以形容卧龙潭的瀑和雾，坝上的雾是处子，坝下的瀑是脱兔。静是那么地静，不急不躁，不温不火，世事纷繁，又奈我何？动是那么地动，万马奔腾，万箭齐鸣，人生苦短，快马加鞭！

对水来说，静、动都是风景。对人而言，动、静就是人生。我们都被拉雅瀑布迷住。

它源自响水河上游的山体洞泉，在山道边，悬空而下。

三十多米高，二十多米宽，这样巨量的泉水，从崖上俯冲下来，是一种怎样的壮观。没到过现场，完全不能想象。瀑布极厚，但被撕得粉碎，丝丝细缕，又如珍珠，密密麻麻，又如飘带，长长的，迎风恣意舞动。这一切，都以白色为底子，纯白，洁白，银白，雪白。

拉雅极热情，每个经过的人，都会得到她激情的热吻。

一个纯洁的少女，布依族少女，给远道而来的客人，盛情一吻，这种吻，纯真无邪。

在黔南的大山深处，拉雅寂寂地生活了数千万年，只有雾和她相伴。那些雾，是她身体的一部分，瀑布激起的点点水花，和野山亲密接触之后，又一个翻身，离地腾空，在拉雅四周的崇山，化为阵阵云雾，忠诚地陪伴着她。我在拉雅瀑布后山的上空，果然看到大朵云雾浮着，它永远都显得那么安静。

拉雅尽情拍打着人们的脸庞，在这个炎夏季节，透心凉。

布依族中，拉雅，意为"美丽的女神"。

盲人摸象地捉了几朵荔波的雾，现在，我想要弄清楚这些雾是怎么来的。

荔波的雾，一定是由水生成，当然，还有特独的地理环境。这水，除了小七孔的响水河，还要说说大七孔的樟江。

大七孔的入口处，看起来是一个大湖面，游船嗒嗒，往里面开去，但其实是一个峡谷，云贵高原上一个林深水急的峡谷。我们徒步的道路，就是峡谷两边修建出来的。

有的地方比较平缓，走着走着，突然脚边生凉，原来是峡谷右边突然冲出一股流泉，泉从高山密林处逶迤而来，急急的，清清的，带着深深的凉意，脚步不由自主地停住了。

陡的地方，要贴着山崖走，好多地方，仅一人能过，且要弯腰，钟乳石就在你的头上，左边是滔滔樟江，右边前方不时有提醒牌："有时候，鞠躬是一件必要的事！"挺幽默的，不过，确实语义双关，这时候，你不弯腰，必定要吃苦头。岩边那些细细的无名花草，星星点点，一色的很滋润，它们终年生活在阳光（上空直射）雨露（崖水细滴）中，要风得风，要雾得雾。临近天生桥的峡谷左边，一块突出的饼状圆形岩石，远远望去，像一只榴梿蛋酥，约有两平方米，上面简直就是一个小花园，底下一尺，樟江水滚滚流着。

现在说天生桥。

天生桥，当然是天生的，已有三百多万年了，高约七十三米，厚约十五米，宽约二十二米，人们称它为"东方凯旋门"。我认为相当不准确，先不说凯旋门没有它壮观，十分之一都没有，天生桥的历史，在人类始祖还没有诞生的时候就已经存在了，凯旋门怎么能比呢？凯旋门里虽有许多故事，但都是人为的，而鬼斧神工的天生桥，云来雾往，自在穿梭，天天在演绎着大地、天空、河流等自然的情感故事，她也是人类诞生和进化的见证者。瞧，天生桥的这一头，峡谷左边靠山的一块岩石上，一位景区员工正躺着休息呢，悠闲得很，我猜他在和樟江的巨大流水声作日常交流，这母亲的怀抱，想躺，可以随时躺着。再瞧，天生桥的另一头的贴崖山道，临江的巨大岩石上，好多黑蝴蝶，大型的，叫不出名，它们一会儿飞开，一会儿聚拢，似乎在吃着什么，味道有点儿重，有人说是蝙蝠的屎，它们一点儿也不怕人，为什么要怕人呢？这里本来就是它们的家呀。

蝴蝶是我们在荔波的一个有趣话题。

山水皇家驿站，徐嘉伦拍到好多只蝴蝶。他话不多，眼睛却时刻在滴溜溜转，花海中的驿站，自然引得蜂蝶纷纷来，蝴蝶大多停在马鞭草上，鲜绿色的花瓣，蝴蝶和花亲吻，估计在吸吮着花汁。他拍的蝴蝶，引得我们一阵阵赞叹，特别是女士，把老徐夸得脸都红了。

说到蝴蝶，以中国人的思维，自然要将梁山伯和祝英台牵扯进来，而老徐也的确拍到了两只交媾的蝴蝶，大方自然，性感得很。

叶文也拍到了蝴蝶，却充满了喜剧感：一只花蝴蝶，绕着姚献平的左手，死活不肯走，最后，在老姚的配合下，真的停在了他的手上，照片中，老姚满意地笑着，蝴蝶也安静地停着，为什么这么默契呢？有缘嘛，世上万物都讲一个"缘"字，谁又能说得清老姚和这蝴蝶的前世是什么关系呢？

在山水皇家驿站的大堂，我拍到了两幅水族的书法，其中一幅叫"天地人和"，从字形上看，类似甲骨文，画面感极强。

荔波，不是生产荔枝和菠萝的地方，荔波是布依族语言，意为"美丽的山坡"。

十万大山中的美丽山坡，经年云雾缭绕，它是地球腰带上尘封的绿宝石。

山中何所有？岭上看白云。只可自怡悦，不堪持赠君。

要去赏荔波的云雾，只有劳烦你尊贵的脚步了。

陆之羽泉

鸿渐于陆,其羽可用为仪。

公元733年深秋,唐朝复州(今湖北天门),竟陵西郊,有一座小石桥,龙盖寺智积禅师正好路过于此。桥下,一群鸿雁,哀鸣阵阵,禅师顺眼望去,一个肉团团,好像是孩子!走近再看,果然,是个冻得瑟瑟的男婴,立即抱回寺中抚养。这男孩,好不容易养到八岁,禅师煞费苦心为他取名,拿来《易经》一卜,得"渐"卦:"鸿渐于陆,其羽可用为仪。"什么意思呢?鸿是巨鸟,渐是飞翔,陆是大地,巨鸟从陆地起飞,它的羽翼蹁跹而整齐,四方皆为通途!"这是上上卦啊,就用这个吧。孩子,你以后,姓陆,名羽,字鸿渐。"

从此,中国,不,世界,一位著名的茶人诞生了!

智积禅师,唐代著名高僧,他懂茶,也煮得一手好茶。小陆羽,在寺院得到了良好的教育,识文断字,且自幼吃茶、煮茶、研茶,耳濡目染,茶的因子深深浸入骨髓。

公元755年冬，狡猾的安禄山，在唐玄宗醉生梦死中，终于积聚够了反叛的力量，撕下了杨贵妃干儿子的假面具，带着他的少数民族联合大军向长安浩荡而来。

唐玄宗急忙往西跑，自然，文艺青年陆羽，也要跑。陆羽这一跑，如同他的名和字，巨鸿一路自由翱翔，在南中国的山水绿树间，寻好茶，寻好水，调查田野，采制品评。江南，是陆羽《茶经》生长的肥沃土壤。

我们来看看他在江南的日常片断：

> 上元初，结庐于苕溪之湄，闭关对书，不杂非类，名僧高士，谈宴永日。常扁舟往山寺，随身惟纱巾、藤鞋、短褐、犊鼻。往往独行野中，诵佛经，吟古诗，杖击林木，手弄流水，夷犹徘徊，自曙达暮，至日黑兴尽，号泣而归。故楚人相谓，陆盖今之接舆也。

陆羽的日常生活，还是让人羡慕的：

高兴了，可以会名僧，见高士，吃酒要吃一整天。不高兴了，闭门吟古诗，诵佛经。当然，他常常穿着草鞋短衣，出现在山林田野中，他要去寻野茶寻流水，用竹杖敲敲茶树，他就知道茶树的生长年份，甚至茶叶的质地；用手撩拨一下流水，他就知道水的甜香甘冽，这样的野外生活，他可以从早到晚，常常是天黑下来了，才依依不舍回家。有的时候，他还会号啕大哭,村人以为他是个狂人、傻子。谁知道他为什么哭呢?一般人当然不知道!在陆羽眼里,山这么绿,水这么清,我在天地间,自由纵横,我不是没心没肺,我是正常的情绪发泄,哭和笑一样,都是表达。当然,想起动乱的国家,离乱的百姓,我还是心酸的!

苕溪,分东苕和西苕,流经浙江的湖州、余杭、德清,最后流入太湖。唐代李肇的《唐国史补》这样说陆羽:"羽于江湖称竟陵子,于南越称桑苎翁。"而余杭的径山脚下,就有双溪,此溪合于东苕溪,不远处还有苎山,桑麻遍地。桑苎翁这个自称,我相信得之于余杭。他的江南日常片断,完全真实,因为来自他的自传。

清嘉庆版的《余杭县志·卷十》说:

> 唐陆鸿渐隐居苕霅,著《茶经》其地,常用此泉烹茶。品其名次,以为甘洌,清香中泠,惠泉而下,此为竟爽云。

此泉,就是陆羽泉。

2016年深秋,我来到了径山脚下的陆羽泉边。

先进一个竹林掩映的院子。左边围墙,也是个碑廊,那些文竹,已经将碑挤得很紧了,人要进去看碑,极不容易,但碑文内容尚可以分辨,都是历代与茶有关的诗词。右边,是一尊陆羽的石雕像,骨挺傲立,目视远山,似乎永远保持着察山观水的姿势。一个小九曲回廊,连接着另一个后院。走进后院,豁然开朗,我直奔左前方的陆羽泉。

嘉庆《志》引明代嘉靖《志》云:

> 陆羽泉,广二尺许,深不盈尺,大旱不竭,味极清洌。

我眼前的陆羽泉,整个外围,用数十厘米的大小垒石砌成壶形,壶嘴往下,有四级小台阶,约三分之二的壶肚子是泉池,另三分之一,是个方形的小池,池中有圆口,类似井,估计是过滤池。我没有看到汩汩而出的山泉,泉水很平静,泉池上漂有几张金黄色的银杏细叶,已是深秋,那些银杏开始褪妆。

蹲着近看陆羽泉,泉水清晰映着我的脸。傻想,千年泉池,也映照过陆羽的脸,更不知映照过多少过客的脸,不仅映人脸,还映新月,映满月。我见羽泉清澈,料羽泉见我也如是。

羽泉边回转身,是一座两层仿古建筑,上书"鸿渐楼",看到这几个字,我似乎又看到了年轻的陆羽,充满自信地站在木楼上,他相信,他在完成一项亘古长青的事业!一千多年前,他就在此取水煮茶,研读经书,整理资料,完成了《茶经》的初稿。

在鸿渐楼,我们喝着径山茶,听当地研究专家给我们讲陆羽的《茶经》,讲径山的禅茶。

径山,径通天目。

径山禅茶，这要追溯到一个著名和尚，径山寺的法钦高僧。

唐朝天宝四年（745年），法钦禅师遵照老师"遇径而至"的教导，到径山顶结庵讲佛。他在径山"手植茶树数株，采以供佛，逾年蔓延山谷，其味鲜芳，特异他产"。法钦显然是径山茶的始祖，他种茶，本用以供佛，不想这茶叶生长却极快，这就造福了百姓。虽然有夸张成分，茶树不是水葫芦，不会几何级生长，但山野肥沃，云雾缭绕，日照条件也好，生长迅速，也在情理之中。

在中国，可以这样说，饮茶之风首先是在禅僧中流传。清心寡欲，离尘绝俗，而茶能提神醒脑，明目益思，陆羽的《茶经》一出，再加上释皎然等人的大力提倡，茶道于是大行，王公朝士无不饮者。

到了南宋，径山寺的常住僧众达三千多人，法席极为盛隆，成为天下"五山十刹"之首。大慧宗杲，也是一个划时代的高僧，他带领信徒种茶制茶，大开禅茶之风，将茶会融入禅林生活。

日本的茶道源自禅道，而日本禅宗临济宗的嗣法弟子，大部分都到径山学习过。

对众僧来说，将佛法融于茶汤，草木的精魂，佛法的渊深，实在是一种很好的融合表达。一味禅茶，别无所求。

我们沿着径山古道攀登。

这条千年古道，仍有不少唐宋遗迹，宋徽宗、宋高宗、宋孝宗，都上来过，孝宗还不止一次上径山。拐弯，又拐弯，突然，右边陡坡上会出现一大片绿色的茶地，陡陡的，看不到顶，顶上就是蓝天。

在径山寺藏书阁，我们喝到了年轻的圣果法师为我们煮的径山红茶。圣果在静静地冲茶，不时地答一句我们的提问，始终很安静。

在径山阁，晚餐前，一位中年女茶艺师，为我们表演禅茶茶艺。

她的水丹青，让我第一次见识到，抹茶汤还可以做出这等精致的画来，深山藏古寺，风檐角上，两只鸿雁在双双飞翔，这是茶圣陆羽的精灵吗？也是，但更是茶的诗，茶的歌。

陆羽的《茶经》，在唐朝就已经堪称经典了。

唐代张又新，嫌《茶经》中对水的判断简单，索性详细列举，写了本《煎茶水记》，但他仍然引用列举陆羽评定的全国二十处最适宜煮茶的水源地。

关于煮茶用的水，陆羽（或者他师父智积禅师），有一个流传得很神奇的故事说，他们的嘴，能尝出江中水还是江边水。

陆羽的足迹遍布江南。

这二十处地方，我去过庐山、虎丘、扬州、天台山等地，都只是掠过，唯第十九泉，就在我家乡桐庐严子陵钓台处。

桐庐的严陵滩，高树夹岸，飞泉如雪，陆羽在这里发现了一口特别的山泉，晶莹明澈，清冽甘甜，遂命名"天下第十九泉"。富春江，富春山，严光不顾皇帝同学情，不愿做大官，而宁愿归隐富春山，做个悠闲的钓翁，这里的水，自然好。

作家王旭烽，目前任教于浙江林业大学，前年，她策划了一个相当有意思的活动，组织学生去全国各地，寻访一千多年前陆羽划定的二十处唐代最佳水源地，学生取水样，写报告，试图将陆羽《茶经》中的水因子延续上。

王旭烽虽是作家，却非常懂茶，她的长篇小说《南方有嘉木》书名，就取自陆羽《茶经》中之开篇语，并获得了第五届茅盾文学奖。

她告诉我说，茶在中国的悠久历史，世界上没有哪一个国家能比，它已经深深融入我们中华民族的血液中。

"山水上，江水中，井水下。其山水，拣乳泉、石池漫流者上。"这种用水标准，我相信，陆羽是无数次反复体验，在长期实践中得出的科学结论。径山峡谷间，那飞流的清泠山泉，一定带给他特别的样本感觉。

煮一壶好茶，当然还要优质的茶叶：野者上，园者次。那些和天地相接、得天地精气、自由生长的野茶，就是佼佼者。径山茶，细条扭结而略带乳白色的峰叶，就是天地间茫茫云雾中生长的野茶。

好水，好茶，煎出了一壶好茶，也成就了一部传承千年的《茶经》。

陆羽，已经凝固成茶的伟大符号，我以为，"茶"字中间这个"人"，就是陆羽，在芸芸草木之中，他将中国"茶"字大大地伫立于世界文化之林。

溪口的雨

1

三月江南冻雨,我们在奉化溪口。

葛一敏走在我前头,相距十余步。她对一株挂满细水珠的树着迷了,这是棵比较少见的溪考树(问了当地居民),光溜溜的身子,树条却无限发展,展向四周、空中,层叠交错。水珠细而略长,往下坠着,看着就要掉下,却如单杠运动员一样,牢牢地吸附着枝条,花痕微突的地方,挂得更多,娇滴滴,弱不禁风,假如我用嘴吹口气,它一定会跌落许多,不忍动嘴。细水珠一点儿也不亚于雾凇,雾凇太常见了,这个样子的细水珠,我也是第一次看见。葛一敏说,只有在南方,才能看得见这种水与树的依恋与和谐,她左拍右拍,不放心效果,又央姜念光给她多拍几张。

挂着细滴水珠的溪考树,虽已百年,却仍年轻,它亭立在蒋氏故里门前,它对着一溪江水,溪叫剡溪。这溪,不普通，唐诗里早就成名了，李太白做梦都要来，"我欲因之梦吴越，一夜飞度镜湖月。湖月照我影，送我至剡溪。"李白来剡溪，不是无缘由的，他追着谢灵运的脚步而来，"谢公宿处今尚在，渌水荡漾清猿啼"。剡溪流了千万年，不知道流出了多少厚重的历史。

我知道，细小的水珠们终将离树而去，集聚成水，汇入剡溪，回归大海。

剡溪的另一头，连着岩溪，溪边也连着近百年来的中国历史人文。

2

岩溪在岩头。

这是一个藏在深山里的古村，天台山脉和四明山脉在此交汇，溪水在巨大的岩石上淌过，人们依水筑居而住。村落虽小，却是民国历史上的一个浓重标点，蒋介石先生少年曾读书于此，这里也是蒋原配夫人毛福梅的老家，蒋经国的外婆家，岩头还出过八位国民党高级将领。

沿着岩溪边的古道慢行，抬眼就见广济石拱桥横卧在岩溪上，细雨中，参天古樟下的古桥，极安静，似一幅立体图画，一下子就将整个村子的影像激活，古村，古意。

岩溪里的石头，都是体量不等的大岩石，为河道打底，亿万年前的造山运动，这里应该是山和石的分界线，土石分离，山水相依，激流从村中流过，那是怎样一种激荡？

少年蒋介石站在溪边，一定心有所思。他在此接受老师毛思诚的教导，长达四年。毛老师有举人功名，也是苦寒出身，儒学功底深厚，教学循循善诱，既以柔克刚，又宽厚相待，讲究知行合一。少年蒋学业大进，王阳明思想的烙印，是在这里打下的吗？这里的一切，都让少年蒋深植记忆之库，比如这口灵泉古井，他这样回味："溪口有剡溪水，雪窦有隐潭水，要说哪的水最好，还是我们岩头大井潭。"大井潭就是灵泉古井，井有两眼，里井饮用，外井浣洗，让人惊奇的是，两井虽靠得很近，但绝不相往来。我站在里井边观察，五六个平方米面积的井池，泉水清澈见底，略显浅蓝，中有游鱼悠闲游动。井边一老妇，傍着门，一脸慈祥看着我们，我走进她家，问她姓，说姓毛，灶边放着一桶清泉，就是刚从井里舀来的，毛老妇说直接用来煮饭，她家天天喝井泉。

岩头村大多数人姓毛，祖先来自浙江江山石门镇的清漾村。

毛氏祠堂，我看到了清漾毛氏的谱系。

下面这个研究成果，前几年已经轰动全球了：明洪武三年（1370年），清漾毛氏第三十九世孙毛宣义，成为岩头毛氏始祖；明洪武十三年（1380年），清漾毛氏第三十七世孙毛太华，成为韶山毛氏始祖。毛福梅1882年出生于岩头村，毛泽东1893年出生于韶山冲，他们同是清漾毛氏第五十六代子嗣。要是毛、蒋生前，或者他们年轻时就知道这个谱系，不知道会作何感想，会影响中国历史的走向吗？然而，历史常常和人开玩笑。

岩头东街，祥丰南货店前，我驻足。

店门前就是岩溪，溪流哗哗而去，激起的浪花，和河边初绽细叶的柳树互相依托成风景，门面不大，浅浅的两进，不过几十平方米。此店开于民国初年，门面门楼皆已斑驳陈旧。这里，曾是少年蒋经国幸福时光里的最爱之一，南货店里有各式南北货，对于一个孩童来说，诱惑力巨大。毛鼎和是多么喜欢这个大头外孙啊，小蒋每次来外婆家，必定左一捧糖果，右一把坚果，唯恐塞不满他的口袋。蒋经国长大后，在日记中经常提及小时候生活过的外婆家：生我的是溪口，养我的是岩头。

3

蒋氏故居，丰镐房。

丰镐两字，暗含着蒋介石巨大的报世理想。丰，即周文王的丰邑；镐，周武王的镐京，它们都是周朝国都。身在小溪口，胸怀东西周。

我们走进丰镐房，这已经是蒋氏显赫后扩建的，整个宅院，占地四千八百平方米，建筑面积一千八百五十平方米，大小四十九间房。造型和装饰，皆中西合璧，民国时期江南旧式显贵世家府第和西洋建筑相融合。内庭中，两株桂花树，显然年份不长,我不知道是不是后人补种,后堂的一棵雪松,针叶上淌着水滴,绿衣拖地,墙壁侧立着一棵大的杂檀,枝干已经伸出墙外。

细雨淅沥,天井和鹅卵石的地,都显得湿湿漉漉,游人指指点点,匆匆而进,匆匆而出。

我们细看丰镐房主人毛福梅的黑白画像。

这个敦厚女人,一脸端庄,一看就是旧中国极普通的女子,吃苦,耐劳,勤俭,持家。她还有另外两个名,馥梅、福美,毛鼎和给女儿取这些名,寓意着什么?姑娘要有梅花般的香气,这样才讨人喜欢,长得好看,又有福气,做人就圆满了。这是中国人取名的传统习惯,寓意中常常藏着普通百姓的巨大期望。

毛福梅祖父是清代的贡生,遗有田产。毛鼎和,生意头脑活络,开有一家米行和南货店,经营有方,因此家底殷实。1901年冬,二十岁的毛嫁给了十五岁的少年蒋。因为毛、蒋联姻,岩头村那个平常的冬天,显然热闹了许多,村人大都沾亲带故,毛鼎和收到不少祝贺,理所当然,但是,村人绝对不会想到,这个看着有点吊儿郎当的顽皮少年,以后会成为中国历史上一个重要的政治人物,他们万万不会想到,连毛思诚也不可能想到。

然而,毛福梅嫁到蒋家,其实并没有享多少福,更多的是吃苦,1927年就被离婚,但"离婚不离家",她仍在丰镐房操持着蒋家的家务。

作为旧中国的女性,毛的命运,完全由不得自己,嫁人由不得,离婚也由不得,她唯一可以欣慰的,是她的儿子蒋经国。小小蒋少年常来往于溪口和岩头,他对母亲的感情极其深厚。

双十二的日子,一定让蒋家父子刻骨铭心。

1939年12月12日,六架日本飞机,突然出现在溪口。

没有具体的记载,此前,日本人大肆放风,要蒋和谈,否则要炸平蒋的老家,当然遭蒋拒绝。这些不邀而至的日本飞机,意图明显,手段也下三烂,专炸你的老家,往你的祖坟上扔弹。

日机目标明确,一阵狂轰滥炸,毛福梅急忙跑出去躲避,不想钥匙未带,又折回房,这时,屋墙被炸塌,毛福梅,连同蒋家的账房先生在内,一共六七人,都倒在了墙下。得知母亲罹难的噩耗,蒋经国连夜从江西驱车赶回溪口,挥泪写下"以血洗血"。

剡溪水在流,蒋经国的心在滴血。为表心迹,他几十年拒用日货。我看着蒋经国手书的石碑,字体刚劲有力,两个血字透着股强大的力量,似乎由誓将侵略者赶出家园的宏大志气凝结而成。

4

1949年5月,解放军三野7兵团21军,兵分几路,向浙江南部快速挺进,这个时候的蒋介石,依然在溪口待着。他在等待什么？不服输？硬撑？做给部下看？故土难离？空城计？估计都有，但谁也无法说清。

5月的江南，淫雨霏霏，空气凝滞湿重，老蒋和小蒋，站在武岭山上的洋房前，看着面前的剡溪，心潮百般起伏。剡溪水没心没肺，似乎根本不理解他们的心思，它们依然向着前方，向着江的方向、海的方向，汤汤而去。

此刻，象山港内，太康号军舰，正随时候着蒋氏父子的命令。

天上，地上，都不安全了，只有这剡溪水，能将他们安全带到军舰上。

我在丰镐房，看到一张蒋介石向族长告别的黑白照片。图中，蒋侧着脸，满头白发，但还是面带笑容，是不是勉强，不得而知，但他内心一定强忍着什么，他左手拿着礼帽，右手伸出三个指头。陪同的朋友解释，这个手势，谁也猜不透，有人认为，蒋想向族长说的意思是：三年后，我就回溪口！有人又说是三十年后再回来！然而，以后的事实证明，是第三代才能回来。是的，一直到他的孙辈们，才又回到了丰镐房，当然，他们和我们一样，都只是匆匆过客，看到的也只是过眼云烟的历史了。

从丰镐房出来，在去往三味书局的途中，雨依然下个不停。

三味书局，这家以民国历史为主题的书店，颇有规模和品位，一层靠里，十几架书，都是民国重要历史人物的传记。书店主人卓科慧好客，邀我们去楼上露台走走。我和刘立云、赵宏兴等伫立露台,下瞰剡溪,一时又生出不少感慨。

　　蒋氏王朝的逝去,如这剡溪水,如这绵绵的春雨,一切皆如历史季节的物候。

秀山二记

舟山群岛的主要岛屿中,有一个秀山岛,二十三平方千米。秀山三日,聊记一二。

沙　　滩

我住秀山君廷酒店,阳台瞰海。

关紧门窗,海浪声依然清晰传来,哗,哗,哗,有节奏,慢腾腾。睡在床上听涛声,这样的日子并不常有,即便影响睡眠,我也绝不会怪它们。哗,哗,哗,它们非常执着,不急不缓,一种底气十足的沉着冷静。涛声们排好队伍,一拨一拨向沙滩上冲,它们只听大海的命令。

似乎听了一夜的涛声,其实并没有,记忆里,中间只短暂地醒来一次。

晨起的光,亮了窗帘,一骨碌起来,奔阳台上,想看日出,但见云层还是厚,浓云里透射出几束光,看样子,太阳已经升起,听那涛声,不,看涛声,更清晰,一层层卷往沙滩。海边已经有人散步,海浪里也有小黑点在浮动,那是早起者在游泳。

虽然有点儿惺忪,还是揉一揉双眼,准备去走沙滩。旁边的房门,啪的一声关上,但及兄已经出门了,他说他去走海边的游步道。

海风清爽,吹在身上,极度舒服,双脚踩进海水里,有点儿凉。

我沿着弧形的海湾,从西往东走,疾走。

这弧形不大,目测也就五百米左右,但弧线比较漂亮,浅圆,均匀。远处的海边,有白色间蓝的箱式建筑群挤挤挨挨,那是爱琴海别墅区,前一天下午,我们从海边游步道下来,就经过那片地区。

浪还是一波波顽强冲来。

我在心中,向这些海浪问了早安,这些浪,昨晚一直不停息地向沙滩发起冲锋,它们不知疲倦,后浪推前浪,前浪倒在了沙滩上,它们变成白色的泡沫,就倒在我的脚边,我踩着白浪的尸体勇猛向前。

我有些怜悯浪。

前浪明知要粉身碎骨,为什么还要这么奋不顾身?后浪一定会变成前浪吗?有没有狡猾的浪,永远躲着做后浪?一定有,那些浪会利用自己的优势,将自己做强做大,从而成为浪的领导者,那样,它们就可以指挥着小浪,让小浪变成前浪,而小浪们却很单纯，它们以为，冲锋就是它们的使命，必须不顾一切。

我沿着弧形的海湾，从东往西走，慢走。

沙极细，前浪过后，会留下一些遗物，碎贝壳，小石子，瓦砾，自然，还有可乐瓶什么的。

但，我有了更重要的发现。

每次前浪过后，海水迅速退去，退下的战场，犹如一块块大画板，细看，就如千山万壑。山是崇山峻岭的那种，山与山之间，有沟壑，深深浅浅，还有细水在流淌，每一条细沟，它们的形态都不一样。刚刚还在惊叹，又一排前浪冲来，壮烈牺牲后，又留下一块块大画板，又制造了另一种崇山峻岭，与前面的图形相比，你眼花缭乱，几乎找不到画的相同点。

我用手机，将这些瞬间战场记录下来，这是大自然的鬼斧神工。

不断地惊叹。也只有惊叹。

沙滩极硬，非常适合跑步训练，于是，我也甩动臂膀，慢慢跑起来。

关于秀山岛的硬沙滩，我听谢鲁渤兄讲过一个笑话。

20世纪70年代初，鲁渤兄曾经在秀山当兵七年。他说，他当兵时，偷偷带了一台新式照相机。有一次，他们将连队里唯一的一辆卡车开进了沙滩，一群战士坐在车上，尽情拍照显摆，结果，照片拍完，车轮陷进沙滩，怎么弄也出不来，只好求助老百姓，垫上木柴之类，才将车子开了出来。

太阳出来了,日光渐渐强烈起来,背上已是大汗淋漓,我沿着弧形的海湾,来来回回,走了八趟。

弧两头,大大小小的礁石上,长着密密麻麻的牡蛎,如戏水的白色小海鸥。

从来没写过诗,但这一回走秀山的沙滩,脑子里流过了一些句子,我把它如实记下来,你们不要把它当诗呀:

我在海浪中走过了一千年,
我要求前浪磨去双脚无数的死皮。

细沙的沟壑中,我捡了几个小物件:
一个五千年的白色贝壳,
一块六百年的碎瓷片(不确定),
一颗火山石,
我确定它有十万零三千年。
还有一只昨晚人们狂欢扔下的可乐罐,
一截圆蜡烛。

我在海浪中走过了一千年,
死皮已磨尽,
双脚获得了新生。

滑　　泥

我滑过雪，滑过沙，滑过草，却没滑过泥。

比如滑沙。宁夏沙坡头，我在响沙湾滑过沙。沙漠的深处，坐在高高的沙包上，屁股底下垫一块硬垫，沿着设定的滑道，急速冲下。记忆深刻的情节是，为使方向不太偏离，我将两手插进沙里，速度使手指和细沙发生了激烈的摩擦，等感觉火辣辣时，手指已经红肿。

这一回，我去秀山滑泥。

秀山岛的西北端，有个中国滑泥主题公园，一千五百余亩的滩涂，集东海生态环境和钱塘江冲积之精华于一池。

此前，我看过浙江卫视的《奔跑吧兄弟》第一季，邓超蓝队和王宝强黄队，在滑泥公园里比赛捉鸭子，两队大战，所有队员都战成泥人，鸭子也成了泥鸭子。

7月9日傍晚，我们到了秀山中国滑泥主题公园。

我和俞福达、孙昌建、谢宝光，每人领了条弹涂船，就是渔民滩涂上常用的抓弹涂鱼的那种小船，也叫泥子船、笱船。我在乐清湾，看过渔民驾着小船，在滩涂上像鱼一样游动，线条流畅，夕阳下的背景里，极美的画面。我一看，这么简单的小玩意儿，驾驭一定不在话下，信心大增。

公园犹如海滨浴场，外围也用网拦住。

放眼滩涂，平滑如镜，间有一些小滩积水，在晚霞里亮亮的，我确定，那些水窝里应该有不少海货的。

两手紧捏小船上的横档，左脚踩进小船的后舱，右脚踮起，身体呈四十五度角倾斜，这是个标准的滑泥姿势。我启动了程序，准备出发。我以为，按照这个标准程序，我驾驭的小船，会嗖的一声蹿出去，那样，我右脚不断踮起，身体就会像林海雪原中的杨子荣们一样，流线的，自由的，美丽的。

不想，右脚刚踮起，左脚一滑，身体就翻倒了。

我也管不了那么多，半拎半推着小船，艰难地往前方驶去。几脚下来，似乎有点儿感觉了，有十几米还非常流畅，但身体一直是勉强配合，两脚极度不协调。

索性坐下来，将泥往身上脸上涂去。我知道，这是天然泥，洁静、细腻，泥中有锗、锌、铁和各类维生素、氨基酸等天然物质，有好多指标都要远远高于韩国泥、广东泥、塘沽泥等，我来滑泥，有一半就是为了往身上涂泥。

变身泥人后，我将驾小船方法作了小调整，右脚踩后舱，左脚踮起，身体仍然倾斜，似乎轻松了点，但小船总是飞不起来。我理想的状态是，踩着小船，在泥里飞上一段，如滑冰运动员在冰场上飞旋的那种身影，看来只能是奢望了。

总是跌倒，极度不顺畅，双脚站在齐腰深的泥淖里，累得直不起腰，有些绝望，我是泥牛入海呀，寸步难行，这滑泥，比游泳累多了。

躺倒在滩涂边的平台上，大口喘气，仰头看天。那种感觉，是跑三千米到终点时的感觉，是登上泰山顶的感觉，我知道，这是在挑战身体极限。

此时，我脑子里飞速转动的，依然是那些驾驭着弹涂船，在滩涂上流畅的身影，他们趁着潮退，在海涂上抓捉各种鱼类，捡拾各种贝类，身姿矫健。他们长年如此，他们要为孩子赚取学费生活费，他们要维持生计，而我，仅仅是几十分钟的体验，却累如瘫狗，他们那种无言的累，又能向何人诉说呢？

也许，日久训练出来的渔民们，他们熟练掌握了驾驭小船的技巧，并没有像我一样的累，但即便有些轻松，那也是上苍对他们的奖赏。

这一次秀山滑泥，已经载入我记忆的史册。

我想，若有机会，我一定还要去滑泥，不一定滑，我就静静躺在泥浆中，任那些微量元素和身体亲密接触，蓝天作纸，泥涂当床，写下四个大字：秀山滑泥。

杨 时 的 湖

三百八十七年前的一个寒夜，雪已经下了足足三天三夜，张岱带着童子拎着酒壶前往"湖心亭看雪"，一痕一舟一芥两三粒人，整个安静的西湖一时活泼泼起来。在西湖过完雪瘾，张岱又买舟跨江，往钱塘江南的萧山欣然而去，那里，一位处子，美丽而羞涩的湘湖，在等他呢！

让我慢慢揭起处子湘湖的盖头。

说湘湖，一定要先说萧山县尉方从礼。

我在心里一直将方从礼当作老乡的，因为他是晚唐著名诗人方干的后代，而方干就居住在桐庐芦茨深山里的白云源。方县尉在萧山工作十年，彼时，湘湖已经不像个湖了，湮废已久，民田无以溉，方从礼把周边一切都调查得清清楚楚，向上级要求浚治的报告也打了好几回，随时可以开工的。

此时，湘湖的关键人物，杨时来了。

北宋政和二年（1112年）四月，六十岁的著名理学家杨时，补萧山县令。我不知道为什么要加个"补"，难道是临时充任？

不管是什么方式任职，杨时仍然一如既往保持着昂扬的工作激情。他上任的第三天，就下乡体察民情，听民声，连续十几天，走遍有关各乡。无论百姓还是乡绅，普遍反映的一个最大问题就是，粮田连年遭旱灾，生产用水无法保障，只有将湘湖重新疏浚，问题才能解决。

关于疏浚湘湖，杨时其实心里是有数的。萧山一直受洪涝和干旱的困扰，前五十多年的时间里，萧山当地就围绕到底疏还是不疏争论着，有一次，神宗皇帝都已经批准了乡民们的报告，下诏征求各方意见，但萧山部分富民反对，认为一旦造湖，势必要淹掉好多田地，拆迁也是难题，于是作罢。

幸好，方从礼已经做了大量的技术准备工作。

幸好，王安石变法中有"方田均税法"。"方田"，就是每年九月由县长主持丈量土地，按肥瘠分五等；"均税"，就是以丈量的结果为纳税依据。

有技术支持，有政策依据，百姓强烈要求，朝廷很快批准，疏浚湘湖所有的要素一切准备就绪，杨时开湖了。

我站在湘湖景区的入口处，看杨时的"古湘湖全图"，这是一幅石刻的平面立体图。坚硬的石头，以柔软的方式，表达着凹凸有致的地势，湖面、堰坝、沟渠、村庄、小道、小岛，均以简洁的方式标注着，图的低洼处，就是湖面，甚至积着些水，看上去亮莹莹的。

湘湖西南宽阔，东北狭窄，形状像个葫芦，长约十九里，宽一至六里不等，周长八十二里，面积三万七千零二亩，当时蓄的湖水，可以灌溉崇化、昭明、来苏、安养、许贤、长兴、新义、夏孝、由化等九个乡，农田十四万六千八百六十八亩。

也就是说，杨时用三万七千亩低洼地，换取了十四万六千多亩良田的旱涝保收。"方田均税"，在湘湖就变成"均包湖米"，因建湖被淹的土地原缴税粮，则由周围九个乡的田户均摊，而部分农民损失的土地，则采用"输纳田土"，从别的地方调剂补偿。

县令杨时是决策者，但县尉方从礼实际上是湘湖建设的实施总指挥。他熟悉情况，作为下属，他也必须承担具体责任，他还年轻，方县尉此时只有四十二岁，而杨县长已经是花甲老人了。

我无法还原当时热火朝天的疏浚场景，但杨时、方从礼用了短短的两年时间，就完成了这一项水利史上的重大工程。

看杨县令的心情。

筑湖完成的当晚，杨时夜游湘湖，并宿于湖边山地，赋《新湖夜行》诗一首：

平湖净无澜，天容水中焕。
浮舟跨云行，冉冉躐星汉。
烟昏山光淡，桅动林鸦散。
夜深宿荒陂，独与雁为伴。

水刚刚注满了湘湖,夜色倒映着湖面,星星点点,舟船已经迫不及待地下湖,虽身处湖边的荒山野郊,但看着她平静无波,杨时脑中闪现了湘神凌波的场景,缥缥缈缈,若隐若现,湘神,湘湖,自己在湘地也做过官,这一切难道都是巧合吗?杨诗人心潮起伏,诗句不禁涌出,如钱塘江口那汩汩而入湘湖的江水。

在自己的任上,做成了这样一件利国利民的大事,有如此愉悦的心情,难免。

到底是文化人,杨时还不忘传道授业,将程门理学在湘湖一带广泛传播,开江浙"洛学"之先河,大大推广了湘湖的品牌:"自先生官萧山,道日盛,学日彰,时从游千余人,讲论不缀,四方志士尊重先生也至矣。"(清朝张伯行《龟山集序》)

杨时是有真学问的。他的好学,自古称颂。他和游酢一起,演绎了千古成语"程门立雪":杨时和游酢,一日去见恩师程颐,老师正在打瞌睡,当时天正下着大雪,他俩就站着等候,等老师一觉睡醒,门外的雪已经积得一尺深了!

哈,又是雪,不过,我想,程门雪,一定没有张岱在西湖边看到的厚。

张岱看到的处子湘湖,还真是羞怯怯:

> 湖里外锁以桥,里湖愈佳。盖西湖止一湖心亭为眼中黑子,湘湖皆小阜、小墩、小山乱插水面,四围山趾,棱棱砺砺,濡足入水,尤为奇峭。

我在杨时的雕像前肃立，他就挺立在湘湖二期的湖边，供人瞻仰，并不高大的形象，却棱角分明，他看着这满满的湖光山色，若有所思。他在想什么呢？

他一定在赞赏他的后人们，他们用了整整十三年时间，分三期，再次全面科学疏浚了湘湖，距他九百年后的湘湖，湖面面积已经恢复到了空前的六点一平方千米，湘湖陆地的森林覆盖率达到了95%，湖的功能也发生了重大变化，这是一片让人放松心情的休闲度假湖，这也是萧山人的精神文化湖。

2016年9月，三期刚蓄水不久，我们坐上船，沿湘湖一期，穿拱桥，过湘湖二期，才抵湘湖三期湖面，一条大鱼就跳上了船头，这是一条五六斤重的白鲢，鲜活而劲大，它在船头的舱面上舞蹈着，徐晓杭迅速抓住。五分钟不到，第二条大鱼以同样的方式，跃上了船头，自然成了曹工化的囊中物。我笑说："鱼啊，这不公平呀，再来一条吧。"船往回折的时候，果然，又一条大鱼跳上了船头，我一边笑一边迅速逮住了它。

我问驾船司机："湘湖鱼经常这么跳上船吗？"司机笑笑："我在湘湖开了二十来年的船，从没见过这样的场景，今天有些奇怪。"我问为什么，他答："这些鱼都是从一期二期湖面跑过来的，可能它们不适应船的马达声，我这条船是新船，马达声比原来的要大一些。"

湘湖鱼以这样的方式迎接我们，真是出人意料。

前年10月，我邀一群作家又去湘湖。这一回，周晓枫主动要求凌晨捕鱼，她说，她对全世界的捕鱼都感兴趣，湘湖有捕鱼，也想去体验下。14日凌晨四点，住她隔壁的邱华栋还在熬夜，晓枫就起来了。早餐时，我问她："有收获吗？"她笑着说："好多大鱼呀！"我知道，晓枫收获的不仅是鱼，自然还有其他。

13日晚，裘山山发了条微信：今天看了水的三种形态，湘湖、钱塘江、喷泉。是的，我们看了二十分钟的湘湖喷泉表演。当节奏感极强的音乐响起，喷泉以烈焰的方式出现在我们面前时，几乎所有人都拿出了手机拍摄。湘湖水以结伴变形的方式冲向天空，在空中大显激情，极速变化，自由奔放。

而那一刻，杨时，九百年前的萧山县令，就伫立在湖边，他默默地欣赏着这从没见识过的奇妙幻景。张岱也是，他拎着酒壶，一口酒，一句词，指指点点，默默念念，偶尔大笑几声。

我站在越王城山顶，前瞰钱塘江，后瞰湘湖，她们都很安静，湘湖如镜，镶嵌在钱塘江的西岸，而钱塘江则静流向前，一直奔涌向大海。

鹿西之歌

温州古称鹿城,相传东晋置永嘉郡筑城时,有白鹿衔花而至故名。彼白鹿栖居何处?嘉靖《温州府志》载,公元434年,郡守颜延之率部巡视温州沿海,忽地发现一岛,草木葱茏,白云缭绕,麂鹿成群,呦呦鹿鸣,遂命名此岛为鹿栖。

鹿栖今成鹿西,它矗立在浙江最东端的东海上,为温州洞头区的一个建制岛乡,下辖鹿西、口筐、东臼、山坪、扎不断、昌鱼礁六个村,是个只有十平方千米的海上花园。庚子暑月,我从鲳鱼礁登上鹿西岛,虽无鹿鸣,却听到了花园中特别的涛声、鸟声、鱼声,这些美妙之声,是声,更是歌。

1

我径直往东臼村南看一条龙,那是一条九百米长的巨龙,它静卧在海上,龙身在烈日下不时地泛着白光,海波不动时,龙头的正前方,还有一颗圆圆的礁石,人们称它龙珠礁,嗯,像极了龙眼。

宽而结实的拦海大坝，长而曲折的水泥栈桥，将白龙屿与鹿西本岛连接。大坝两边的巨形凸字钉，每一个都有几十吨重，它们如锯齿般地护卫着拱坝，栈桥下粗壮的水泥墩柱上，生长着密密麻麻的藤壶，海水撞击柱子发出巨大的哗哗声，我不禁赞叹那些藤壶的吸附力，它们将水泥墩柱当成了家，任凭海浪冲击，岿然不动。桥面上不时显露的盐渍痕迹表明，海浪发狂的时候，一定涛声如雷吼。

过水泥栈桥，这就骑上了白龙。我从龙头东往龙尾西小心漫行，小心是因为龙身褶皱多而崎岖，担心踩痛了它，因而脚步须踏得准确扎实。我看石头，常常漫不经心，它的生成年代，地质环境，石上的附着物，花花草草，都觉得有意思。龙背上数千平方米的深纹褶皱吸引了我，平面观察，它就是雄伟壮观的名山大川，深壑相连，巨岭逶迤，气象万千；再高一点儿俯视，它们也是有棱有角、性格分明的人物雕塑群像图，数十万年前人类的先民，严酷的环境，凶猛的野兽，彼此必须紧挽着手，肩并着肩，才能抵御共同的生存之敌。这些褶皱是怎么来的呢？海风侵袭，海水蚀刻，它是亿万年时间的产物，一个想象的场景立体起来了，这条白龙，在风与歌的伴奏声中，看日出日落，看潮起潮涨，或心无旁骛，或心潮起伏，它静静地见证了所有的美好与沧桑。

白龙屿最高处，岩石的隙缝中，山菅、白茅等杂草，东一丛西一丛，迎风摇曳，石斑木、枔木、卫茅树，东一棵西一棵，低矮而茂盛，光天化日下，赤贫的岩石上，竟能有如此的生机，除了用顽强来赞叹它们，我别无他词，它们沐着海风与涛声成长，它们与白龙一样，也是大地间动人的音符。

2

白龙蜿蜒的龙身，似乎就是一个大型的海上动物园，鲸鱼尾，石海参，双龟听海，跳鱼对话，乌贼鱼，海猪，海蜇头，魟鱼，海象，海狮子，一路细观寻赏，我在一条大黄鱼边伫立。此黄鱼，面向东方大海，头微翘，双眼明亮，我以为，它是右边海湾中无数大黄鱼的代言人，不，代言鱼。

这片静静的白龙屿海湾，有六百五十亩，二百四十万立方水体，二百万尾大黄鱼就生活在这个海洋牧场中。海洋牧场，充满着让人驰想的诗意，牧场中的大黄鱼，每立方水体仅有一条游弋着，此海域暗礁多，水流通畅又有漩涡，水温、溶氧量等都非常适合它们的生长，而且，海底没有底网，鱼们能吃到丰富的海底生物。黄鱼又叫黄花鱼，有大小之分，因鱼鳔两侧长有鼓肌，交配和繁殖时，它们都会发出咕咕的叫声。过去，东海中的黄花鱼多得如过江之鲫，舟山的岱衢洋面，每到捕捞季，数万条船围捕，渔民们用敲震的方式将鱼震晕，一网打尽，船船满载的同时，黄花鱼们也断子绝孙了。所有的事实告诉人们，野生大黄鱼已经很难见到，而眼前这片海洋牧场，就是对大黄鱼的一种拯救，如同我们拯救大熊猫、东北虎一样，只不过，黄花鱼依然会成为人们餐桌上的美味。

在这个国家级的海洋牧场示范区中，我和大黄鱼们近距离接触。一般的时候，它们都深潜海底，傍晚时分，沐浴着夕阳的余晖，它们会浮上海面，修长的身材，自由欢快的泳姿，如少女般楚楚动人。金黄给人的感觉，总是充满着吉祥和尊贵，再加上它肉质的细嫩和鲜美，大黄鱼为国人情有独钟也就不难理解。

白龙屿外涛声依旧激石，海洋牧场内却深海静流，最充满诗意的时刻到来了，咕咕，咕咕咕，大黄鱼开始歌唱了，一条，数十条，成百上千条，它们集体欢歌，歌声清澈而响亮，海湾中顿时洋溢起歌的欢乐，这是大黄鱼之歌，这也是自然之歌。远去的野生大黄鱼和眼前牧场中欢腾的大黄鱼，都告诉人类一个简单的道理，尊重自然，善待它们，节制自我的欲望，和谐的歌声才会响起，天地间最动听的音乐，莫过于自由欢唱。

3

白龙静卧海上，日日听涛，也谛听着右边鸟岛上百鸟的歌唱。

每年的元宵节和农历腊月十二，鹿西岛上都有舞灯笼表演，这不是一般的灯，而是少见的鸟灯，这是人们对海鸟的报恩纪念。

岛上相传着舞鸟灯由来的故事，令人唏嘘而感动，这也是我的历代笔记新说系列写作中动物帮助人的一个现实例证。明万历十五年（1587年）农历腊月十二，渔民照例出海，家中留守的大都是老幼妇孺，一队海盗趁机偷袭，海盗们上岛肆意劫掠，正在此时，岛东北面南北爿山岛上栖息的群鸟，成群飞来帮忙，它们目标准确，齐齐对准海盗啄去，虽然不断被海盗砍落，它们依然前仆后继，奋勇扑啄，直至渔民们赶回，人鸟合力，终于赶跑海盗。对于海鸟们的英雄行为，渔民们感激不尽，于是将那众鸟栖息的山岛唤作鸟岛，并在这一天，自发地折鸟灯游行纪念。此后，元宵节，以及其他重要民俗活动中，五彩鸟灯也常常在鹿西岛上的夜空中闪亮。

端午节前后，为鸟岛观鸟的最佳时节。鸟岛上到处都是黑尾鸥的影子，白鹭、白鹳、贼鸥、岩鸥、银鸥、海燕、白头鹎、赤腹鹰、牛背鹭、赤嘴鸱鹕、红隼、游隼等，也都会在不同的季节光临，它们在这里生儿育女，培养幼鸟，直至它们的翅膀坚硬抵达远方。当地的监视调查显示，鸟岛已经有五十多种鸟类常常栖息，其中有不少是国家级重点保护的野生鸟类。

数十万只鸟，在属于它们的季节里，在鸟岛上自由飞翔和歌唱，而人在鸟岛显然是不受欢迎的外来客，我深知这一点，于是将自己裹得严严的，否则，一不小心就会有一泡鸟屎降临到身上，鸟儿们叽叽喳喳，毫不客气。你不要笑那些粗糙简陋的鸟窝，那是它们的天堂；你也不要以为只有鸳鸯、黑颈天鹅、金刚鹦鹉才是谈恋爱的高手，看，前方岩石上那几只卿卿我我的通体雪白海鸥，它们也是爱情专家。我们悄悄地走吧,不去打搅,让它们谈个天昏地暗。

　　东臼村的岙底背或东咀头,晨光初现,海浪轻拍岩石,白龙也已醒来,霞光满了天时,一轮红日忽地跃出海面。我知道,所有的歌手都已养足了精神,它们又要开始新时光的鹿西之歌了。

东海瀛洲衢山记

唐玄宗天宝元年（742年），李白信心满满地进入了大唐的翰林院，这次，他想好好地有一番作为，不想只待了一年多，就受人排挤。不过，李诗人依然满怀激情地做了个豁达的梦以表志向，这就是著名的《梦游天姥吟留别》。诗的起首句："海客谈瀛洲，烟涛微茫信难求。越人语天姥，云霞明灭或可睹。"

这个瀛洲，在哪里呢？茫茫大海，实在难以找到，但越地的人说，在天姥山不远的地方有个海岛，云雾忽明忽暗，那里就是瀛洲。

2018年11月2日，我登上了被称为东海瀛洲的衢山岛。

该岛陆地总面积七十三点六平方千米，海域面积三千多平方千米，七点五万人口，为浙江省第七大岛。

海上南岳

这南岳,指的是衢山岛上的观音山,它每年的三分之一时间都被云雾笼罩。当地的俗语说:"只去普陀,不上观音,才行半程。"山其实不算太高,最高点天灯,海拔三百一十四点四米,是舟山群岛北部的最高峰。《衢山志草纲》记曰:"登其巅,如普陀佛顶,可望三辅日本。"能看到日本国,显然有点儿夸张,但也说明它登高遥望的清晰度极高。

我们上观音山时,天色虽已近傍晚,但视野依然通透,山海全景,衢山岛尽收眼底。岱山县委常委、衢山镇委书记周国宏指点着四周告诉大家,衢山本岛的周围,左前方是小衢山岛、黄泽山岛、双子山岛,右边是鼠浪湖岛、小鼠浪山岛、大青山岛,那边,大小洋山,离上海很近。

观音山的寺庙分上、中、下三寺,历史均十分悠久。

在上寺,我听到一个故事,让人唏嘘不已。

宋高宗赵构一路被金人撵着跑,建炎三年(1129年)十二月,赵构一直跑过宁波,又驾楼船跑到了舟山群岛,在波涛汹涌的夜晚,他突然看到云雾之上有天灯在闪亮,大惊,是观音现身指引他吗?待弄明白那是一个岛的最高峰时,他决定上岛躲避。原来是观音山,山中林木森森,云雾缭绕,空王寺气象壮观,想着逃来时的景象,他题下了"华云寺"三字。而此后,一路跟着皇帝跑的著名词人李清照的《渔家傲·天

接云涛连晓雾》,又用一个梦来证明了赵构一行逃难到衢山的愿景:

我这么一路奔逃,天帝问我,想往何处去呢?我回答,长空九万里,大鹏正要冲天飞举,风啊,请千万不要停下来,载着我的一叶小舟,将我直接送到蓬莱三仙岛上去!

《光绪定海志》载:"华云寺,旧名香兰,周显德七年(960年)建。宋治平元年(1064年)改赐空王寺。建炎三年再赐今额。在蓬莱(今岱山)之乡朐山(今衢山)。"

此刻,我就在观音山顶的上寺。我绕着最高点——天灯灯塔台座转了数圈观察,外围用捐助碑(边上修建玉佛宝塔)紧密围着,几乎找不着空隙,这天灯的亮台,数十米高,呈八角形,墙面藤蔓缠绕,颜色斑驳,底座为一米左右的基座,灯台的顶,是以圆珠尖顶突起分角覆盖的那种凉亭样子,上层八角墙上,有很大的窗口,每天晚上,天灯闪亮,灯光从窗口透出,四周数十里的海面上,都能看到闪耀的晶点。

我相信,那赵构看到的天灯,就是从这里发出的光,千百年来,它都用微弱的亮光指引着在大海上航行的船只。

衢港渔火

如果是夜晚,站在观音山顶,往山下看,千船云集,万家渔火,这衢山中心渔港,是整个衢山岛最热闹的地方。

这里是舟山渔场岱衢洋的中心,这里也是盛产大黄鱼的地方。从 12 世纪的 30 年代开始，本地渔民开始在此捕大黄鱼，一直到 17 世纪的 60 年代，岱衢洋渔场正式形成。宋元时期，岱衢渔场"楼橹万艘"（苏东坡诗），"千家食大鱼"（沈梦麟诗），到了清代，则出现了"无数渔船一港收，渔灯点点漾中流。九天星斗三更落，照遍珊瑚海上洲"（刘梦兰诗）的壮观场景。彻夜不眠的渔港，场面催人想象。

随后的四百年，一直到 20 世纪的 80 年代，这个渔场，全国著名。1965 年的一个资料表明，仅岱衢洋渔场捕获的大黄鱼，就高达四万二千五百多吨。

这个数据，是这样来完成的：

每年的春夏季，浙江、福建、江苏、上海等地的渔民，几千艘各式大小渔船云集，数万人为之工作，白天的洋面，号鼓连天，夜晚的港口，灯如繁星。大黄鱼们群聚奔涌而来，渔民们敲锣张网以待，咚咚咚，咚咚咚，那些金属锣声，不断刺激着大黄鱼们的耳膜，用不了多久，它们就会晕头转向，浮上海面，渔民们"嗨唑嗨唑"，以逸待劳。

不过，胜景已远去，现在，衢山人以另一种方式来实现他们的壮丽事业。

11 月 3 日清晨，我行走在衢山中心渔港的堤岸上。数百艘大铁驳船整装待发，它们要去远洋捕捞，渔工们上上下下，有的在整理拉网，有的往船上搬运东西，船上粗铁制的桅杆顶端，均有两只镂空奔马标记。是的，这种机械大船，已非昔日的木制船可比，捕捞、冷冻等已经完全现代化，它们可以远洋。

衢山镇委副书记周鑫告诉我，衢山现有这种大船九百八十二艘，全岛大部分人都在从事渔业生产，这些远洋的船，每次出海都要数个月，船老大有单独投资的，也有合伙制，也有外地在此打工现在成为船老大的，每条船最多的年收入达到九百万元以上。

衢山岛周围，平均水深四十米以上，适宜停泊大型吨位的船只，衢山港因而成了国内少见的深水良港之一，四十万吨级的港口，全国仅七个，衢山就有两个。我们在风力发电的机塔下远望时，衢山旅游办毛伟兵主任就指着远处的一个长黑影子说，那里，停着一艘前几天从巴西淡水河谷开来的四十万吨级的铁矿砂大船。

作为上海港的外缘，东南亚的航道中枢，衢山港已经成为宁波舟山港的重要组成部分，战略和经济地位都非常显著。

凉峙听涛

凉峙是衢山几十个山海景色皆佳渔村的典型代表。

晚上九点多，崔光凯忙完了我们一行的吃喝，匆匆吃了晚饭，和我坐在"海映朗庭"的院子里闲聊。

崔是这家民宿的老板，他的老家就在衢山岛的太平社区。这位1977年生的青年人，思想活络，大学毕业后，一直在舟山的一家大型旅游集团工作，从事过旅游的各个岗位。后来，他又到杭州西湖区成立了一家旅游公司，做专线旅游。他说，他是看着家乡的游客一天天多起来的，五年前，他曾经组过一个千人团来衢山旅游。前几年的一个夏天，他来到了凉峙村，被村里涌动的游客人流触动，他当下就决定，要来凉峙开一家精品民宿。

一年多后，就有了这家精致的"海映朗庭"。这里原来是村里破旧的小学，被彻底匠心改造，十二个功能齐全的房间，一个非常宽阔的院子，简单而朴素，关键是，这里能听海。

小崔的行动无疑具有号召力，在他的带动下，周边的伊兰湾、海边十二街、海天一色等比较高端的民宿都纷纷开张。他的客人主要来自上海、苏州、杭州、绍兴、湖州等地，好多时候，十二个房间根本住不下，没关系，他的周边已经有不少联盟，今天你介绍给他，明天他会介绍给你，大家合起来，方向一致，目标一致，小崔说，他今年又在衢山岛上成立了一家旅行社，这样，杭州、衢山，可以资源共享。

陪着我聊天的岱山县旅游局局长俞海啸告诉我，在岱山的一百四十八家民宿中，凉峙村就占了八十八家。"海映朗庭"具有代表性，小崔年轻，想法多，凉峙的海湾，每年的五、六、七月是蓝色的，其中有七天是完全透明的，这么好的风景，我们要让更多的人来分享。去年，衢山岛的旅游人数已经突破五十万。

这一夜，我睡在"海映朗庭"的二楼，枕着轻微的涛声，海浪撞击堤岸的哗哗声，一阵阵袭来，而我却安然入眠。清晨六点，依然是涛声将我叫醒。拉开窗帘，晨光已经将凉峙的海天映得透亮。迅速起床早读，这一次，我带着《老子百句解读》，坐在院子里，开始读的第一句恰好是六十六章的起句："江海所以能为百谷王者，以其善下之，故能为百谷王。"千万不要以为水只有柔弱，它只是身段柔软而已，它善处底下处，其实力量刚坚无比。

凉峙那不知疲倦的涛声，我们至少可以比德自况的。

龙行苕霅

苕，是一条溪的名字，但它不是浙江湖州的苕溪，那溪早在唐代就非常著名了。这苕溪，是浙江奉化江上游的一条支流，在尚田境内。

尚田，我第一直觉理解——崇尚田园，高尚之地，真是个有诗意和哲理的地方。

第二次到尚田，走进了苕霅（zhà），一个有九百多年历史的古村。

我来苕霅访龙，苕霅布龙，八百年前就蛰伏于此。

《说文》里给"霅"的本义解释是：雷电交作。

九百五十多年前，陈姓族人迁居至苕溪旁。每当干旱季节，族人便去龙潭或溪中向龙求雨，他们见水中蛇、鳗、蛙等水生动物，一律尊视之为龙，请而归之，当神供奉。雷电交加过后，往往大雨倾盆，旱情解除。那些"龙"于是被送回原地，怀着感恩的心，族人们要举行隆重的仪式，以祈来年再保佑，布龙就这样开始降临苕霅了。

我们到一座宽大的房子里看龙，这里将建设苕雪布龙博物馆。红地毯上，一条金龙，正神气地盘踞在屋子中央，身上的细圆金鳞闪着微光，龙眼瞪得大大的。四周的墙壁边，则昂首伫立着另外三条龙，休整待发的姿态。

陈行国给我们介绍龙，他是国家级非遗传承人。这位五十七岁的汉子，脸庞上写满了对龙的崇拜。他十二岁开始跟着父亲学习舞龙，一招一式苦练，后又师从奉化舞龙大师陈世雄，技艺日渐精湛。1978年，陈行国十七岁就执掌龙头，为奉化队夺下了省里舞龙大赛的第一名。

由雷电交加的本义，引申出"雪"的第一个意思是:震慑。

长得壮实又略带文气的陈亮亮，是陈行国的儿子，虽只有二十七岁，却已经是国际级的舞龙裁判和教练了。父亲高擎龙头的英姿，矫健而多变的舞龙身姿，这样的舞龙场面，陈亮亮从小就爱看。龙头在父亲手里，每一次的腾挪翻飞，他的心灵都会震撼激动，他说，他从小学五年级就开始学习舞龙了，这个年纪，也差不多是他父亲向祖父学习舞龙的年纪。小陈天生爱龙，做学生期间，就参加各种舞龙活动，节假日回家，帮助父亲制作布龙，大学毕业后，他干脆子承父业，专心舞龙、制龙。今年5月6日至12日，应韩国大邱市长邀请，小陈就和苕雪布龙队一起参加了"2018大邱多彩庆典"活动，苕雪布龙又一次在异国一展风采。

舞龙带来的震撼，不仅是陈亮亮的感觉，许多人也有同感。重锣紧密擂起，龙头向着苍天昂扬起来，那是一种丰收后的再希冀，希望来年更加风调雨顺；那也是一种敬畏，敬畏和尊重自然，人类唯有与自然和谐相处，才能两者皆安。

对于舞龙场景的描述和回忆，作为一个普通看客，我想用"雪"的第二个引申义来表达：欢声雷动。

《奉化县志》记载，1946年农历正月上灯日（十三日至十六日为灯节，第一天谓上灯），以陈世雄为龙头手的莒雪舞龙队，在奉化大桥商会组织的"庆祝抗日战争胜利百龙大赛"活动中，一举夺冠。

全民庆祝胜利，又是中国传统佳节，莒雪布龙，制造了欢声雷动的最高潮。

莒雪布龙以"游、盘、滚、翻、跳"为舞蹈主线，张弛有序、节奏欢快。陈行国们在快船龙、摇船龙、擦身龙、左右跳等传统舞姿的基础上，创新推出了半起伏、蝴蝶式、水荷花、高塔盘等十余个新颖的造型，以静托动，全国名声日隆。

形变龙不停，龙走套路生。

人紧龙也圆，龙飞人亦舞。

舞龙高潮处，人龙合一，人群欢声雷动，只见陈行国的龙在飞腾，人在翻舞，龙身迎风，呼呼有声，他似蛟龙出海，翻江倒海，气势磅礴。

舞龙的同时，陈行国从十七岁就开始学习制作布龙。四十年来，他已经为全国各地的舞龙队提供了两千多条高质量的布龙。走进陈行国的家庭制作工坊，陈亮亮正专心在扎荷花。陈行国的女儿陈晶晶，也正忙着边整理边招呼客人。陈晶晶在大学里学的是设计,她现在也专心制龙,她用学到的专长,将技艺又提升了一大步,现在他们制作的布龙,已经有几十个品种了。陈氏父子,还是省内外一百多支舞龙队的教练。本地的奉港中学、尚田镇小学,也都有学生舞龙队,孩子们从小就浸润在苕雪布龙所带来的欢乐里。

苕雪布龙,用八百年时光积聚力量而腾飞,它们一直是苕雪人重要的精神寄托,即便龙身破损不堪,犹如人之老死,他们也不会丢弃它,村民们会举行隆重的仪式,点香,叩拜,然后点燃龙身,布龙乘着烈焰,袅袅而去。

赋予每一条苕雪布龙以鲜活的生命。

"雪"字,我认为还应有第三个引伸义:光耀闪烁。仿佛看见,在烈焰中腾升而去的苕雪布龙,正缓缓行走在云端,它们将不时向人类施布甘霖。

苕雪布龙,中华龙之一,它在中华龙文化的星空里熠熠闪光。

鄱阳的鄱

鄱是一个特别的字,只有两个意思:一指鄱阳湖,中国最大的淡水湖;二指鄱阳县,一座贮满历史文化因子的千年古城。不过,湖却因县名,隋唐以前,鄱阳湖称彭蠡湖、彭蠡泽、彭泽等,自然,县也因湖显,春秋时称番邑,秦朝设番县,东汉更名鄱阳县。庚子冬月,鄱阳三日,我感受大湖的壮美,倾听古城的心声,感知文化的深厚。

1

穿过树林,坐船,上岛,再坐船,换观光车,我们一直往鄱阳湖国家湿地公园深处走。湖风也一点点凌厉起来,大家都裹紧了衣服,一群大雁从头顶飞过,人群一阵惊呼,又一大群,惊呼声更响,路边的几只野鸭被惊到,扑棱飞起来,飞得越来越高,我也惊讶起来了,野鸭都能飞这么高这么远吗?路两边,青草葱翠,草很单一,人们都叫它苔草,细细的光秆芦荻，显得有些不合时宜的枯萎，青草间偶尔露出一块亮晶晶的小水面，放眼四顾，无边的大绿毯一直铺向天边，嗯，刚刚看到一块大石头上写着：鄱阳湖大草原。

其实，我们一直行进在湖底。鄱阳湖最大面积达四千多平方千米，但枯水季只有平时的四分之三，今年的湖水，直到11月份才退去，这个季节，是鄱阳湖看草看鸟的最好时候。我第一次来鄱阳湖，对那些青草，已经很惊讶了，草萌芽万物生时的那种绿，像极了南方公园里的沿阶草或者麦冬，生机勃发。文友刘华兄见我惊异，笑着说："我发你几张图吧，是我去年来拍的，这草都有半人高。"我看图，厚厚的绿，密密的绿，一望无际的绿，再细看草，甚至还有水波荡过的痕迹。湖底的苔草，自然生长，我们只是看到它们露出水面的一部分，还有大量的草，都长在有水面的湖底，它们是鱼类的主食。

湖底的碧草，水中的游鱼，空中的飞鸟，这是我看鄱阳湖的三个层次。草在湖底与游鱼做伴，草露出湖底就成了人们的风景，人们惊喜不已，然而，这只是大湖的一个小侧面，鄱字左边的"番"，上有米，下有田，两千多年来，湖与人共生共存，东汉以来，鄱阳还是郡州路府的首府，饶州，富饶的饶，想到此，不禁对眼前的细草充满了敬意。

每年的10月至次年的3月，这里聚集了世界上98%的湿地候鸟群种，是世界上最大的白鹤越冬地，三百八十一种，一百万只鸟，这是一种什么样的场景？沙鸥翔集，锦鳞游泳，岸芷汀兰，郁郁青青。鸟乐园中的一千多只鸟，它们是鄱阳湖栖息鸟类的代表，我近距离观察。突然开屏的孔雀、恩爱的天鹅、成群的中华秋沙鸭、单腿伫立的东方白鹳，优雅闭着目，像个思想者，它们经过充分的论证，已经将这里当作长久的家园。白鹤、丹顶鹤、白枕鹤，我盯住了蓑羽鹤，个头不大，但它能飞过珠穆朗玛峰，向工作人员要来一把玉米粒，伸出手，几只蓑羽鹤快速过来，有序地啄着几粒就离开，不过，我依然能感觉它们尖喙的力量。

2

除了高考时背过鄱阳湖，我对鄱阳，还有一种特别的惦念，南宋著名文学家洪迈，他就是鄱阳人，我经常读他的两部大笔记《容斋随笔》和《夷坚志》，时常和他交会在那些千奇百怪的世界中。

《四库全书总目提要》高度评价《容斋随笔》："南宋说部当以此为首。"《容斋随笔》陆续写了四十多年，一千二百二十条，分为五笔，它在南宋时就是畅销书，这也是让毛泽东牵挂一生的书，临终前几天还在读。洪迈的《夷坚志》，整整写了六十年，四百二十卷的体量，几乎可以和官方的《太平广记》有一拼，虽然我们现在只能读到一半左右，但它丰富的内涵，不妨将其看作是两宋三百多年民众的生活史、风俗史和心灵史。

鄱阳文友汪填金陪我去双港镇蒋家村，我要去看洪迈，这是一场迟到的问候，我和洪迈交流已经三十多年了。从鄱阳县城出发，半个小时就到了蒋家村，车子在逼仄的村道中缓行，小学门口接上蒋家村民蒋长青，他引我们去龙吼山，洪迈的墓就在那里。往山上走几分钟，看到一个台门，两根罗马水泥圆柱，上有横梁，梁上一行红漆泡沫字已经剥落，不过，字迹依然可以辨出：宋洪迈先生墓址。说实话，这个地方，如果没有人带路，很难找得到。台门往里，洪迈的墓就在中间，狭窄得很，因为两边都有坟挤着，左边一座气派的大坟，右边两座坟，一小一大，小的应该是百年以上的老坟。我站在洪迈墓前细看，极普通的大理石，碑上标着"2004年立"，墓前有护栏，上有一块宣传板，风吹雨淋日晒，板面已经发白，三合板和架子分离，一切的细节，一切的迹象，都表明有些落寞和寒碜。

我在洪迈墓前静静伫立，一时感慨颇多，来也匆匆，没带一束花，没带几支香，有些遗憾，更觉得有些悲凉，倒不是说一定要有一座豪华的洪迈墓，我只是想有更多的人来纪念他。

洪迈晚年致仕后，在鄱阳城修了个叫野处的别墅，并以此为号，和他大哥洪适的盘洲别业相邻，兄弟俩诗文互和的日子，想想都美好。我在鄱阳县城姜家坝，看姜夔纪念馆时，鄱阳县作协主席石立新和我说，河对面就是洪迈的野处，不过也只是大致位置。野处距蒋家村大约十八千米，洪迈为什么选择龙吼山作为身后的安身地，不得而知，或许，这是他晚年经常溜达的地方，此地，矮山平坡，视野广阔，可以日日面对朝阳，甚好甚好!

除了洪迈,洪迈的父亲洪皓、洪迈的两个哥哥洪适和洪遵,在鄱阳都极有名,人们并称"四洪",东晋陶侃之母湛氏,南宋文学和音乐皆一流的大腕姜夔,还有历史上到鄱阳和饶州任过职的吴芮、颜真卿、范仲淹、王十朋等,他们都是鄱阳历史上重要的文化符号,一起构成了鄱阳厚重的文化底蕴。

3

鄱阳湖畔,有个叫瓦屑坝的古渡口。从此渡出发,可通饶州府下属各县,穿过鄱阳湖,直达所有的远方。"北有山西大槐树,南有江西瓦屑坝。"六百多年前,两百多万江西移民填湖广,他们就是从这个渡口出发的。在瓦屑坝移民文化馆,我看到了本次移民的整个历史面目。

朱元璋建立大明王朝后,对国家的建设也算用尽了心思,江淮一带,因连年战争,土地荒芜,人口锐减,这实在不利于国家建设,必须将密集地区人口迁移分散至安徽、湖北。鱼米之乡的饶州,符合这个条件。户部官员对饶州人口数量和分布彻底盘查,并按其所从事的职业划分户类,"按册抽丁",如何移呢?"四口之家迁一,六口之家迁二,八口之家迁三",为了防止移民逃回,政府还制定了相关制约措施,比如禁止撰谱,就是为了防止移民后代根据宗谱寻根问祖。这一招儿很绝,相当于从文化上切断。

馆内正面大墙上，有巨幅画，古渡头，大樟树，船舢正张，人声鼎沸，喧闹似乎掩盖了悲伤，百姓被逼着去闯天下，前程实在莫测。瓦屑坝移民文化园中，我看到了多组群雕，场景皆与移民有关，县官动员，恩威并施，生离死别，父子别、母子别、兄弟别，排队出发，士兵押解，推车上的鸡鸭鹅小猪，它们似乎也受到了不小的惊吓。

但移民们一旦离了故土，他们勤劳吃苦的本色，丰富的农业生产经验，立即在迁移地生根开花，安徽沿江平原及巢湖发达的水利和圩田系统，都是移民兴建，"湖广熟，天下足"，这也离不开移民。尽管政府百般禁止用文字描述此次大移民，但还是留下了不少记载，清人曾作《瓦屑坝考》《续瓦屑考》等，瓦屑坝，始终成为移民后裔失落故乡的代名词。明代名医李时珍，清代张英、张廷玉宰相父子，清代大书法家邓石如，现代的赵朴初，他们都是鄱阳移民的后代。

渔歌，渔鼓，渔舞，一千多个湖，一千多座戏台，鄱阳的鄱，阳光的阳，浮光跃金，湖天一色，哐哐哐，鄱阳连台好戏要开始了！

仙岩宫商羽

两亿年前的地动山摇之后,浙东南沿海有了一块巍峨的岩石,上古黄帝行游至此,就不愿意走了,在此潜心炼丹修炼,后乘龙升天,这块岩石就成了仙岩,它带着仙气灵光而来。此刻,我聆听,仙岩的山水在歌唱,我心中的宫商角徵羽,1——2——3——5——6。

宫

仙岩的宫音,由瀑布发出,它自碧潭飞跃而下,梅雨潭,雷响潭,龙须潭,寂静和喧闹,它们已经歌咏数亿年,它们和石头一样古老。起先,瀑布的听众,似乎有些单调,只有群山,青葱的树木和花草,还有那些来来往往的飞鸟。宫声有时激昂,有时沉闷,不过,无论谁来听,它都十分地卖力,特别是雨天,它的喉咙更响,雨越起劲,瀑越响亮。

千万年的等待之后,仙岩的瀑,终于等来了一个书生,让它名扬世界。

　　书生叫朱自清，真的是白面，清瘦的脸庞，圆圆的眼镜后面是炯炯的双目，北京大学的高才生，浙江省立第十中学（温州中学前身）特聘教师。1923年10月的一个下午，天气薄阴，朱书生和友人马公愚、马孟容等一起游仙岩，就被梅雨潭的绿和瀑布深深"惊诧"，他在梅雨亭上观瀑探绿，坐了差不多一个下午。我在温州四营堂巷50号朱自清旧居读到马公愚1964年的回忆，马先生说，那次去仙岩，朱老师面对那潭水和瀑布，激动不已："这潭水太好了，我这几年看过不少好山水，哪儿也没这潭水绿得这么静，这么有活力。平时见了深潭，总未免有点儿心悸，偏偏这个潭越看越爱，掉进去也是痛快的事。这潭水是雷响潭下来的，那样凶的雷公雷婆怎么会生出这样温柔文静的女儿？"

　　2019年10月26日下午，也是薄阴天气，我和一帮友人一起去仙岩看绿，浓郁的桂花香味直钻人的鼻腔，我也在梅雨亭上坐了好久，我自然是想体验朱书生的《绿》，听瀑布如雷的轰鸣，看那个"十二三岁的小姑娘"。

　　"小姑娘"叫"女儿绿"，是朱书生的"爱女"，算来已经九十六岁了，但并没有长大，依然活泼、顽皮、喧闹，天地间整个大舞台，似乎就只有她一个人在尽情挥洒表演。

　　"小姑娘"是一位名人了，六十多年来，中国几代读书人，人人都要认识她，和她纸上交流，体验她的童真童趣，体验朱书生的惊喜。"小姑娘"都被朱书生用形容词铺排尽了，我词穷，不再描写。

"小姑娘"生在僻静的仙岩山，时静时动，一副巨人的嗓子让世人震惊，这嗓音，是整个仙岩山的主音，她主宰着山的一切。

商

仙岩有积翠峰，层峦叠嶂，积万千绿色于一体，峰下的仙岩寺中传来商音，抑扬而凝重，又略带悲悯的忧伤。

仙岩寺，始建于唐贞观年间，到了唐大中初年，慧通禅师从浙东四明山云游到此，开基建寺造塔，后世尊其为开山祖师。北宋初年，得法于天台宗的遇安禅师，应邀来此主持全寺事务，他苦心经营，四方信众云集，僧众曾达三百余人，一时为浙南禅寺之最。宋大中祥符二年（1009年），吏部侍郎姚揆奏请宋真宗赐"圣寿禅寺"，自此，仙岩寺就有了另一个大名。

占地面积达两万多平方米的仙岩寺，殿堂楼阁轩林立，僧人们念经的声音，富有节奏和慈性，回音绕梁。徜徉在这千年古寺里，人会立刻安静下来。寺院东侧，有一口泉叫珍珠泉，和寺一般古老，我们看泉，泉底水草清清，泉水和梅雨潭水同样清洌，它是僧人们的饮用水源，有阳光的正午，它会冒出和珍珠一样的气泡，汩汩有声，泉名因此而来。现代科学告诉了我们其中的原理，珍珠气泡是池中的绿色水草，通过太阳的光合作用散发出的氧气形成。

仙岩寺前有溪，清流淙淙，那是瀑布集体下山后乖乖排队集合而成，溪叫虎溪，也和寺有关。遇安禅师，别号楞严，又称伏虎禅师。据说，有一日讲经，仙岩山上突然下来一只大虫捣乱，众人吓得四散，遇安禅师则沉着呵斥，那畜生竟然听懂了，坐下来认真听讲，最后成了遇安的坐骑，哈，有奔驰有宝马不稀奇，有老虎坐骑才算高手。我在笔记里读到的伏虎禅师，却不是遇安，而是另一个，北宋汀州开元寺的高僧惠宽，呵斥畜生的话差不多一样："孽畜，休得妄动！若听经，头三点，尾三摇，席地而坐吧。"所以，我听到楞严师这个训虎故事，只是笑笑，但我想，一个地名，总有它的来处，至少是一种期许，这期许中，寄托了人们的某种希望。

钟声阵阵传来，这又是商音吗？

出仙岩寺，回望大门匾额上朱熹题写的四个金字"开先气象"，是夸寺的历史悠久，还是赞仙岩的山水呢？我想两者皆有吧。

禅声中，我和朱熹一道，去止斋祠，拜访陈傅良。

羽

鹅湖大辩论后，朱熹的道学和陆象山的心学开始显山露水，两派都属唯心主义。前者客观，"存天理，灭人欲"，万物都由理派生，宗师为北宋的二程兄弟，朱是集大成者；后者主观，强调"宇宙便是吾心，吾心即是宇宙""六经皆我注脚"，王阳明"知行合一"继续发展其学,成"陆王学派"。两派都对后世影响极大。与此同时,强调事功的"永嘉学派"也非常著名,和道学、心学几呈鼎立之势。陈傅良,就是永嘉学派承上启下的重要人物。

陈傅良字君举,号止斋,南宋乾道八年(1172年)进士。自幼家境贫寒,九岁时父母双亡,靠祖母拉扯长大,但他极其聪明,博学多能,跟随老师学习,将老师的学问发扬光大,著述颇丰。

永嘉学派为陈傅良的老师薛季宣创立,叶适是集大成者,叶适小陈傅良十几岁,和陈是同乡,在为陈傅良写的墓志铭中,这样讲述了他们亦师亦友的关系:"余亦陪公游四十年,教余勤矣。"叶对陈老师评价极高。

三派各做各的学问,朱熹怎么会去访问陈傅良呢?据现有资料表明,乾道九年(1173年),朱熹是为写一本《伊洛渊源录》的专著,特地去到温州寻材料的,观点不同,但不影响朋友关系。朱熹这一次出访,不仅玩得很痛快,还和陈傅良有了很好的交谈。各种资料都指证,朱熹和叶适、陈傅良,关系都非常好。陈傅良为推荐叶适曾上书直言:"以臣所见,当今良史之才,莫如朱熹、叶适。"(《辞免兼实录院同修撰奏状》)不是真相知,不会这么评价。

此时的陈傅良,考中进士后,授泰州州学教授,但他没有到岗,仍然在仙岩书院教书。他反对性理空谈,将薛老师的事功学派,进一步深化挖掘,重视学习和现实的结合,济世匡时。我想象着,两个观点不甚相同的人,是怎么愉快交流的,碰撞辩论也是学习,一定是友谊让他们彬彬有礼。

我在陈傅良祠前伫立,祠的正门额匾上,用青石刻着"经世致用"四个字,两边的对联很是荣光:"南宋文章第一家,东瓯理学无双士。"荣光,是因为对联乃南宋光宗皇帝所赐。

陈傅良的讲课声、士子们的读书声,声声朗朗如羽音,就如虎溪的涓涓山泉,柔和温婉,它们穿越南宋的时空,从书院里飘出,让人听来字字如锦:通事务,经世用,农工商并重,重视解决实际问题。我一下恍然,为什么温州人一直具有创造性?原来它源出永嘉学派提倡的事功主张。

哆——来——咪——梭——拉,如果仔细谛听,仙岩山的宫商角徵羽,五音齐全。《皇帝内经》有"五音疗疾",也就是说,音乐是可以治病的,一曲终了,病去人康。

和朱自清一起去仙岩看"女儿绿"吧,再听听圣寿禅寺的晚钟,听听陈傅良经世致用的讲学,身心两安。

家　园

飞雁（苍南县境，北阔南狭，侧观似飞雁）驮着我，一路奋勇向南。我在东海边，玉苍山之南，流连，徜徉。

1

晨十时许，尝过粘满芝麻点的桥墩月饼、滑嫩的豆腐脑后，我端一碗冰凉的老红茶，在碗窑古村的古戏台前坐定。蒲扇轻摇，花鼓、渔鼓已经次第上场了，那苍南方言，听得不甚明白，只看那化着淡妆的演员，唱腔饱满悠扬。提线木偶戏《三变身》，沉稳的老生忽而变身婆婆妈妈的老旦，老旦再瞬间装成天真活泼的花旦，极似川剧的变脸，不过，变脸只是脸部转换，而提线木偶变身，却是整个木偶的换妆，同样都是手快，我看演员的食指、中指、拇指的交叉快速，眼花缭乱，真可谓是指间有乾坤。单档布袋戏《张大娘宰猪羊》，猪、羊、虎、猴、老妇、少女，依次出场，以故事情节推进，高潮不断出现，猪的安分，羊的机智，虎的愚笨，猴的狡猾，观众的笑声一阵阵掀起。人们看戏，其实是悟哲理，外表强大内里虚弱如虎，不为命运屈服不断努力抗争机智如羊，说动物，其实是在说人。

　　7月的阳光，在浙江最南端的玉苍山之南，显得犹为热烈。蓝天广阔，白云低飞，似乎就在头顶，伸手可撩，古戏台四周檐角高翘，右首瓦墙上有两手举着大斧之雷神，抬眼踢尾之龙头，还有一株挺立的青嫩杂草，丝毫不惧骄阳，古街上行人来往穿梭，这是碗窑的日常，六百年的日常。六百多年前的明朝初年，有巫、朱、夏、余诸姓，由福建等地陆续迁居于此，他们带来了瓷器的烧造手艺，使得山间家园迅速富裕起来。清雍正年间，碗窑已经有十二座窑，产值约银圆八万。至乾隆晚期，碗窑的顶窑、下窑、半岭三个区块，屋宇连亘，人繁若市。之后，碗窑的日常便是，十八座窑常年白烟滚滚，五千多人聚集于此，制器、烧窑、交易，这里成了浙南民窑的制造中心。我眼前的古戏台，就是碗窑繁荣的标志之一，南来北往的各色生意人消遣开怀，劳累过后手打工者也需要精神的放松，订单如潮而来，各家窑主自然喜乐开怀，古戏台上的锣声、唱腔，和飞鸟掠过天空的鸣叫声，欢声扬扬，碗窑成了富足的乐园。

　　顺着布偶老生的冠带，视角再往上，古戏台藻井里的那些壁画，一下将我的思绪拉得很远。之前翻过杨树先生研究碗窑藻井壁画的文章，颇感兴趣。那藻井有一百多个格子，每格都画满了壁画，主要是《白蛇传》中的戏曲人物，温州作为南戏的发源地,这些壁画自然也是研究南戏的重要实物资料。冯梦龙写完《警世通言》第二十八卷的《白娘子永镇雷峰塔》后,白蛇的故事就迅速在全国流布,它饱含着爱情和善恶,既表达人们对希望的寄予,也强烈透露出对恶势力的抗争意识,而它们如此精致地出现在繁荣的手工业集镇的古戏台上,真是恰如其分,这里,每天也都在上演着人生的各种悲欢离合。

白娘子不惜一切保卫她的爱情,其实只是想有个家,能过上幸福的人间烟火味的生活。而六百年来的碗窑人,显然要比白娘子幸运得多,玉苍山里的泥土,经过粉碎、淘漂、晾晒、拉坯、印坯、绘花、施釉、烧窑等数十道工序后,它们就变成了碗窑人的财富,鳌江的涌潮,将大批的瓷器运往世界各地,也带去了中国的陶瓷文化。

高树茂林,峡谷清流,碗窑古村里的龙窑、水碓、工坊、古戏台、三官宫等三十五幢三百二十七间明清建筑隐藏其间,依然散发出烟火的活泼气息,浓郁客家建筑式样的八角楼,是碗窑人建设家园的生动写照,街心长有多棵两百多年的仙人掌树,它们满身是刺,向天挺立,花开的季节,顽强中显现出一种别样的芬芳。

2

从碗窑古村出发,过鹤顶山,到鸡笼山,裸露的山头下隐着无数的小洞口,风化的岩石,深深的岩洞中,掩藏着岁月经久的时光。

明洪武九年（1376年）年的某天，有位杨姓村民，在鸡笼山中发现了一块闪着光亮的石头晶体，那便是矾出生的日子，是一种暗示吗？明朝，发现了明矾。自此始，这块叫明矾的东西，能让污浊的水迅速清净的矿物质，为此地的百姓带来了白花花的银子，矾山的矾储量，为中国的80%，世界的60%。上苍造地造物，居然如此无规律而又有规律，智利拥有的超大铜矿是全球之最，云南个旧的锡矿世界第一，玻利维亚有世界最大的盐湖乌尤尼。如此集中地将一种矿生长于此，外人除了惊叹外，只能羡慕：苍南人真有福气，那边碗窑的泥土成金，这边矾山的明矾也是金。清末以来，此地的明矾，无论储量、产量、销量、出口量，均居世界第一。矾山称为世界矾都，名副其实。

我走进世界矾都的福德湾，这里是开矿工人集中居住的村落，我想从那些依山而建的各式石头屋里，寻找六百年前的些许信息。石头屋门墙的青条石，依旧泛着新鲜的青色，似乎昨天刚刚从山上凿出，石头屋内并不宽敞，却整洁透亮，东海边的苍南，夏季的台风频繁光顾，一般住户的瓦屋上，都加盖上厚厚的砖头，有的甚至用一层砖头将屋面铺实，而这些石头屋，极像挺胸宽背的重量级大汉，面对狂卷的风暴，无惧无畏，它们几百年来都细细呵护着那些辛劳的矿工们，而今，它们又以崭新的姿态，迎接着四方的游人。在矾都流连，我想象着几百年前的热闹和繁忙，我也想象矿工们经年弯腰挖掘的辛劳；在矾都缅怀，我感叹那些逝去的岁月，我也感叹矿工们无穷而坚韧的力量，整座山的深处，地下已经数百千米相连，上下下下，曲曲折折，这条明矾之路，不仅通往中国大地，也通往东南亚、日本、中东、非洲和欧美几十个国家。清末，温州大宗出口物资的前三位是茶叶、丝绸、明矾。

福德湾内的矾山矾矿古遗址，是国家级重点文保单位。因矾早有工业替代品，炼矾工艺遂成了教科书，因此，这段人类利用自然开发自然的历史，就成了历史的珍藏。我在福德湾的街角，看到了一块"无字碑"，此碑立于清康熙二年（1662年）。当时福德湾村民，因炼矾的污水排放，与邻省福建的前岐村村民发生了争执，此污染事件闹得动静挺大，朝廷派人专门调查，最后认定，福德湾村民因生计所需而形成的污水，只是途经前岐村，最终会流向大海，不予追究，特立此碑。显然，朝廷多有明白人，和生计相比，环境显得次要。不过，那是几百年前的事了。现在的矾山福德湾，已被精心保护，又成了别具一格的居住家园，它已经是中国历史文化名村，先后被评为"国家矿山公园""国家工业遗产"，联合国教科文组织还授予了它"亚太地区文化遗产保护荣誉奖"。

福德湾老街的入口处，有家"为唐公肉燕"老店，人流熙攘，我进去坐定，五分钟后，一碗肉燕上来，燕皮一舒一张，形似飞燕，泛着油星的半透明高汤，汤中浮着碎碎的香菜，入口细嚼，味如燕窝。店老板介绍，他们的品牌，始于1945年，精选本地猪后腿肉（每只猪取二十斤），趁肉有余温，马上切块,将肉捶打成浆状,以本地手工番薯粉勾芡,经过一棍一棍的反复压打燕皮,再取精华做馅儿,捏成燕子状。一口接一口,一个不剩,连口夸赞之余,迅速在网店下单,我回杭州,可以好好再品尝这精致而迷人的肉燕。

3

碗窑六百年,矾山六百年,在苍南的第三日,我又到了金乡卫,苍南第三个六百年的活遗存。

如果说开窑、开矿,都是建设自己的家园,那么,金乡卫,就是保卫自己的家园。

卫所制度,是朱元璋建立大明王朝后实施的主要军事制度,战时打仗,闲时农耕,全国共建有三百多个卫,其中五十几个在沿海,每卫士兵足额五千六百人。明初以来,倭寇就不断进犯中国沿海,洪武二十年(1387年),朱元璋命信国公汤和在金舟乡置卫筑城,这里于是称金乡卫,下辖蒲门、壮士、沙园三个所。

金乡卫,虽处偏远浙南,但它却和天津卫、威海卫一样著名,而且还比天津卫早建了不少年。金乡卫城墙周长九里三十步,有东南西北四座城门,迎旭门、靖海门、来爽门、望京门,四门各有功能,城墙威武挺立,一千六百五十口城垛上,亮晃晃的枪口,时刻瞄准着来犯之敌。洪武至嘉靖的两百年间,倭寇时常上岸劫掠,金乡卫军民,同仇敌忾,这里成了东南沿海的抗倭名城。

我们再往卫下属的所深入。在从金乡卫去往蒲门所的路途中，经过一段长长的旧城墙，那是壮士所的旧时所在，在1568年壮士所并入蒲门所之前，这里频繁遭遇倭寇：洪武三十一年（1398年），千户王山率军迎寇，壮烈牺牲；永乐十五年（1417年）闰五月，倭船八十三艘进犯壮士所城，攻破城墙，百户朱信率兵奋战，不幸阵亡。壮士所，有千户等官员十五人，旗军一千三百二十人，以壮士命名，可见战斗之惨烈。

到达蒲壮所城，威远门敞开胸怀迎接我。城墙上的青苔，厚厚的青墨色，六百年的沧桑，呈褐色的石头依旧坚硬，过城门洞，面积不大的瓮城内，排列着数块石碑，那是历史的记忆。蒲壮所城，有着完好的城墙，它也是国家重点文保单位，城头的一棵大榕树，估计只有两百来年，但已是粗壮遮天，根系发达。龙山山麓的蒲壮所城，依山向海，城墙周长五里三十步，城门三座。我在城墙上漫步，六百年前，城墙前面就是茫茫大海，从城墙转身俯瞰城内，瓦房坚实，街巷齐整，城内的居民，皆可安全地生息着。迎阳楼内，除了明代抗倭的体系简介，还有明代倭寇进犯温州的年表、大小战役、牺牲的壮士名录等，吴桢、戚继光、汤和、胡大海，著名抗倭将领的像，皆英姿勃勃，是的，他们带领着广大的士兵和人民，殚精竭虑地保卫着明朝的海防，保卫自己的家园。

从城墙上下来，有人在卖戚光饼，大木桶内，炉火正旺，手掌大的饼，不厚，中间有小洞，软而韧，可以存放好几天，往中间的洞穿根细绳,就可以挂在脖子上,一边守卫一边吃,即便战斗中,也可以随时吃。我也吃,边吃边想象,那边烽火墩上的烽火又燃起,不断来往穿梭的士兵,嘴里咬着饼,匆匆跑向自己的哨位。戚继光抗倭,有许多新发明,他甚至训练猴子放火枪,以他的姓命名这种饼,士兵们吃着嚼着,于是有了一种满满的信心。

4

海风劲拂,晚霞满天,我站在霞关港眺望,前方一百二十海里,就是台湾基隆港,如果坐快艇,两个小时即可抵达。港内上百艘渔船都闲闲地泊着,虽说靠海吃海,但现在休渔季,给大海生息,其实也是给自己休养。自1987年起,霞关港就是一级渔港,也是国内第一个对台贸易的口岸。

霞关老街,"1369"的字样,又让人想起六百多年前的以往,这里曾经千帆竞发,景象浪漫而壮观。金沙码头旧址前,三个铜塑像,老板拎着箱子,两个伙计,一个背袋,一个解缆,霞关是他们常来的进货点,这里的虾皮、紫菜、大黄鱼,全是顶级货,不愁卖。

凤冠老街8号,我走进一幢老房子,半书房的店主陈闻女士正忙着整理书籍,这是她的老家,1892年的建筑,被装饰得现代而又古朴。这间书店,尚未正式开张。我前年曾经应她的邀请,在苍南县城的半书房做过《而已》的分享会,只几年工夫，她的半书房，省内外已有二十几家连锁加盟店。身材修长、浑身散发着书卷气的海边姑娘陈闻，原是苍南一中的语文老师，对阅读一直有很深的情结。为什么在老家的老房子里开书店？她说，四十多年前，她父亲就组织成立了霞关镇的第一个读书会，父亲的理想是做一个图书馆的馆长，这个半书房，正是圆他父亲的梦。

细看半书房已经上架的一排排新书，皆精心挑选，海洋系列、植物系列、国内外文学经典系列、苍南本地系列……共有八大分类。书店即将开业，陈闻已排好下半年的重点阅读书目，每月一本重点研读研讨。我的视线，聚焦到了其中的两个分类：尼采系列格子下，有《老爸》；海明威系列格子下，有《家园》。细看，它们皆配有英文，上面还有小字，《老爸》的小字为"你放牧乌云和羊群，我追随你成为父亲"；《家园》的小字为"人要诗意地栖居在大地上"。北岛的诗，荷尔德林的诗，都给人无限的遐想。

家园需要富裕的物质填充，更需要精神的不断充实。父亲、家园、生命和生活。在我看来，六百年前的家园，今天的家园，它的本质并没有大变，家园的核心，依然是美好和温馨。有了家园，身心两安。

飞雁再次腾升，飞往美好而温馨的家园。

第三辑　春山半是花

春山半是花

车进入新登半山，一条山间柏油马路，穿行在翠竹和花海中，平缓蜿蜒而上。

东风着意，先上桃枝。春天，在半山，桃花是主体。

3月，桃花深红映浅红的时候，我站在了近山顶的健中餐馆门口。

抬眼望，桃田层层，盘旋而来，每一层，都有数十株桃树，每一株桃树，都是一顶大伞盖，花朵竞绽。树与树，花叶相交，从我这个角度看过去，像是一张硕大的花毯，撒披在长长的山坳里，桃朵是花毯上的花，青青的紫云英是绿色的镶边，还有3月里争邀春天的各种野草，它们是花毯上的五彩。

桃田的层与层之间，都用石磡垒边，磡的高度，依山势而定，高的有两三米，低的只有几十厘米。那些石磡石，有圆有方，应该是从附近沟里山里挖掘的，它们的任务，就是保护这些建设起来的梯田，地气充分蓄养，水土保持，也便于人们劳作。这些磡石，或齐整或参差，有的沾着些田泥。石缝里，常常长有鲜艳的野刺莓，野花野草，就喜欢这样有挑战性的生长，对石磡来说，这也是一种不错的装饰，它们很配得上盛开的桃花，桃花十里，恰如你。

桃田层层而上，突然，有一面大大的镜子，躺在一片花丛中，那是一塘清波。这些塘的面积，大小不一，也是随山势而定，乡人的智慧，充分显示在这种科学的安排中，有水，这桃花山，就有了灵性。那些精灵桃树，就是桃花仙女，仙女们是要经常沐浴的，没有水怎么行呢？还不是一般的水，她们需要洁净透亮的山泉，这样，桃花仙女们，日日如仙，她们会为整座山带来仙气。看，初春雨后，雾气袅袅，白云在蓝天下逸动，那不就是她们身上透出的仙气吗？

山的顶部比较平缓，转个弯，背面就是桐庐横村的阳山畈，有山道直通，那是另一片热闹的花海。

现在，我就要和那些桃花仙子们，零距离接触了。

下得桃田，钻进桃林，选一株老桃花树，站定。它变得高大了，至少两米多，桃枝辐射的面积，也就是投影，起码五平方米。这其实是一个家族了，主枝（母亲）上长有五个分叉，皆强劲有力，分叉（女儿）又长出两到三个支叉，支叉（外孙）再向周边延伸出四到五个小分叉，小分叉（曾外孙）又长出若干个分分叉，她们就这样繁衍生息，枝伸到哪里，花朵就在哪里开放。我喜欢那粗黑的虬枝，结着黑鳞，不要去碰它，那是她经年的保护衣，经风抗雨，粗黑，表明她的年份，至少十几年以上。桃农说，这样的桃树，每年结果至少几百斤，即便那些看起来很年轻的桃树,结果也在百斤以上。

看着桃花林,忽然想起,该为她们配上什么样的场景,才能适合她们呢?

桃花,应该和晓日、细雨、佳月、微雪、清溪、苍崖、松下等相伴。这边林间吹笛,闲云野鹤,那边扫雪煎茶,闲谈人生,一切都非常协调。所以,我还需要在多个场景中,全方位地亲近这些仙子们,今天,多云,天气有点儿冷,有清溪,有竹林,恰如秦观的《江城子》:"桃花香,李花香,浅白深红,一一斗新妆。"那些花,也是要比赛的。

我想和这些"花仙子"预约,下一个微雪的时光,我要来看她们。

突然,耳旁听得阵阵尖叫,那是惊喜声喧闹声,有同伴的,有游客的,他们为这些桃花沉醉了,不由自主。

虽已初春,但春寒风的凌厉,还是将我们逼进屋里。

餐馆的女主人,正在做清明粿。看着案板上的青团,盆里的芝麻白糖,还有印板,一小碗菜油,立即自告奋勇,我也来尝试一下。揉着软而带筋的青团,将团捏成圈圈,舀进半勺白糖芝麻,封圈,弄一滴菜油,涂抹一下印板,再将青团放进印板,要将装芝麻的一面倒着放进去,轻按,揉平,将印板提起,在案板上,啪,啪,敲两下,一个清明粿就做好了。看着粿子上的印花图,一下子又回到了小时候和母亲一起做粿子的场景。做粿子的青,就长在那些桃林边,田头地角,葱郁青翠。吃着刚蒸出来的粿,咬一口,仿佛带着花蜜味。

陪同我们的村支书告诉说,从这桃林下山,有一条古道可走,这条古道,是连接到桐庐那边的。我问古道有多少年了,嘿,真不知道,爷爷的爷爷,或者说,爷爷的爷爷的爷爷,一直往上推,古道就在了。你能想象,前人走在这条古道上,桃花开的季节,他们是不是和我们一样,这么有闲心来惊喜呢?或者有,或者也没有。桃花乱落如红雨,他们却在负重前行,如果道上有伸过来的桃枝和花朵,他们也会顺手拿起,鼻子闻闻,喝口桃花溪的山泉,然后,又整装往前了。

但苏轼走古道,情况就不一样了,他将浓浓的诗意带到了新登。

据资料载,新登县长是个清廉的好官,苏市长相当赏识,于是专门去慰问,并写文章表扬。随后,苏市长要去临安视察,途经湘溪的时候,在下金家一农户家里借住,留下了《新城道中》的诗:

> 东风知我欲山行,吹断檐间积雨声。
> 岭上晴云披絮帽,树头初日挂铜钲。
> 野桃含笑竹篱短,溪柳自摇沙水清。
> 西崦人家应最乐,煮芹烧笋饷春耕。

从这首诗看,苏市长走古道的情节,和我今天走新登,还是有点儿相似。

农户家的早晨,苏轼看见,太阳从树梢间升起。而我住湘溪民宿"又一邨",太阳射透窗帘,推窗,正好望见"苏东坡古道",湘溪边,檐木架搭,枯藤蔓蔓。其实,昨晚,在耀眼的星光下,我们就走过这条古道,只是视线不太清晰,但流水声极响,在流水声中,我想象着苏轼的大江东去。

苏轼看到,岭上有白云,那些白云还非常厚,像戴着的帽子。我也看到大团的云雾,山间,雨后,薄如细纱。

苏轼看到的是野桃,农户家门前,零星种植,桃花伸出篱笆,笑着迎接苏市长,难得嘛,大领导大诗人光临农舍。而我看到的桃花,刚刚和你说了,是成片的,成山的,新登这些大大小小的山里,有万亩左右桃林。所以,我看着半山村的桃花林,脑子里,立即跳出范仲淹写茶的名句:"春山半是茶。"这句太有名了,刻在我脑子里,借用一下,这里就是"春山半是花",山的下半部,桃花层层叠叠,山的上半部,往往是枝条匀称的成片翠竹。

农户人家,请苏市长吃的,是满山沟里疯长的水芹菜,满山竹林里的鲜味竹笋,那些长在深深黄泥土里的毛笋,像大山孕育足月的胖孩子,一个个胖嘟嘟,可爱至极。而我这次来呢,半山人也极热情,一定让我们带回三支毛笋,这笋,支支粗壮,差不多有十斤重,粘着黄泥,毛茸茸的,嫩得几乎能掐出水来。

昨日多云,今日却迎来鲜暖的太阳,上午十点,我们又走了一遍苏东坡古道。两边的檐栏,已经有点儿旧了,藤蔓的新叶还没长出,湘溪清流潺潺,鹅卵石,女士们的高跟鞋嗒嗒响,哇，哇，又有人高声尖叫，古道前方，有一大片油菜花！于是，那大片的油菜花田中，女人们也成了金黄的花朵。任何一个女人，从任何一朵油菜花上，都可以找到装饰着的热情。

苏市长走古道，当然是为了工作，可在我看来，他显然也是追寻大诗人罗隐家乡的足迹而前来，一带两便，考察考察，就把生活体验了。

在官场，罗诗人不如苏东坡顺畅，考试也是相当不顺利，但罗诗人的才情，在唐末文人中还是占据重要位置的，这让苏市长倾倒。苏市长似乎闻到了罗隐家乡桃花的味道："暖触衣襟漠漠香。"我在半山桃林那棵老桃树下，也是鼻子紧贴花瓣，花触我襟，清香漠漠。

新登中学。

我站在黄山顶上，这里是古新登县城的制高点，四眺，山脚就是古城墙，县城由九座小山包围而成，葛溪和松溪，从西南和东边绕淌，外围青峰层叠。俯瞰，新登古城，就如一朵大莲花，正在怒放。有诗为证："一朵莲花耸碧霄，二水襟带万山朝。"

春山半是花，那桃花，就是这朵大莲花瓣上的晶莹露珠。

桃之夭夭，灼灼其华。

永安山壹指

永安山，在浙江省杭州市富阳区常安镇。

壹指，是我家乡的方言，一个指头，喻短暂的时间，一会儿工夫。

我在永安山壹指，干什么呢？飞翔。从永安山顶，飞翔到山脚，时间总共五分钟。

飞翔的前一夜，我们住龙门驿。

我和赵柏田、鲁晓敏，夜探龙门。

护城河溪水静流，老屋石墙，壁灯昏暗，街巷回廊相连，曲折幽深，不时有老人咳嗽声传出，似乎又回到久远世纪的宁静。

富阳龙门，一座千年古镇，孙权故里。孙权的后人，一直在此居住，古镇至今保存有完好的各类祠堂近百座。孙氏后人上万，尚武崇学，能人出了不少。

对于即将到来的飞翔，我脑子里闪回了好多种场景。

嫦娥奔月。有点儿神，我不知道嫦娥是怎么奔上月亮的，想了会儿，大脑短路了。

敦煌飞天。我去敦煌，看过十几个洞，那优美的飞天，飘飘欲仙，让我神往。

唐明皇游月宫。这个传说，比起嫦娥来，算离我们很近了，且前段时间，我刚写完一篇和唐明皇游月宫有关的万字长文。唐明皇在浙江松阳籍道士叶法善的引领下，去了趟月宫，听到令他心醉的曲子，因月宫寒冷，中途返回，但唐明皇凭着超强的音乐才能，将曲子记了下来，《霓裳羽衣曲》就这样神奇问世。晓敏先生陪同去松阳卯山的天师殿，我看到了伴君游月图，唐明皇、叶法善，还有一些仙女，踏在五彩祥云上，在听一场天空中的小型音乐会。

飞将军李广。唉，李广并不会飞，只是射箭超准，封号而已。

彼得·潘。苏格兰小说家詹姆斯·巴里，他笔下的彼得·潘，是个不会长大的野孩子，一天到晚飞来飞去，达林家的三个小孩，禁受不住飞行的诱惑，很快学会飞行本事，趁父母不在，连夜飞出窗，飞向奇异的"梦幻岛"。

明朝的万户，莱特兄弟，阿姆斯特朗，杨利伟。

他们在我眼前一一飞过。

六百多年前，七十多岁的黄公望，选择在富春江边隐居。日里看山，夜间濒水，数十年的山水实践，成就了中国历史上著名的长卷《富春山居图》。

《富春山居图》,沿着富春江一路向西逶迤,将岸两边的崇山、峻岭、幽树、深草、渔民的生活,深深浅浅,尽然展现。峻山茂林处,龙门方向,往里一拐,就到了常安。常安,长久的安定?"自富阳至桐庐,一百许里,奇山异水,天下独绝。"富春江两岸,所有的去处,都秀色如画。

常安四面环山,中间有万亩盆地,平坦如镜。田地间,村郭人家,炊烟袅袅,西面最高处,有一座山,争高直指,海拔四百一十米,是龙门山脉余支,这座山,就是永安山,山顶原有一座寺庙,视野开阔。

独特的地形,就是一个天然的飞行场。在一般的日子里,盆地上空气流充足,假如,从山顶如鸟般滑翔而下,山下望之,真如蓝天中飞来一只大鸟。大鸟在晴朗空中,任意翱翔。

永安山顶。

虽不那么平整,但这个山顶起飞场,却是亚洲最大,有着一万两千平方米的宽阔草坪,实在让人惊奇。草坪尽头,间隔有一排大石,上书七个漆红大字:中国滑翔伞基地。

12月的初冬,寒风凛冽。

我们都裹着厚装,缩着头,在听讲,听铁妞讲永安山,讲飞翔。从外表看,铁妞是个瘦姑娘,皮肤黝黑,穿着紧身的运动服,但她却是国家级飞行教练,她自称"飞三代",爷爷、父亲,都是飞行教练,她从小就在蓝天中飞。她诱惑我们:"人生有三大梦想，长生、飞翔、预知未来，现在，你们就可以实现自己的飞翔梦想了！"

一行人都开始跃跃欲试。

我的教练，一位二十四岁的桂林朱姓小伙儿，高个儿。

小朱给我戴好安全帽，系上滑翔伞的搭扣，让我在前面站好，吩咐我："飞翔前，你要跑，奋力地跑，如果不跑，就不会有动力，就会直接掉落下去，我们这是无动力伞，必须快速助跑，才能飞起来！"

我有点儿惊恐："我一个人跑啊？你在我后面吗？"

小朱笑了："老师，您放心，我和您连着的，我们一起飞翔，您不要怕！"

一切准备停当，只等前面两个飞出。

马叙飞出去了，像两只大鸟。

赵柏田飞出去了，也像两只大鸟。

小朱发令："老师，跑！"

我开始努力奔跑。背上似乎有人拉着绳子，千百斤重，强有力地阻拦着你，脚步好沉啊，极度艰难。我背后是小朱，小朱背着打开的伞，我们这是要扯帆啊，扯空中之帆。他不断地催促："跑！跑！跑！跑！"

奋力跑出几十步后，前面就是山崖，两眼狠心一闭，两脚用力腾空，一头扑向大地。

飞翔总共五分钟时间，真正的壹指，心像身一样，一直拎在空中。

两脚腾空离地,我们被四十几根绳子的大伞牢牢吊着,耳边冷风呼啸,不由自主地发出了尖叫。

我大声问小朱:"风真大啊!"

小朱答:"老师,没有风,这是我们空中行走的声响!"

出差坐航班,常常对着舱外那大堆大堆一望无际的棉絮般白云发呆,人要是能在云端上行走,那该有多惬意。

此刻,我正在空中行走,不过,今天没有云朵。

我是一只鸟吗?一定是!我在《笔记中的动物》中,写过好多鸟,它们都自由自在地活在自己的天空中。我想起了"仁隼",天空之霸王,它傲视众生,俯瞰大地,它的一双锐眼,能辨别出陆地上动物的雌雄,雌性动物,如果怀孕了,它绝不会去捕捉。我努力睁大眼,朝下看,根本发现不了动物,只看见隐隐约约的影子。

我是一个伞兵吗?很想自己就是。看多了影视,黑夜里,那些背着伞包的勇士,从机舱,一个鱼跃,就到了空中,姿势帅呆。他们往往要去原始的丛林,他们要去解救一个重要人物。他们的身影,迅速淹没在夜空里,伪装得和丛林一个颜色,我却在空中大喊大叫,我是太兴奋了,我不是在执行任务,我是在解放身心。

我是航天员吗?瞬间想过,但肯定不是。看他们慢悠悠在天空里浮动,那是太空,他们肩负人类的重要使命,而我不是,我在急速下降,是航天员回地球的那种下降,当然没有那么快,航天员坠着几十吨的核心舱呢，和他们相比，我简直是慢腾腾，我们的伞，朝着大地田野的方向轻轻地飘去。

把自己搬离地面，才有可能尽情俯瞰大地。

秋收后的田野，条块有形，青的绿的，已不多见，大多数都只留下枯黄色的稻秆。不时有长方形的大棚，那里面温暖如春，种着各色蔬菜瓜果。间或有水塘，一定养着鱼，水面泛着白光。村庄道路隐约，人来车往，如孩童玩具箱里的积木移动。

我问小朱："富春江在哪个方向？"

风中传来小朱的声音："看，就在那个方向，阳光好的时候，能看到富春江！"顺着小朱的手指，我仿佛看到，富春江边，有一个黑点，那是个身披斗笠的渔翁，不，是个背着囊袋的画家，他正坐在江边素描写生，他是黄公望吗？

飞行时间已过三分之二，地面越来越清晰，小朱指着一片大草场："我们要在那里降落。现在，我要带你做几个动作，你难受了，马上告诉我！"

从后来的录像中，我发现，小朱拉着伞绳，左扯一下，右拉一下，他是在调整方向，他在自如地驾驶滑翔伞，急速下降，瞬间失重。

"大地就在眼前，脚抬高！"

小朱急速发出指令，我两脚抬高，他双脚落地，我一屁股坐在草地上。虽然姿势不雅，却如每次航班着陆时擦地的那一刻，一颗悬着的心终于放下了。小朱说，他参加国际比赛，落地点上有一个硬币大小的点，比赛成绩，就是根据踩中多少而定,如射击的环数一般。

飞翔过后,群里发进很多图片,一下子炸了锅。

有两张图片极有意思。

起飞场的山崖边,背景空旷,诗人马叙和小说家王手,两人伫立,望着天空,马叙似乎在和王手说着什么,王手则若有所思地顾左右而言他。小说家方格子,准备这样替照片配画外音:

马叙:怎么样,飞吧?
王手:不飞!恐高!

王手身材魁梧,平时练健美,我以为,他应该是第一个飞下去的。

马叙文气得很,不喝酒,不抽烟,平时经常在纸上画一撮毛装一朵云玩玩,我以为,他可能不敢飞,不想,他第一个飞下去。

还有一张图,是天线宝宝苏沧桑。

散文家苏沧桑,穿一件白色的大棉袄,飞行的姿势,像极了天线宝宝。前一天女儿就和她打赌,料她不敢飞,不过,赌额只有五毛钱,想来,女儿也不确定,这老妈敢不敢飞。沧桑磨蹭到最后,见我们都安全返回,料无生命之虞,最后也终于豁出去,跳崖了。

宝宝出舱,人见人爱,花见花开。

永安山壹指,这一段五分钟的飞行记录,我准备让人这样加工美化一下,永久保存:

主题歌:《我要飞得更高》。

主题词:飞不了月球,飞不了太空,我飞永安山!

天地一方岩

在永康。

方岩山脚，茂林密处，五峰书院的寿山石室，我坐在天地间细饮发呆。固厚峰和覆釜峰，两峰夹紧，留下一条深颜色的凹槽，细泉如线，时断时续。这是一个晴天，我相信，雨天一定不是这个样子，细泉会变成白柱，飞撞直下。

固厚峰的这一面，我的头顶，一面不那么整齐的细雨帘，从天空遥遥挂下，仿佛有人扯着。说雨帘，不是很准确，没有下雨嘛，应该是泉帘。探头看，光亮得很，泉帘凭空而来，不绝如缕。我努力地想穿过透明的泉帘看天，天却狭窄得很。岩边的沙砾，看着似乎要风化的样子，有点儿担心，实际上，这种丹霞地貌，生来就是如此，它们已经存在几千万年。陈亮不怕，朱熹不怕，达夫不怕，自然，我也没有什么好怕的。

泉帘的目的地，就是岩脚的深潭，它也是凹槽里瀑布们的歇息地。

我饮着茶，看泉帘落潭。

落潭时,浪花与浪花之间,互相撩拨,满潭欢笑。它们虽然细如长线,却还是很有姿势的,以不同的角度,争先恐后,大珠小珠落玉盘。激起的碎小浪花,和世界级跳水冠军有一比。

泉滴欢快跳潭,让我想起一些事,和陈亮,和胡则,和应宝时。

我坐的寿山石室,正是陈亮当年讲学的地方。

陈亮,南宋绍熙四年(1193年),状元及第,一个特立独行的人。他总是想得和别人不一样,作为一个读书人,一定要有自己的思想,为什么一定要和别人一样呢?

朱熹是当时绝对的思想权威,他崇尚的理学,崇义细利,就是说,要重视王道,而忽略霸道,陈亮却敢于挑战权威,理学一定要和现实相勾连,王道和霸道相结合才是赢道。这一场争论,一直持续了十一年。

然而,争论归争论,争论是学术的,并不妨碍他们成为好朋友。

1182年秋,朱熹因工作到永康,自然要访问老朋友。学问大家光临,这是一个绝好的学习交流机会,陈亮于是请朱大师,在五峰书院的寿山石室讲学,这一讲,就达半月之久,四方学子,颠着脚步赶来追星,朱子陈亮辩经的声音,和着石室里的回声,构成了南宋儒学的经典混响。

朱熹讲完学游方岩,常常数百人跟游,盛况空前。

我朝石室里间望去,上百平方米,空间不过数十丈,却深邃无比,那隙缝,不断向岩肚里深入,就如朱熹和陈亮的学术讨论,越辩越深,越辩越透,使南宋整个理学之光,照耀后世八百年。

此刻,我内心和陈亮有过一场小对话。

我问:"您觉得读书和报国之间,是怎样一种关系呢?"

陈亮拈着胡须笑答:"简单得很,读圣贤书之大义要义,就是报国!"

我赞同。

我再问:"据说,您得这个状元,非常有戏剧性,真是这样吗?"

陈亮哈哈大笑:"真是这样,那孝宗的性格和我相像,所以,我就'要不要去看老爹'这样的论题,谈了自己的真实想法,将国家治理好,才是真正的大孝,而不应该拘泥于每天是不是一定要问候,问候得再好,也只是表面的,治理好国家是当皇帝的根本。我倒没有否定看老爹,爹爹要看,但有比看爹爹更重要的事情!就这样,我得了头名,确实不是我的真实水平啊!"

我打趣:"历史上,状元产生的方法众多,还有掰手腕赢状元的呢。"

远处,陈亮的青石雕像,伫立在秋日的阳光下,瘦高颀长,白须冠带,深亮的双眼,注视前方,右手握书,左手轻撩衣襟,右脚微抬,信心满怀,似乎是要朝京城出发的样子。是的,他忧虑，大好河山，为何不去收复呢？王朝的中兴，读书人的责任，他时刻准备着。

然而，命运和他开起了玩笑，中状元的第二年，正当他要展宏图大志的时候，却一病不起。

泉滴跃下，激起的小浪花，谁说不是为陈亮逝去而洒的泪花呢，对壮士来说，最悲哀的，莫过于志未酬。五十二岁的陈亮，满肚子学问和情怀的陈亮，就这样抱憾离去。

望着凹槽直上的天空，我的目光拐弯，穿过覆釜峰的背面，那里，正是我刚刚攀爬的方岩山。

之字形的游步道登过，就看到了"天门"陡峭在上，贴着"天门"的岩石，就是方岩，因为整座山峰，像块大岩石一样伫立着，四周呈方形，故称方岩。

上了"天门"，转个弯就到"天街"，这街虽不如泰山天街长，小门店却彼此相挨，一家接一家，整条天街，都被红烛和红香包围。永康作协主席章锦水笑说，来这里，一定要给一位好官，胡则，北宋的清官，烧一炷香！八十三年前，郁达夫观察到，这天街，专靠胡公庙吃饭的人，总共有三五千人。

胡则的故事，流传很久了。

永康人胡则，是婺州第一位进士，为官四十多年，历太宗、仁宗、真宗三朝，施仁政，宽刑狱，减赋税，革弊端。1032年，江淮大旱，饿死者众，胡则上书，求免江南各地百姓的身丁钱，诏许永远免除衢州、婺州两地的身丁钱，也就是人头税，两州人民感恩戴德，多立祠纪念。方岩山上这座胡公庙，应该是最大的一座。1162年，宋高宗赵构，还应百姓请求，给胡公庙题了额"赫灵"，百姓敬若神灵，都称胡则为"胡公大帝"。

老百姓很善良，很真诚，谁为他们办好事，他们就记着谁。"胡公大帝"，百姓心中的一座丰碑。

世上没有大帝，但有好官。毛泽东用八个字，概括了胡则的一生："为官一任，造福一方。"这八个字，想必就是为官的重要标准和品质，千年经典。

天地间一方岩。

方岩上有胡公祠，我叩首三拜，顶天立地的山，顶天立地的胡公。

顺着泉滴的不断翻跶，思绪仍在疾走。

我坐在固厚峰下的山洞口，这座峰，只是方岩五座名山峰之一。

在灵岩，高台上，眺望远方数座和五峰山一样的峰，也是一景。那些峰，突兀而立，似乎是从大地上长出的大柱子，游客指指点点，凭着自己的想象，但"天下粮仓"一说，似乎更形象，得人喜爱。

圆圆的柱形，耸立在天地山谷间，饱满而圆润，黄颜色的柱体，柱上还有层层绕箍，那是岩石初生时的横沟。上面有些杂树，这天生就是座粮仓，结实耐储。谁说不是呢，胡则为民死谏，不就是想让这粮仓为民而贮、遇荒则开吗？

忽然，想起一则刚读到的笔记。

清代作家陆以湉的《冷庐杂识》，卷三有《担粥》：

> 担粥法，始于明季嘉善陈龙正，简而易举。道光癸巳，林文忠公抚吴，冬荐饥，仿行此法，雇人挑赴各城，以济老弱贫病，活人无算。

明末灾荒连连，著名理学家陈龙正，不愿意在官场混，回到家乡，乐善好施，他大力倡行的同善会，成为风行全国的乡村社会团体。担粥法就是其中一种方法，这种方法，因地因时制宜：

> 故于极荒之风，特设粥担，以待流移，若反舍土著，则倒行甚矣。

我们常见饥馁场景，冻僵冻死，四肢直。救援的办法是，先温暖其身，然后，用热水喂，再用清粥慢慢喂，人差不多就可活过来了。

有了先例，碰到灾荒，政府官员首先想到这个方法，简便有效。老弱贫病，靠一碗粥，活下来的无数。

而芝英应宝时的"义庄"，救济的虽然是本族乡亲，但力度显然要比陈龙正大许多。

沿着"大粮仓"的方向，往北十余里，就是芝英千年古镇，镇上大多数人都姓应，"义庄""常平仓"，就坐落在那里。

应宝时，清政府洋务运动重要人物之一，同治年间的苏淞太道，官至一品内阁大学士，心地善良，他捐两千多亩田作基金，以其每年租谷，赈济合族孤寡老人及疾病无依者，每月给救济对象，大人三十五斤谷，十岁以下小孩减半。更让人敬佩的是，应宝时在家乡，没有为自己和儿子留下一亩田、一间屋！

应氏后人应忠良，站在义庄的天井边，大声向我们介绍着应宝时的善举，自豪感溢于言表。现如今，义庄已由单一的救贫，转为集助学、奖学、救困为一体的多种慈善运营模式，慈善的精神，扶贫济困，社会和谐的黏合剂。

我的思绪又回到寿山石室的洞边，泉滴依旧如帘。

我已饮完两杯清茶，发了半小时呆。

时隔八十多年，差不多的季节，我沿着郁达夫《方岩纪静》里的足迹走了一圈，山峦依旧，村店依稀，但物是人非，他察静，我感慨，此刻，感慨只有五个字：天地一方岩。

五个字，我有两种断句：

天，地，一，方，岩。

天，地，一，方岩。

前一句中,"方"为量词,既然是量词,应该可以量,一量,便显得有些小气,这岩说不定就是泼墨的砚台,不过,也好,天地任我纵横书写,就写两字:永康!

后一句,"方岩"是偏义名词,是特指,方形状的岩石,不,是座方形的岩山,山有名寺,山有流瀑,千年文脉,延布四方!

天地间,这方岩,还具有刚强如铁的意味,胡则、陈亮、应宝时等,都有如岩般的意志,挺直的脊梁。

岭上初夏

岭，叫寺坞岭。

杭州中河高架，笔直向南，穿复兴大桥，至东方文化园，长长的一撇后，往右，弧形优美转弯，这个弯就一直伸展至萧山义桥的寺坞岭。

钱塘江、浦阳江、富春江，三江汇合，培育成了这座叫寺坞岭的大山岭，岭背东面是萧山，岭背西面是富阳。

5月初夏，上午十点，我们一行人已经到了岭东寺坞岭村山脚的牌坊前。

抬头便见牌坊的横批：寺坞岭古道。

牌坊两边的对联为：行幽谷溪涧聆百鸟争鸣，登云岭古道迎四方宾客。

一群人摆完Pose后，开始兴奋登山。

这应该是一条古道。据杭州佛教史记载，明朝前期，岭西山脚有一座规模较大的真寂寺，抗战爆发前，寺庙一直香火旺盛，寺庙周围，富阳的里山、东洲，西湖区的周浦、袁浦，萧山的义桥、戴村，信徒不少。我们现在登的岭东古道，一直通往真寂寺，当然，真寂寺已经被毁，真的是寂静了，但古道却一直有人在修缮，因为周边百姓要生活要经商，岭上也有不少世居人家。

我们开始体验幽谷和溪涧。

古道虽用石头砌成，却不是其他景区那种齐整的条石，那种石头，带有人工开凿的印迹，新鲜亮丽，总觉得有些做作。这里的石头，大多就地取材，大小不一，稍加打凿，略显毛糙，有好多似乎是刚刚从黄泥土里和那些憨厚的胖笋一起挖出来的，带着初见人世的羞涩。石头的身边，往往躺着些许竹叶，长长的、细细的、枯黄的、缺角的，那是竹叶们即将结束生命回归泥土前的奉献，我们的脚踏在石头上，踩着腐败的竹叶，一步步往上，沉着而有力，不担心滑步，不担心跌跤，但人们常常忽略帮助我们登高的垫脚石和竹叶。

古道的右边，是连绵的竹林。

这个季节，那些毛笋已经基本长成小伙子了，白胖胖的身子挺拔，节节向上，它们似乎想在大人们中间努力挤出一片空间，伸向蓝天，冲着白云微笑。却常常可见到，它们的根底部还带着未曾脱完壳的胞衣，嘿，毕竟还是小孩子嘛，还穿着开裆裤呢。它们急切地想成长，想和它们的父辈们一起迎接大自然的风雨。

当地村的书记黄吾福告诉我，整个寺坞岭，有八千多亩连片竹林。寺坞岭的土质，多为深层黄泥土，特别适宜毛竹和茶叶的生长。

古道的左边，是泉瀑交流的小溪涧。

竹树森茂间，那些山泉，很安静。有时流，发点儿小声，游人少的时候，它们自然要发声。它们从岩石缝间渗出，滴聚而成，水滴和水滴之间，还不是很熟悉呢，它们要和蓝天言语，它们要和小鸟和鸣。有时淌，静寂无声，游人多的时候，那就将大自然的美景留给人类，人类从繁杂沉重的社会来，想呼吸一下新鲜空气，它们不打扰人类。它们迎接风，它们迎接雨，它们也迎接飘零的竹叶，它们要奔向远方，它们向往着大江大河。

经过第二座凉亭时，和下山的数位老人有短暂交流。

这群老人，最年长的已经八十多岁，来自杭州城里，早上六点多就从城里出发，换两次公交：我们常来这里登山，寺坞岭空气好，来回方便，游人也没有杭州多。这个季节，还可以顺路采采野菜，摘摘山苗子（野草莓）。

大约一个小时，两次短暂休息后，带着一片欢呼，我们到达岭墩的雄鹅山庄。

站在狼岗前，黄吾福向我介绍：这里是萧山和富阳的分界岭，刚解放的时候，山上有六十余农户，居住地相当分散，这里被称作"两县三乡六农会"，可见管理之复杂。

数排原杉，用铁丝扎紧，相互交错，盘旋而上，我登上了庄主自制的瞭望台。

台上红旗在风中飘扬，风也掀起了我的衣服，感觉有些凉意。这里应该是寺坞岭的最高点了,海拔五百三十多米,气温要比山下低好几度。极目四周,东面是辽阔的萧绍平原,北面是富春江下游的平原村镇,宽阔的富春江给大山以富足的涵养。东洲岛、周浦、袁浦一带的村庄清晰可见,田成形,水如镜,那如镜的方块,一定是鱼塘或者是刚刚整理好准备播种的农田。

我被翠绿包围,眼球慢慢移动,八千多亩竹海,一千余亩连片茶园,绿景让眼睛忙碌。我在猜测,在竹海和茶园的深处,一定会有一两幢或者数幢农居,他们与竹海和茶园相依,世居于此,云在双肩,月在心尖。真想将那时空,弯曲成一条短短的百米跑道,一个冲刺,就能抵达白云深处的人家。

一杯狼岗云雾茶,让我的味蕾又活跃了起来。

这里的酸性深层黄土壤,不仅是竹子生长的天堂,同样非常适宜茶树的种植。地势高,日照时间长,秋冬春三季,雾气缭绕,这些都是茶叶生长的良好环境。去年这个时候,我正好在富阳里山的安顶山采风,那里的云雾茶,和寺坞岭的狼岗茶,有着异曲同工之妙。

在山庄,喝着狼岗云雾茶,我还听到了和安顶云雾茶版本差不多的茶故事:朱元璋被元兵追至寺坞岭的大安时,已经体饿力乏,极度须要休息和进食,见有一寺庙,他便进入讨口饭吃。庙内和尚热情便斋招待,又特地泡了杯自产的绿茶给他喝,许是饥渴久了,也是这里的茶叶带着浓郁的山野露珠味,再加上甜的山泉,咂摸几口后,朱元璋连连称赞:"好茶!好茶！"明朝建立后，朱皇帝还时时想起寺坞岭的避难场景，于是下旨重金购买寺坞岭大安的云雾茶。从此后，寺坞岭的云雾茶，就成了明皇宫的贡茶了。

呵，眼前这扁扁的绿条，竟有着这么深厚的文化呢。

自然，到寺坞岭，到雄鹅山庄，农家大餐是少不了的，有许多游客，就是冲着这里的美食来的。

竹子仍然是主角，这一回，当然是竹笋了。

寺坞岭，四季竹笋不断，春季有毛笋、白笋、紫笋、小竹笋，夏季有鞭笋，冬季有冬笋。这里的笋，口感特别鲜嫩、松脆，还带有甜味。

一大盘，毛笋炖腌肉，滑、脆、松、软、甜，伴着腌肉特有的香。

再一大盘，干菜烧笋片，全是嫩尖尖的笋片，入口即化，夹了一口，往往谋划着下一口。

又来一盘，清炒小野笋，鲜嫩、清丽、明亮，沾着些小油花，带着浓浓的山野味，这些小笋，长在那人迹罕至的荆棘丛中，要吃到它们，真不容易呢。

有人开始念诗了："人间四月芳菲尽，山寺桃花始盛开。"是的，寺坞岭上的季节要比山下迟好多，初夏了，山上依然能吃到鲜笋。

午后，一场大雨，突然不邀而来。

那雨声，唰唰唰，粗暴的雨滴，敲打着那些绿色的植物，然而植物们似乎并不害怕，还配合着愉快地晃动着身子。庄园边的梨树、桃树、柿树、樱桃树,还有那些青菜、萝卜、豆类、瓜类,我知道,它们都喜欢初夏雨滴的粗暴。

大雨又戛然而止。

寺坞岭像洗过了一般,被大雨过滤后的空气,那氧离子,让人要醉。

山寂静,云悠闲。

鸟幽鸣,花怒放。

岭上初夏,一片闲心,似乎已被寺坞岭的白云留住。

柚 之 绿

柚叫胡柚，浙江常山，中国水果族中独一份儿。

5月初夏，我们闻着柚花沁人心脾的余韵来到这座江南山城。

东案乡，白马村，三家山，曾连福的柚园。

青山环抱中，宽阔的缓坡，墨绿的柚树。茂盛的柚叶间，满是青青的小柚子，衬衣纽扣般大小，厚壮结实，小脑袋露出初见人世的羞涩。

我们到柚园的时候，曾连福正猫着腰给柚树施肥。五十八岁的曾连福，个头儿不高，脸膛黝黑，精干结实，他是常山众多胡柚专业合作社的科技带头人之一。

连福指着四周的柚树，神情自豪地说："我这柚园共有一百多亩，六户人家合作，每亩胡柚能卖八千多块钱。喏，这些小柚子，它们才出生不久，你们来迟了点儿，就在刚刚过去的几周里，这里就是柚花的海洋。"

在常山胡柚研究院副院长毕旭灿的描绘中，我脑海中显现着柚花的靓影：花身洁白，剔透如玉，花是常见的五瓣形状，骨朵圆润而厚实，花朵护着圆柱形的花蕊，蕊中有数枝嫩黄色的米粒芽，惹人爱怜。

让我们继续想象：十几万亩柚林，成片的，漫山遍野，零星的，房前屋后，4月的常山，就是柚花的世界，人们的身心都沉浸在柚花的清香里，当然还有对柚果的种种希冀。

这些小果子，不会像其他水果一样快速生长，它们要充分吸收大地的精华，不断沐浴阳光，还要经历长长的风雨，直到霜降来临前，全身金黄的胡柚，才会带着满足，懒洋洋地从母亲树上下来，奔向四面八方。

在连福的指点下，我小心翼翼地给柚树施肥：沿着树冠外围，挖出一条浅浅的小沟，均匀点撒一把特制的柚肥，再用浅土和杂草覆盖。柚果吃过这一回，一直到采摘前，都不用施肥了。心中默念：小柚果小柚果，和着初夏的微风细雨，充分吸收，快点活泼起来吧。

一柚一宇宙。

成熟后的胡柚具有这样的品质：甘甜，脆嫩，多汁，略酸，微苦，鲜爽，令人回味。国内众多水果中是独一份儿。

是什么造就了常山胡柚特别的品质呢？简单演绎，就会发现，是这里特定的山川风物成就了它。柚林曲径，风来泉响，山自在，云悠闲，全国生态示范区，浙江省重要的生态屏障，钱江源头的清流，够了，适宜的气候，周边植被的香味，土壤中的各种有机物质，都吸收在那敏感的柚果中了。

这只胡柚，常山人显然已经将其把玩得随心所欲了。

恒寿堂的蜜炼水果系列，人们将生意做到了日本、韩国，他们要和美国的西柚比试。

柚都生物科技的胡柚宝，传承中医药食同源理论，岐黄普世，十年磨一"宝"。

天子股份，已经按欧盟食品安全法规和技术标准，建立了三千亩的胡柚出口基地。

每一个柚果，其实都是一部迷你的风土地方志。

青石镇，胡家村，柚林的浓荫里，我们见到了胡柚的祖宗树。

这棵编号5001、树龄一百零七年的常山胡柚祖宗树，已挂上了浙江省古树名木保护牌。"祖宗"有十几米高，树冠覆盖的浓荫约有几十平方米，树底撒着一些生石灰。离地面数十厘米后，大树立即分出三枝，犹如长大的兄弟分家，各自朝着天空自由伸展。向上一米左右，两枝又分出若干枝，向四周扩张，恰如分家后的子孙，它们也成家立业了。另一枝，树身上有好几个深深的洞，那是它曾经病过，治疗留下的痕迹。我们眼前这个"祖宗"，虽已百岁，依然壮绿，生机勃发，每年还要挂果五六百斤，多的年份达上千斤。

在祖宗树前，听到了胡柚的数个传奇，但我最喜欢"孝子奇遇说"。

很久以前，青石镇的澄潭、底铺一带，有一胡姓农户，生活虽贫困，却老来得子。这孩子出生时，宽面大耳，富态方正，笑容满面，老夫妇俩满心欢喜，给孩子取名"富有"。富有十岁时，父亲去世，不久，母亲也病倒床上，且喉咙发痒，咳嗽不止，长年抱病。小富有只得进山砍柴，想替母亲筹钱买药。整整砍了一个月，也没有筹够买药的钱。那时，正值秋季，天气干燥，有一天的中午，小富有又渴又累，正寻找山泉解渴之时，抬头远望，近处有一绿叶树上挂满金灿灿的野果，个个饱满如拳。突然的惊喜，让小富有的味蕾也充分地舒张，野果清凉爽口，润喉生津，吃后感觉如临春风般惬意。他连忙将野果全部采摘回家，剥给母亲吃，几天后，母亲的咳嗽竟然好了，身体也渐渐康复。富有返回深山，想将野果树移植回家，不料找了好久也不见踪影。回到家，他将野果的籽种下，精心培育，几年后，果树开花结果。后来，村里人越种越多，果子也越传越远，人们都叫它"富有树"，胡富有，胡柚。当然，富有也娶妻生子，一家人从此过上了幸福的生活。

这个孝子的传说，暗含了胡柚的三种主要信息：

种植历史悠久。康熙年间的《衢州府志》记载："抚州明时唯西安县西航埠二十里栽之，今遍地皆栽。"抚州，当地人对胡柚先前的称呼；西安县，就在今天的衢州市区；航埠西边二十里，就是今天常山青石镇澄潭村一带。据此说来，胡柚的历史至少已经有六百多年了。

胡柚是柚与甜橙、柑橘等天然杂交而成。这种天然杂交，是大自然慷慨赐予常山先人之一种，它含着雨露而来，带着仙气。或许是南方飞鸟辛勤衔籽而来，或许是某次超自然的飓风裹挟而至，总之，胡柚的先辈们，被常山大地所吸引，它们决计在常山扎根，它们要将自己特有的品质贡献给常山人。

胡柚有神奇功效。它首先使富有在困境中尝到了甜头，然后，它让富有母亲的病体逐渐好转。"糖尿病人唯一可以食用的水果"，在常山，常听到这句骄傲的表达。

胡柚的绿，是四季常绿，从叶片似蓝海的墨绿，到繁花似锦的翠绿，再到满树挂果的金绿，柚树始终用绿装点着常山大地，回报着勤劳而纯朴的人们。立冬小雪时节，这满地的绿中，就会被金黄而圆润的柚子星星点缀，这些金果，如星夜太空中银河般灿烂。

一百多年前，一位诗人记下了这样的胡柚采摘场景：

树树笼烟疑带火，山山照日似悬金。
行看采摘方盈手，暗觉清香已满襟。

青山，绿溪，金黄的胡柚，在阳光下迎风摇曳，果农或游人，满怀欣喜，左手接着右手，满身已沾柚香了。

柚之绿，在南方中国，在浙江常山。

雪水那个云绿

浙江。桐庐。新合。雪水云绿茶艺馆，用过中餐后，我上三楼休息。

正迷糊蒙眬间，只听得窗外玻璃有咚咚声，一下一下的，似敲窗。睁眼一看，几只麻雀，叽叽喳喳，似乎想从窗帘的隙缝间寻找什么。一会儿在交流，一会儿啄着玻璃，是和我打招呼吗？是要和我交流吗？是想在窗外建个巢吗？不是很确定，但我没有打扰它们，只静静地盯着它们看，任它们热烈而欢快地讨论着。

松山村口的小广场边，那几棵抱团的大樟树，雄伟、茂密、挺拔，撑起绿荫一大片。村民非常肯定地说，它们的树龄至少在三百年以上。我完全相信，因为这是一个千年古村，北宋咸平年间，钟氏已经在这里落户，耕读传家，榜眼，进士，朝中奉直大夫，知府，州同知。1104 年，游击大先锋钟厚，甚至被追封为"忠救王"。村里大礼堂四周的墙壁上，挂着钟氏家族的千年古训："诚……诚……诚……"都是让人警醒的治家箴言。

一幢老屋门口,一群人围着一对高龄母女纷纷合影。母亲九十九岁,女儿八十一岁。九十九岁的老母亲腿脚灵活,精神矍铄,非常热情地拉着我们进屋,要泡茶给我们喝。八十一岁的女儿则笑嘻嘻地在一旁忙碌。新合乡长刘建钟说:"新合的老人普遍长寿,看,这位保洁的老人就八十一岁了。"我一看,这位老人在很麻利地打扫卫生,她和另外几个人一起,要承担村里每日的保洁工作。

宁静、安详、原生态,甚至有点儿原始,一进新合,这几幅画面就在我脑海中定格。

山水新合,我们自然是奔着雪水云绿茶来的。

记忆的闸门瞬间打开。20世纪90年代中期,我和金阿根县长一起到北京推广桐庐,带去一种叫"雪水云绿"的桐庐茶,虽然出场有些羞涩,却是惊艳亮相,就如张艺谋电影《山楂树之恋》里那个没见过什么世面却很纯真的小姑娘一样,很让人怜爱。高级农艺师卢心寄、新合乡干部钟为淦等人,承接历史,经年研制,终于炮制出这壶叫"雪水云绿"的好茶,而这个谷芽茶的前身,其实品质极其优秀,曾经在巴拿马万国博览会获过金质奖。

"雪水云绿"在桐庐茶里一枝独秀,当然离不开它的原产地新合雪水岭,它的地理位置决定了茶叶的品质。以前我去新合的时候,一定要翻过这座叫雪水岭的大山,山势险峻,坡高路陡。有一次,车盘旋到山顶,我们下车,俯瞰四野,颇有一览众山小之气势。有人说，要是能修一座隧道就好了，把大山穿空，行如平地。果然，2005年1月，这个梦成真了。

今天，我们仅用两分钟时间，就从雪水岭的东头凤川镇，钻过一千九百五十二米长的隧道，来到雪水岭的西边新合乡。大山不再令人仰止，这是一次轻松穿越，却无限漫长，似乎足足酝酿了一千年。

桐庐注定要出好茶和名茶的。

我的判断源自简单的两个方面：一是丰厚的人文历史，二就是独特的地理山水了。

范仲淹做睦州知州的时候，居然写了《萧洒桐庐郡十绝》，写一首看来已经不稀奇了，桐庐的美景让心情不怎么好的范知州感觉特好，接连写下十首。"萧洒桐庐郡，江山景物妍。"这个"物"里难道不包括桐庐茶吗？他能离得了桐庐茶？不可能的。果然，"萧洒桐庐郡，春山半是茶。新雷还好事，惊起雨前芽。"在北宋，桐庐茶已经很有名了，"宋时以充贡"，看看，宋朝皇帝也喝桐庐茶呢。可以肯定的是，桐庐茶当时已经有相当的交易规模了，否则不会"春山半是茶"的。就茶的品质来说，人们都比较偏爱明前茶、雨前茶，这同样也说明，饮茶之风已盛，大家喝茶都比较讲究品质了。

可以模拟这样一个场景：暮春四月，一个细雨绵绵的下午，范知州带着几位同僚，又从梅城解舟而下，在严子陵钓台边系舟登岸后，直奔严光寺。拜谒完严先生像后，就在江边草棚里坐着，侍童熟练地操作着一整套的饮茶程序：水，一定要陆羽

"天下十九泉"井里打出来的,旁边就是井,方便极了;茶叶,一定是富春山上采来的,户户农家都有。雾气和着江水,壶里卷着碧绿,观景,思贤,品茶,诗性不禁大发,萧洒桐庐郡,一二三四五,六七八九十,一咏再咏。

山水是相连的,水哺育了山,山同样也反哺着水。暴雨后的洗礼,那些被良好的植被浸漫过的水,就会很欢快地跑到山涧,汇入支流,融入江河。那些良好的植被自然包括大量的桐庐茶树。

天龙九瀑,有九个深潭,潭潭奇丽清绝,其中第四潭就叫雪水潭。我们去天龙九瀑,是拜访,也是仰望。每到一个潭边,都会和它亲密接触,任飞瀑溅起的雨花滴洒,掬一捧碧绿的潭水,喝,喝,喝,再抚脸,神清气爽,暑气顿消,这实在是一种天赐的自然抵达。

晨起观茶园,春山半是云。

清明前后,雪水云绿茶树,经过一年的酝酿,纷纷吐出青蕊。半山上,云雾氤氲中,沾着露水的叶片嫩得都能掐得出水来。在白云缭绕的高山上,在清澈长流的山涧边,那些自由生长的雪水云绿茶,在我看来,它们近似于野茶,蓬勃生长,厚重味甘,粗犷而不失庄重,奔放而又内敛。

雪水岭,天堂山,壶源溪,雪水云绿自然天成。

雪水云绿,赵朴初先生的题词,遒劲古朴,禅味十足,每一个字都冰洁高雅,每一片茶都沁人心脾。

富春江奔涌向前,一直将绿色牵引。钱塘江,西湖,龙井茶,雪水云绿,严格说来,雪水云绿和龙井茶应该是一脉相承的,它们都是大自然赐予我们的绝美礼物。

雪水那个云绿。

中国一壶好茶。

名词铁观音

福建。安溪。西坪。我将一片宋朝的茶叶夹进了唐朝的书页里。

此时,嘴里含着一小口铁观音,馥香,醇香。手里翻着《教坊记》,这是唐朝音乐大师崔令钦的传世著作。盛唐的音乐、歌舞、戏曲,和这几天的安溪之行,正幻化成美丽的曲目。

满园春。

安溪六十万亩茶园,正勃发出无限的生机。这里是铁观音的王国。王国的缩影,就在安溪茶都综合交易大市场,整个市场都浸在浓浓的茶香里。讨价还价,人声鼎沸,成千上万个摊位前,茶商们正将满园的春色带往全国各地。

醉花间。

清晨,华祥苑茶庄,我在贪婪地呼吸。微雨滴在脸上,轻轻抚摸。茶园的小道两旁,茅草伸展着青春的枝叶,叶尖上,圆润的露珠,正欢快地舞蹈。映山红、栀子花,花枝招展。茶垄一行行,绕着山脊,一圈又一圈,将数座山头都围上了绿腰。

天外闻。

在安溪的日子,只要见茶,我都想要闻一下。到交易市场,抓一把乌黑的条索闻;泡茶时,对着白色的盖碗闻;喝茶时,对着小瓷杯闻;在墨绿色的茶山,蹲下,附着茶蓬,掬着新叶闻。贴近鼻子,再贴近鼻子,兰花香、桂花香、椰子香,我只想让铁观音,那醇正的浓香清香,停留得久些再久些。天外人闻天外香,安溪老乡见了我们这些茶痴,往往笑着掩口。

其实,这一片茶叶,在宋朝就很有名了。

整个大宋王朝,全民吃茶已成风尚。连宋徽宗都写有茶叶的专著《大观茶论》,看看,皇帝也不是不务正业,他是在倡导一种健康的生活方式呢。皇家吃茶是要讲究的,品质乃为第一要义,正因为有皇家这个标杆,茶叶的制作水平才会好中有优,优中更好。不想,北宋的天气一下子转冷,原本太湖地区的明前贡茶,发不了芽,于是往南延伸到了福建。

这是老天爷在帮福建的茶叶提高知名度呢。于是,宋人写福建一带贡茶的书就特别多,至少有二十本,欧阳修就是著名的吃福建茶的茶客。

于是,我盯着这片宋朝的茶叶看,想看出一点儿名堂来。他身材魁梧、肥壮,不,应该是健壮,铁青色的脸庞,澄澈明朗,神采奕奕,力量十足。

这应该就是铁观音的祖宗了,其遗传基因一直强壮而健康。

时光迅速流逝到大清王朝。

一场斗茶好戏,正在我的《教坊记》中上演。

A 主角:读书人王士让。

乾隆年间,西坪的读书人王士让,为了应试,努力而认真苦读。有一天,这王书生读书累了,就拿了把锄头到茶园里劳作放松,低头松土,抬头远望,脑子里仍然在默默回味故纸堆里的经典。突然,他的目光在远处聚焦:山腰岩下,一棵高大的茶树,叶片在阳光和微风下闪闪而动,哎,这说不定是一株好茶呢。读书人的好奇心,促使他来到这棵树前。茶乡人,爱茶的感觉似乎是天生的,王书生,费了好大的劲,将这棵茶树移植到他家的茶园里。

果然,这是一株生命力相当旺盛的好茶,野性不改,朝气蓬勃。来年,王家人就收获了一罐好茶。

王书生终于去京城应试了。他将那罐舍不得喝的野茶,送给了当时的宣传部副部长方苞,这方部长呢,知道皇帝喜欢喝茶,估计也想拍拍乾隆的马屁,就将这罐茶叶转送皇上,当然,送的时候,自然有一番他文人的美辞,一定说得天花乱坠,说得乾隆嘴里痒痒。乾隆果然懂茶,但见此茶,条索粗壮扭结,颜色乌黑润泽,犹如观音双手合掌,放在手心里一掂量,沉沉如铁,嘿,这茶,真野得可以啊,像观音,就叫铁观音吧,吉利!

B 主角:老茶农魏荫。

雍正年间,西坪乡松林头,住着一位叫魏荫的茶农。这老魏,一生种茶、喝茶,又笃信观音菩萨。早晨起来第一件事,就是在观音菩萨像前点三根香,敬三杯清茶。

有天夜里,老魏做梦了。他来到一座观音庙旁,但见古树参天,溪涧流水潺潺,云雾缭绕中,有三条巨龙在游戏,忽然听得观音菩萨对他说:"庙旁龙潭边的大石头缝中间,有一株野茶树,这是茶中极品,喝它可以延年益寿,念你虔诚待我,特赐给你,你只要将茶树的叶子采下,拿回去插进土里就会成活了。你要悉心培养,造福人间。"

老魏种茶,本来就是一等高手,对于这神来之物,自然更加用心。他将茶树移植在几口旧的铁鼎里,万分用心培育。

一私塾老师到老魏家做客,喝到了天外之茶,其人其境,遂取名铁观音。

到这里,一个名词,铁观音,就这样诞生了。

这两折戏,王说、魏说,都是传说,尽管有这样那样的不合理情节,但人们都乐于传诵。

南方有嘉木,安溪铁观音。

回到标题。

从词性看,依我猜测,铁观音应该是这样的发展过程:

先产生名词,犹如孩子的诞生一样,孩子生下来,有一个称呼的姓名。王说和魏说,都是名词诞生的基本土壤,自宋以后,历元明,五六百年间的累积,让安溪铁观音有了足够发酵的可能。王说和魏说,都是孩子的母亲。

后累积名词,这里的名词,就是有名气的词了。自清以后,三百多年来,特别是改革开放四十年来,安溪经历了巨变,安溪茶在竞争中胜出,被人欣赏,茶叶让安溪真正脱了贫,茶叶成了安溪的主产业。

于是,一片茶叶,一片叫铁观音的茶叶,闻名于中国,闻名于世界。叶片含着厚重的历史,文化是水,精神是汤,铁观音里传递着一种平和安详的理想。

吃茶,吃茶,请吃茶,安溪人实在太好客了。

合上唐朝的书籍,带着宋朝茶叶的回味,今天就让鼻腔好好休息吧。

嗯,安溪,安慰了我的铁观音,明年我要再来吃的!

苹果传奇

蓝色牟平,一见钟情。

在央视的早间新闻里经常听到这样的播报。

我以为,牟平只是黄海边的一个小城而已,蓝色是她的主题。可是,在一个叫观水的地方,让我一见钟情的却不是蓝色,而是红色。

我注视着满树的红苹果。

生平第一次摘苹果。

真的不忍心对那些沐浴在阳光下一直向你微笑的苹果兄弟们下手,经不起主人的热情邀请,还是狠狠心摘下两枚"70后"(标准果型)。为什么不多摘一些?我说:"够了,我已经饱了,肚子吃饱了,眼睛吃醉了,这两枚我一定将它们带往几千里外,让我们家的另两位,分享一下我第一次的喜悦。"

烟台。牟平。观水。这三个地名是中国苹果的骄傲。

小时候,如果拥有一颗烟台苹果,那简直是一种奢侈。只有逢年过节才有可能得到,烟台就是以苹果的诱人方式植入我的记忆的。

今天的烟台，依然是中国苹果的著名产地之一。

观水镇，中国苹果第一镇。十万亩果山，三十多万吨鲜果。观水牌苹果，中国第一个苹果商标。观水的苹果交易市场，年交易量六十万吨以上。够了，数字枯燥，却流露出一种霸气，中国苹果，观水！

带着苹果一样微笑的果农，快步将我们迎进了果山。是的，从4月苹果开花到10月结满果实，每一枚果子的成长都凝聚了他们的心血，苹果就是他们的孩子，他们对孩子充满了期盼。

在苹果山上，我问了果农两个初级问题。

一个是，这里的苹果树怎么只结果不长叶呢？呵呵，叶子已经完成了它们的使命，化作了红泥，下一年要护果呢。或者，叶子们很知趣，这个季节，是苹果接受人们检阅的时候，它们分得清主角配角。果农说，那是为了让苹果有更好的光照，红得更透，营养更好！看哪，满山满树，成排成行，大红苹果高高挂，这是怎样一种风景？除了惊讶，除了感叹，除了喜悦，一时想不出其他更多的词，我基本上是傻在那里，怎么会有这么多的苹果聚集在这里呢？开大会？

另一个是，苹果树为什么长这么矮呢？同行的鲍尔吉·原野先生插话回答了我的疑问。他说他下过乡种过苹果，很熟悉苹果们的生长规律。都是剪枝剪出来的，苹果树长得高，不好摘，必须年年修剪，你别看它矮，但年纪不小了，看看那些树根，多壮实！果真，矮矮的树身上，挂满了果子，很结实，很稳重，不急不慌，有思想，有主张，像极了奥运会上那些举重运动员，个头儿不高，爆发力却极强。

按我的思维定式，马上想到了谷贱伤农这条不是规律的规律。可是，观水这里，规律不起作用。也许是苹果的大红颜色一直给它带来的运气，这里的苹果，有点儿像乔布斯的苹果，二代三代四代五代，卖得越来越贵，一颗苹果都要一块钱以上，好的要好几块钱。嘿，那满山满树的苹果，在太阳照射下仿佛发出金灿灿的光，这就是金果啊。果汁，果醋，果酱，即便是苹果皮，烟台人都做成了昂贵的果胶。

忍不住用诱人的真苹果向我的十七万微博粉丝炫耀了：用美国苹果关注中国苹果吧，中国苹果能看能吃！一时间，微博上吵吵闹闹，海内海外，转发，评论，羡慕，观水苹果甲天下噢。

凝视着果树上的一枚"90后"出神，为什么能长这么茁壮呢？又想起了我《种子里的苹果》两问。

一问：苹果里面有什么？苹果里面有种子。

二问：苹果里面还有什么？A答苹果里面还是种子，B答苹果里面还有苹果。

是的，大部分人只看到了苹果里的种子，看不到种子里还孕藏着苹果。观水的苹果，牟平的苹果，烟台的苹果，所有的苹果，种子里面有苹果，苹果里面有种子，种子里面又有苹果，苹果里面还有种子，种子，苹果，苹果，种子，生生不息，其实,整个世界就是这样组成的。观水苹果在前,乔布斯苹果在后,也许这就是苹果的传奇。

呵呵,观水苹果,牟平人已经赋予了它充分的思想,所以无比鲜活,充满勃勃生机。

一枚有思想、有理想的苹果,注定会走得很远。

附会武当山

诸葛亮手握羽扇，眺望远方，雄伟而孤寂地站在襄阳城中心的广场上。暮色里，他身边的襄阳市民，有的在欢快跳着广场舞，有的在用力抽打着陀螺。总之，诸葛先生和喧闹的市民，互不干扰。

我们去襄阳，第一站就是古隆中，当然是奔着诸葛先生去的。

诸葛先生是很有学问的，年纪不大，却老谋深算，他时刻都在积聚力量，他日夜都在等刘皇叔的三顾。在三顾前，他的个人生活似乎有些矛盾，黄承彦的本事很神，但是，他话中有话，要想学他的本事，只有把他女儿给娶了，而他的女儿呢，离诸葛先生的择偶标准实在有些距离。做大事的人，往往不在儿女情长上纠结，诸葛先生思想狠狠地斗争了一番后，还是娶了黄月英。他想通了，灯一拉黑，黄头发，黑皮肤，什么都差不多，然而，月英姑娘却是极为难得的知识型好媳妇，她的知识和能力，让诸葛亮日后的事业，不说如虎添翼，也是顺风顺水，为皇叔的三顾，积蓄了足够的力量。

诸葛亮的故事当然有很多，据说，仅武侯祠，全国就有几十处之多，你想啊，诸葛又不是神仙，他活得也不长，在他有限的生命历程中，怎么可能跑那么多地方呢？不用说，都是附会，都是当地人们的一厢情愿罢了。

要上武当山，首先要过太极湖。而太极湖，近几年来，名气还是有一些的：问道武当山，养生太极湖。听着熟悉，是因为央视广告的不断熏陶，还因为我们的脑子里，已经有太极的概念，加上近年流行的阴阳啦八卦啦，就好像见到了熟悉的老朋友一样，太极湖，太极生两仪，真好。

刨个根。导游说，太极湖，就是丹江口水库的一片水而已。

原来如此，丹江口水库，已经建好几十年了，知道的人一定不会很多，但是，襄阳人民太需要扩大它的知名度了。襄阳，襄樊，又襄阳，折腾好几回，外人有些迷糊，他们自己肯定不迷糊。

正好，武当山要大兴，大兴六百年，附会一下，于是，丹江口就变成了太极湖。

似乎顺理成章。

中华民族的传统文化里，始终都有武当山活跃的因子。

齐天大圣大闹天宫，严格追究起来，太上老君也是有责任的，他的仙丹让孙猴子的免疫力提高了不少。我不知道玉皇大帝后来如何问责，但是，这位老君经过八十一次变身后，终于在第八十二次转身成了真武大帝。因此，真武的传说远远早在道教诞生之前。

真武大帝的传奇于是开始。在道教的系统里,真武诞生在静乐国,他是太子,但不统王位。他妈怀他就不一样,要十四个月,而且是从他妈左胁下裂崩而出。他一生下来,就表现出异样的天赋,立刻会叫爹喊妈。他的理想是,要去武当山,创造属于自己的天地,修炼成道,飞升成帝。

太子坡,有个很有名的磨针井。

真武太子也是常人啊,他十五岁到武当山习道,一开始也是不得法,还差点儿坚持不下去,大家都懂的,坚持不下去的时候,往往会当逃兵,太子也当起逃兵了。但他却碰到了一个普通人,这个普通人是一个白发苍苍的老太太,在一口井边磨铁杵,不紧不慢,样子很悠闲。太子奇怪了:"为什么要磨杵啊?"老太太头也不抬:"磨一根针,绣花用的。"太子就笑了:"这样磨,磨到什么时候呢?磨到您老去,也磨不成啊!"可老太太不这样认为:"真是大惊小怪,粗铁棒,今天磨,明天磨,后天磨,一定是越磨越细,总有一天,它会成针的。"

太子突然顿悟,他似乎一下子理解了习道的全部意义,铁杵能磨成针的主要原因,就是因为不断地坚持。

磨针井的故事似乎很熟悉,《列子》中的愚公不也是这样回答智叟的吗?是呢,唐代的李白,也碰到生活中一个平常老太,此老太同样睿智,她用实际行动教给了李白简单的道理。但我宁愿将太子坡的磨针井故事,当成这类故事的源头,这样好让真武太子的形象高大一些。

朱棣也是费了九牛二虎之力，三年靖难，才拿到了明成祖的"营业执照"。

此时的朱棣，处在舆论的旋涡中。夺了侄子的皇位，有点儿名不正言不顺，虽然，朱老爹也有将位传给他的意思，但最后毕竟没有传给他嘛，这本证书，是硬抢来的。这容易，就为自己找点儿理由，附会粉饰一下吧。

北修故宫，南修武当。朱棣真是附会高手，他进一步塑造了真武形象，将各朝各代的传说通通附上。一定要附会出一个浓厚氛围，强大的舆论场，让所有的人民相信。将人民的注意力，通通转移到建道观上来，这至少有两大好处：一来可以迅速树立自己的思想系统，这些道观以后将是有用的舆论机器，会发挥大作用的；二来也可以拉动国朝的经济，几十万民力，数十年的时间，整个国朝的经济拉动相当强劲。

于是，真武太子就成了真武大帝。

南岩景区，有个很有名的龙头香。悬崖上伸出一石，长不足三米，宽大约三十厘米，这石雕刻成龙的模样，龙背数朵浮云似乎流动，龙头置一小香炉，下临千丈悬崖。从前，很多香客为了表示对真武大帝的虔诚，踩着龙背，迈出三大步，冒险到龙头进香，官方史料说，坠崖殒命者不计其数。1673年，清政府下令禁烧龙头香，并设栏门加锁。

我站在悬崖边，扶栏穿窗注视龙头香，香炉上燃着数根香，青烟在阳光下袅袅，膜拜的香客，个个神情庄严，武当山的神情似乎也很严肃。

在太子坡，我细问文物的来历，知情人士却告诉我这样两件事：抗战时期，国民党军队将太子坡以下各宫观的铜质像器，大都收集起来，由炮十六团运往陕西汉中地区城固县兵工厂，熔化造兵器；"文革"时期，原均县第二中学红卫兵，将观内一百多尊木泥塑像大部砸毁。

即便如此，真武大帝也是通情理的，他不会报复，他能理解，保家卫国需要真枪真弹，泥塑毁了还可以再塑。于是，他一直红，一直红，红了六百年。

日积月累久了，就成了传统，传统久了就是文化。看来，附会也不见得是一件坏事，附会似乎是中国传统文化集成的主流方式之一。

我们在武当山金顶下的平台上，练了三次太极。教我们的陈道长，束紧发，蓄小胡，白衣，麻裤，十方鞋，三十六岁，练功二十一年，自称三丰派太极第十五代传人。看他柔软而刚劲的身姿，我们很羡慕，道法自然，天人合一，当场就有同伴想做第十六代传人。

梅藤根城堡

1

梅藤根是一百多年前的英国医生。城堡在浙江德清的莫干山上。这两者有什么联系呢?

先从一张照片说起。

1881年,梅藤根到杭州,做了杭州广济医院(浙医二院前身)的院长。有一天,他在查房时,一位小患者向他道谢,中国人以前的感谢方式就是作揖鞠躬,小家伙的鞠躬得像模像样,两手向前低垂,七十度左右弯腰,见此情景,梅院长连忙还礼,但一个成年人,要将腰弯得和小孩子差不多,那就必须低了再低。正面看去,中式走廊里,梅医生戴礼帽,着西装,黑皮鞋,他的腰,差不多弯成了九十度,两手向小孩合拢作揖。

我还注意到了一个细节,两位互相鞠躬者的走廊尽头,似乎是个门房,有大人,辨不出男女,可能是医护人员也可能是陪护家属，他（她）侧露出小半个身子，在观察着这个有趣的场景。的确，场面难得，中国人讲礼仪，感恩，小患者穿着小马褂，应该是富裕人家的孩子，但，这，无关紧要，在医院，就是普通的医患关系。

这张照片，成了良好医患关系的经典。

浙医二院，将这张照片建成了一座雕塑，许多人路过，都会不由自主停下来，看一看，想一想。医院的用意很明确，这是本院的历史，也是本院的传统，患者尽可以放下心来。

有一年，梅医生去莫干山度假，发现了一处别致的地方，炮台山，极像他的家乡，山泉淙淙，林深竹茂，空气极佳，离杭州又近，适宜度假，于是，就买下七十五英亩地，着手建了个城堡式别墅，1910年，梅藤根的别墅终于建成（莫干山1号），它成了山上的标志性建筑。

梅藤根认为，这里有凉爽的小径，这里的绿波竹林，是那样地安静平和，患病的孩子如果来此疗养，身体就能获得改善。

确实，当年只要梅医生上山，他的助手就会敲锣告诉山民："梅医生上山了！梅医生上山了！"于是，山里的百姓，都会跑来看病，梅医生的面前，常常数十上百人耐心地排着队。

一百多年来，梅藤根城堡也随着历史的变化而变化，最终，1960年，城堡在历史的岁月中失修倒塌。

梅藤根城堡，一个被人遗忘的符号。

2

丁酉深冬，一个阳光很好的日子，我从杭州来到了莫干山，进了梅藤根城堡，不过，它已经有了另外一个名字：裸心堡。

又是一段长长的故事。

2007年，在上海工作的南非年轻人高天成（中文名），一个偶然的机会，自助游到了莫干山，他在整座山的风景和人文历史中迷醉，一路游一路赏，最终迷路，到了城堡这一带，碰到了热心的村妇，讨碗水喝。待小高静下心来，仔细欣赏眼前的风光时，他忽然有了一种冲动，这莫干山，不正是自己梦寐以求将心放到大自然的地方吗？

这就开始有了著名的洋家乐裸心谷。在建设裸心谷的过程中，高天成又发现了废弃的城堡，这让他大为惊喜，经过数年的营造，一个新城堡终于诞生。

进入新城堡大厅，沿旋转台阶而下，底层有一个大展览厅，梅藤根的事迹和经历，莫干山上的名人别墅，都有细致展示。

一块长条巨石，上面有金色的英文字，GLENTURRET，格兰塔，再一次将梅藤根推了出来。

当高天成开始重新修复城堡时，在原址的地底下，挖出了这块巨石。高天成看着上面的字，一愣，格兰塔，苏格兰著名威士忌酒的品牌，苏格兰唯一传统工艺制作的酒厂，古老得很，已经有二百四十年的历史了，多年前他还去游览过，品尝过它的酒香，味道难忘，但此酒和城堡有什么关系吗？

一查，还真有，格兰塔，不仅是酒的名字，也是梅藤根的故乡。梅藤根当年建城堡，故乡这家酒厂就是赞助商之一，梅医生为了感谢，就在城堡打地基时，埋入石碑，以作永久的纪念。

3

我站在城堡大厅的落地窗前，俯瞰对面的山顶，那里，散落着不少别墅，有圆顶尖塔，也有红顶屋盖，哥特式、罗马式、中式，有的则完全隐藏在树林里。冬日的山林，有些树叶子已经离身，树的枝干却透出些健美的身姿，在暖阳下，它们安逸、静谧，默默地伫立着，它们是莫干山的主人，也是历史风云的见证人。

比如，民国著名人物黄郛的别墅，白云山馆，他不仅自己住，他的义弟蒋介石先生也多次来住，蒋和宋大婚时，就是在那里度的蜜月。上一次我来莫干山，进到山馆的二楼，那里依旧是蒋、宋新婚时布置的模样。此后，国民党的几次重要会议，也在别墅召开。1937年3月23日，国共第二次谈判，也在那里举行。

莫干山上二百五十多幢别墅，几乎每一幢，都有着独特的长长的故事。

自然，这一切，都已成过往的云烟，山还是莫干山，依旧夏来风凉，冬来雪藏，秋林层染，春色满山，只不过，物是人非，多了些沧桑和沉重。

也有轻松。

高天成将城堡周围的民居，都打造成了和城堡一体的洋家乐。

裸心堡的山下接待大厅，用的都是民居的原木旧料。门口有一只大鸟，从南非远途而来，大鸟的形状别致，钩形的鸟喙及地，似乎埋头在站岗，而不问来客。两根屋柱上有一副黄颜色的漆字对联，应该是岁月留下的作品，建造者，特意用在此，上联是：我们学习白求恩；下联是：我字坚决抛一边。初见对联，我笑了一下，还只是一般的认为好玩儿，待从城堡下来，忽然想起，这对联，莫不是有意为之呀，白求恩、梅藤根，都是用医术来解除别人病苦的高尚者。

4

从梅藤根城堡（裸心堡）出来，环顾四周，城堡、山峰、古树，都如花瓣似的拼命饮着日光，专心得很，而我，则踩着自己的碎影，小心翼翼地下山。

东坞山"蝉衣"

杭州龙坞山的背后,一条千年古道在密林间打通,它叫大洋坞古道,古道这边的深山里,藏着一个古村,富阳东坞山村,这个村制作的豆腐皮,薄如蝉衣,又称金衣。

1

南宋周密的著名笔记《武林旧事》里,卷九有《高宗幸张府节次略》,记载了宋高宗带着一帮官员访问清河郡王张俊豪宅的一场宴会。张是南宋第一富豪,周作家没有多余的话,只是详细列举了宴会上的一张张食品清单。

贵客到,先要上果子:"绣花高饤一行八果垒,八种;乐仙干果子叉袋儿一行,十二种;镂金香药一行,十种;雕花蜜煎一行,十二种;砌香咸酸一行,十二种;脯腊一行,十种;垂手八盘子,八种。"

上面是第一轮的果盘,已经六七十种了,众官员,作揖,寒暄，品尝，热闹一阵后，又上来第二轮果子，又是几十种，绝对不重复，不细写。

两轮果盘上完，接下来，要上酒，喝这酒也是有讲究，每一轮，都配有两个品种果子。看十五轮酒前四盏的果子清单：

第一盏：炊鹌子、荔枝白腰子。
第二盏：奶房签、三脆羹。
第三盏：羊舌签、萌芽肚胲。
第四盏：肫掌签、鹌子羹。

宴请完毕，各级官员们返回，张府还准备了大量礼品，一一赠送。

宋高宗私访张俊家，成了南宋的著名事件，街谈巷议，莫不惊奇，它也成了中国饮食史上的著名案例，几百道果、酒、菜，绝不重样，这是八百多年前富庶的南中国，杭州。

现在，我们来说这个"签"，第二盏有"奶房签"、第三盏有"羊舌签"、第四盏有"肫掌签"，后面还出现了"鸭签""蟛蜞签""莲花鸭签"等，"签"是一种类似今天卷饼之类的食品，将馅切为细长丝，再用筒卷裹，形如签筒，所以叫"签"。

2

周密在临安城生活了二十年，他是作家，又是官员，他自然要关注城里百姓的衣食住行。虽然,周密没有写裹馅皮的质料,但我猜想,一定是质量上好的薄片,面皮可以是,粉皮可以是,豆腐皮也可以是,豆腐是中国人的家常菜,豆腐已经可以制作成几百种形态的产品,因此,"签"的材料中,十有八九就有豆腐皮,而皇城临安城郊的富阳东坞山豆腐皮,显然是城中百姓的最爱。

3

戊戌初春,我到了东坞山。

东坞山溪,将村子割成两半,溪两岸是排成行的香樟和柳树,整个村子在东坞山间延伸,狭长的往山里走。此山是天目山余脉,天目山蜿蜒至此,已失去巍峨的神态,变得极其秀气。初春的东坞山,青色朦胧,但有少数新树已透着浅浅的绿,白白的花,惹眼得很。东坞山溪源自大德岭,并不宽,但清澈透亮,富含矿物质,溪水潺潺,一直向前,直到欢快跳入富春江。

在东坞山行走,豆香沁入鼻腔,浓浓的,伴着淡淡的香樟树的清香味。此刻周末,一定有人懒洋洋地起床,闻着那一碗淡淡豆浆的豆香,引发无限的居家感想。

豆是豆浆的母亲,而豆的子女却很多,豆腐、豆腐脑儿、豆腐干、豆腐渣都是,而豆腐皮,则是豆独特漂亮的孩子,这个孩子,一出生,就含着金钥匙,披着金色的外衣,薄如蝉翼,以远行的姿势飞翔到四面八方。

浙江省非遗传承人、东坞山七十六岁的刘苗根老人，十三岁就开始做豆腐皮了。

刘老伯带我们走进邵仁泉的豆腐皮厂。推门进去，一车间的水汽，我眼镜的镜片一下子模糊了，豆腐皮的世界里，几十口铁锅，一字排开，每个工人，管着三四口锅，结一张，撩一张，用一根细长竹签，轻轻一穿，就捞起了一张，锅是圆的，豆腐皮也是圆的，每一张都呈半圆形倒挂着，薄如纸，刚出锅的鲜皮，一张张，一排排，密密麻麻，犹如豆腐皮森林，让人眼花缭乱。

因为薄，很快就烘干了，烘干后的豆腐皮，就成了一张纸，毛边纸，憨憨的，呈透明的金黄色。这样圆形的豆腐皮，每五百克，约需一百二十张才行。

从刘苗根的介绍中，我得知，一粒粒黄豆变成豆腐皮，中间要几十道工序。选豆极其重要，东坞山地少，并不产豆，他们制作用的豆子，都是从江苏、安徽等地选来的，豆子的好坏，主要看出浆多少。对刘苗根来说，一把豆子，他捏几下就知道好坏，六十多年的制作经验，让他炼就火眼金睛。

除了要有好豆子，水也极其重要。刘老伯说，许多人都来东坞山学做豆腐皮，但回家后做出来的味道，都不如这里的豆腐皮好吃，一个重要原因，就是水质。刘老伯自己的公司建在东坞山溪的左边，我在右边山崖上，看到有水管从山上下来，他指着山崖上的一道坝说，那是他家的小水库。啊，水库？那道坝，隐在山上，根本看不出。刘老伯说，本来只是一股泉水，他花了好长时间和精力才修建起来的，山泉顺着管子着地，穿公路、穿东坞山溪进入他家的豆腐皮厂。

4

中午，我们就在刘苗根家吃豆腐皮宴。

袁枚的《随园食单》里，写得最多的也是豆腐：冻豆腐，虾油豆腐，蒋侍郎豆腐，杨中丞豆腐，王太守豆腐，程立万豆腐，庆元豆腐，张恺豆腐，八宝豆腐。

袁诗人是美食专家，能吃会写，相信这些豆腐都做得极有特色，他也是念念不忘。而豆腐皮呢，他虽然没写到，但几乎可以百搭，所以有更多的花样。

我吃的东坞山豆腐皮宴，主要菜单如下：

春卷：腐皮卷着冬笋细丝、虾仁、荠菜、些许瘦猪肉。

斋卷：腐皮卷着胡萝卜细丝、木耳细丝、绿豆芽等。

素烧鹅：腐皮卷着白糯米，加了白糖，花生油煎炸切块，形似烧鹅。

炸响铃：腐皮卷着些细肉屑，加料酒、盐等素油脆炸。

素肠：腐皮卷着肉沫，形似猪肠，红烧、凉拌均可。

素鸡腿：腐皮卷着各种新鲜蔬菜，做成鸡腿的样子。

青菜腐皮：腐皮炒鲜嫩青菜。

这个春卷，几乎是个时令菜，就是说，它的馅儿是随着季节的变化而变化的，我常吃。而腐皮青菜，在我回杭州的第二天，就特意用东坞山带回的豆腐皮做了一碗吃，这一回吃，和以往感觉不太一样，因为我已经知道了它的前世今生。

1972年，美国总统尼克松访华期间，来杭州游览，吃到了别具一格的"干炸黄雀""游龙戏水""凤飞南山"等色香味俱佳的美味，大赞。当他得知这些名菜，是用富阳东坞山豆腐皮精心卷制而成时，特地嘱人买了几斤带回。

5

清代褚人获的笔记《坚瓠集》，戊集卷之二有《腐德》，说豆腐有十种品德：

水者，柔德；干者，刚德；无处无之，广德；水土不服，食之即愈，和德；一钱可买，俭德；徽州一两一碗，贵德；食乳有补，厚德；可去垢，清德；投之污则不成，圣德；建宁糟者，隐德。

我以为，豆腐的品德中，柔德、俭德、清德、隐德，都可以形容东坞山人以及他们前辈的前辈。

据记载，东坞山制作豆腐皮，自唐朝开始，已经有一千三百年的历史。

那条大洋坞林间古道，就是历代东坞山人制作豆腐皮的见证者。

东坞山村委负责人刘生法指着远山说起了古道。

古道分两支上山，半山腰又分五条支路与外界连接。其中通往杭州的主要有两支：第一支经过大德岭通往留下镇，它是通往杭城的主要山道。第二支通龙坞的上城埭，是向灵隐等寺庵输送豆腐皮的主要通道。

东坞山做豆腐皮的人家，常常是半夜头顶着星星就挑着一担豆腐皮上路了，他们要走几小时的山路，到杭州卖了豆腐皮，然后，再买了豆子挑回家。以前，我们这里每家每户都做豆腐皮，四口锅，二十斤豆子，要做一天呢。

我见到了东坞山人挑豆腐皮的箩筐，圆形的篾制，如果盛谷米，一只应该可以装上百斤左右，筐上面还有盖顶，也是圆顶，用来防灰尘。

现在，我站在大洋坞古道的入口，往山上看。道约一米宽，显得有点儿陡，高大的水杉和粗壮的竹子，将古道掩映，砌道的石块，并不均匀，大大小小。或许是东坞山人就地取材，从山里沟里，挖出一块块石头，将古道填平，这是他们生活的希望。千百年来，挑着重担的东坞山豆腐皮人，步履沉重，却一步步踏实向前，他们和那些旅行的人不一样，他们是为了生计，他们必须勤劳，他们只能俭朴，同时，这也是将他们的手艺传向世人，东坞山豆腐皮，因制作精良，历代都广受欢迎。

南宋的临安城，堪称世界级大城市，人口已过百万，仅洗浴店就超过三千家，酒店、客栈林立，当然，还有众多的佛寺庵。大洋坞古道，就是联系"九庵十三寺"的重要纽带，古道周边有东庵、岱斗寺、成德禅院、曹德湾、师姑坪等寺庵。现在，这些寺庵已成了历史的记忆，我们只能看到遗址，但走在古道上，一种独特的禅修意境却会涌上心头。啊，东坞山豆腐皮，它有着深深的文化内涵。

僧人吃素，也会吃出许多的名堂，东坞山豆腐皮，起初专供佛寺，比如，我们在刘苗根家吃到的春卷、炸响铃、腐皮青菜、凉拌豆腐皮等都是素食，太多了。这么好的东西，肯定老早就传到皇家采购团队的首脑那儿了，所以，我断定，周密描写的那场著名的宴会，几百道菜，一定有东坞山豆腐皮大显身手。

6

东坞山村，已成"中国素食文化村"，村口大樟树下，蒋正华先生题写的大石碑名，红色醒目。东坞山豆腐皮，已有众多的品牌，其中以"东坞山"最有名，它已经是浙江老字号、浙江省著名商标，其他比较有名的有：玉蝉、金衣、寿阳、大乐、翠雪等。

"金衣",很华贵,但只看到了豆腐皮的表面,我还是喜欢由"玉蝉"生发的"蝉衣"这个词,细薄、透明、灵动,也暗含了东坞山人制作豆腐皮的辛劳和艰难。蝉的一生,在地底下生活数年(三至十七年),羽化成虫后,却只有短短的两个多月时间,夏日里,你听那雄蝉声嘶力竭的叫喊,难道仅仅是求偶吗?不妨理解成一种深深的责任。纵然辛劳和生命短暂,它们也要活得完美。

因此,我想将"蝉衣"来形容所有的东坞山豆腐皮。

东坞山"蝉衣",一千三百多年的古老技艺,都凝结成了夏蝉在阳光下七彩的衣裳。

安如磐石古茶场

己亥十月十六,浙江大盘山核心盆地处,玉山古茶场,"秋社"立旗,人声鼎沸,数万人在齐齐呐喊,一百二十位壮汉,奋力擎旗,上百根旗杆和旗索,密密地紧紧地系着那面大旗,大旗由上好丝绸精心制作而成,长十六点一米,宽十七点六米,旗面面积达二百八十三点三六平方米。二十七米长的旗杆,由壮汉们各自撑着,随着统一的号令,鼓声喧天,大旗缓缓迎风抖动,震天的喊声中,大地之间挺起了一面鲜艳的大旗,大旗上绣满了山川河流,也绣满了人们的期待。

地处中国东南沿海地区的浙江,形状如心,而心的中心,是状如弓的大盘山脉,这里有一个非常年轻却又古老的县,八十年的置县历史,相较那些一两千年的县,太年轻了。但它却是浙江的"群山之祖,诸水之源",天台山、括苍山、仙霞山、四明山,皆发脉于大盘山脉的中心地段,有山就有水,钱塘江、曹娥江、灵江、瓯江,呈放射状在此发源而出,这个县就是磐安,县名出自《荀子·富国》中的"国安于盘(磐)

石"，喻坚不可摧，八十年前的夏天，中国人民正需要这样的勇气和力量去抵御外侮。

这是一个真正由山水构成的山区县，山就是磐安的坚强骨骼，九山半水半分田，山孕育了人们生存的所有所需，一千二百多种中药材，使磐安成了全国闻名的中药材之乡。

好山水自然也会孕育出好茶。磐安的八万多亩茶园是茶农们丰殷而长久的钱袋子。磐安茶历史源远流长。

从晋代起，偏僻山区的磐安百姓就已经种茶、制茶、饮茶，晋代的许逊，在这里被尊为"茶神"。彼时，许逊还是一位云游的道长，他到了云雾缭绕的玉山，层峦叠嶂，林深竹茂，山涧时有流泉飞溅，满目青翠，非常适宜茶叶生长，他就亲自教导百姓种茶制茶，"连蕊"（一芽）、"旗枪"（二芽）、"雀舌"（三芽），精制细研，茶叶的形状和品质都有了保证，"婺州东白茶"横空出世。

我进茶场庙，膜拜庙里的许逊像。许茶神慈眉善目，安详端坐，案前供着一杯清茶，茶汤漾着水汽，那是人们对他的最好纪念。

时光飞逝到了唐代，这里的"东白茶"就成了朝廷的贡品。唐朝笔记大家李肇的《国史补》这样记载磐安茶的历史："风俗贵茶……婺州有东白。"当时中国产茶地共十三省四十二州，有十四个品种列入贡茶，婺州东白列第十。

坐落在玉山的磐安茶文化博物馆内，进门处有一副对联，道出了磐安茶的生长环境和交易历史，上下联为：云开一角峰隐灵芽，贾集万方茗收利市。"峰隐灵芽"，山中叶片灵气十足；"贾集万方"，茶商纷至沓来。宋代实行榷茶制度，专项管理茶叶，玉山逐渐形成了一个成熟的茶叶交易市场。横批"玉岑七碗"，将茶叶产地进一步明确，这是玉山产的好茶，也暗含了唐代卢仝七碗茶诗，连喝七碗，身通透心爽朗。

现在，我就坐在宋代茶叶交易市场内第二进的客厅品茶。上来一杯茶，热气和清香，不由得让人多看一眼，鼻子多吸几下，茶叫云峰茶，就产在窗外那一片坡地上。这个古交易市场，面积一千五百多平方米，是一个两进的回字形建筑，上下两层，下层回字形的长走廊，应该是商贩交易用，中间有一个大天井，今天天气好，半个天井都有日光照射着，整个市场透空明亮。踩着木楼梯上至二楼，长走廊的上层，都是一间间的客房，供商贩住宿，也分高级房和普通房，回字上头一横的地方，是一个大开间，中有茶桌茶凳，这相当于大客户的 VIP 包房，有时也做斗茶的比赛场地。从窗户望出去，可以看到另外几座建筑，那是茶叶仓库，仓储南来北往的茶叶。我坐的这市场大厅，仅供交易用。

续了一次水，谈兴正浓间，又上来另一杯绿，看形状，是龙井，是的，我没有看错，磐安也产龙井，生态龙井，和西湖龙井相比，叶片略显瘦削一些，但制作看上去也精致紧密。

时光在清汤中往宋朝自然倒流。

寂静的大厅内，似乎响起了嘈杂的声音，那是茶商们互相问候的声音，那也是茶农和商贩们讨价还价的声音，众多的人流中，应该还夹杂着看热闹、探行情的闲人。许逊庙边上是巡检司，巡检司连着交易市场，那些吏员，自然也不时地在市场巡回，这里是政府一个重要税收部门，必须重视。这里还是朝廷的贡茶基地之一，茶事活动频繁，管理也要加强。

明清两代，海外贸易已经十分繁荣，浙江茶是重要出口品之一，在世界茶市场上地位特殊。玉山古茶场，也进入了最辉煌的历史时期，除贡茶外，博士茶、文人茶、马路茶等，品种繁多，上中下各种档次的茶在交易市场上体量都很大。有繁荣的交易市场，再加上政府设立规模庞大的巡检司管理和引导，百姓乐意参加各种斗茶、分茶等茶事活动，玉山的茶叶生产和制作销售，都朝专业方向发展。

博物馆内，有三块清代晚期立的碑，颇能反映玉山古茶场的兴盛。

"奉谕禁茶叶洋价称头碑""奉谕禁白术洋价称头碑""奉谕禁粮食洋价称头碑"，我一一细读。所谓"称头碑"，其实是告诫广大的商户，禁止乱涨价，禁止缺斤少两。政府以立碑的形式发布公平交易原则，从中可以读出不少想象，玉山古茶场，到明清时代，交易内容已经大大增加，至少，在这里，中药"白术"和粮食都成了大宗交易商品，当地有谚：上半年靠茶叶，下半年靠白术。磐安的深山老林，大量的药材，都成了交易市场的主角。

玉山古茶场的兴衰，连接着整个发展的历史。磐安提供的资料表明，清朝乾隆辛丑年，茶场庙重建开光，后为太平军所毁，晚清和民国期间，两次重修茶场庙。《东阳县志》记载，1932年，玉山古茶场产茶还有万担，销往杭州、绍兴等地，每担银十四元。虽然茶场庙毁毁建建，但古茶叶交易市场一直保存完好，2006年，玉山古茶场成为国家文物保护单位，说它是中国茶文化的"活化石"，似乎有点儿夸张，但却是实实在在的全国唯一，这是一个关于古代茶交易的千年活见证。

祭祀茶神，迎树大旗，茶场庙会，这些大型"赶茶场"活动，又给玉山茶增添了深厚的文化底蕴和生动的活力。自明代开始的"赶茶场"，每年春秋两次，称春社和秋社，春社正月十四至十六，与元宵结合，茶农着盛装，祭拜"茶神"许逊，祈求茶叶丰收，社戏、挂灯笼、迎龙灯等活动也热闹登场；秋社为十月十四至十六（十六是许逊生日），茶农们带着秋收后的喜悦，茶叶和各种山货，四面八方汇集于此，"迎大旗""叠牌坊""大花鼓"，场面盛大，本文开头的震撼迎大旗，就是这种场景的镜头记录。因历史内涵丰富，"赶茶场"活动已经列入国家非遗名录。

徜徉在玉山古茶场文化小镇的古街区，徽式建筑，檐角相映，茶铺林立，游客三三两两，问茶品茶买茶，闲散安逸，数百小学生，正叽叽喳喳列队而过，他们来参加"看非遗品茶香"社会实践活动。仔细听，有悠扬而绵长的戏曲声不时从古茶场传来，有人说，那是非遗戏"寿龟奉茶"，在玉山，传奇和茶汤，都充满了美好的想象，千年古茶场正勃发着无限的生机。

　　玉山古茶场对面,是连绵如新鲜绿毯样的缓坡,绿色成垄的茶树,一直向四周山顶蜿蜒环绕,叶片在暖阳下有些发亮,那亮光,我以为就是茶农们日子越来越富裕的希望之光。

云上白马

降央卓玛浑厚的歌声传来："蓝蓝的天上白云飘，白云下面马儿跑。"但此刻，我不在草原，我在重庆武隆的白马山上，这里的天空和草原一样蓝，我的马儿却在白云上面闲闲地跑。

乌江自黔地威宁县香炉山花鱼洞温柔汩汩而出后，逐渐狂野起来，极像一个善于蹦跃的蛮孩子，踩着两千多米高的落差，一路狂奔至数千里外的下游重庆，到了黔渝门屏处的武隆，它又温顺起来，宽阔的江面，帆影点点，温暖水汽，直抵数千米高的白马山崖顶。

1

白马仙街。雾漫上来，如淡细烟，一会儿散，一会儿聚。陆羽伫立街头，身着麻衣，双目凝视，冠带和胡须在轻烟中飘动，他用左手指点着远处。顺着他的手指，我们去看山坳里的茶山小镇。

看着眼前的茶园，似乎有点儿恍惚，它犹如一幅仙境图，绿得让人眼睛发亮，那种绿，除了淡淡的雾，不掺一点儿尘杂，清新而洁净。

一千三百多米高的茶园，常年被云雾笼着。白马山的茶园，有一万余亩，其中贡茶园占一半，它们被一些小山头、平地和谐分割，小山头上的茶垄，则如旧时妇人头上的发髻，精致有序，从发髻的中心即山头向四周散开，一圈又一圈，一圈还一圈，由小渐大，几十圈以后，至平缓的山脚，那些圈，都是由一株株的茶树密集排列而成，它们看上去，一点儿也不张扬。我以为，绾发髻的女子也不张扬，要张扬也显现在骨子里。圆润而温和，这样的发髻，像极了我在唐代笔记中经常读到的那种女子的发髻，内敛而稳重。我在抚琴献茶亭子上头看得极清楚，发髻有大有小，散散落落，发髻与发髻之间，偶尔隔着一丛丛矮树，那些矮树品类繁多，桂花树、乌桕、柏树，茶园和矮树，就如人与人之相邻，互相依靠，相偎相存。

云雾漫上来的时候，你会不由自主地伸出手去撩拨，撩一下，似乎捉住了，摊开了，还是空空的手掌心，但你却觉得它很调皮。再撩一下，不信，我就撩不着你。我知道，这些云雾，就来自白马山和仙女山之间那平缓流淌的乌江，茶园虽高，却依然是江的领地，亲密的山和水，就如白马山和仙女山优美的爱情传说。龙三太子和紫衣仙女，偷偷相恋，被王母娘娘发现，一根戒尺晴空霹雳，将两人都变为山，中间隔着一条乌江，它们永远只能隔江相望，王母娘娘的尺自然成了天尺。有权就可以任性吗？幸好有乌江，乌江化成的雾，让白马和仙女，能日日相拥相交，情意深长，它们的爱情，已经一万年。

白马山上产的茶，叫仙女红，一款越存久越香的红茶。给我们泡茶的姑娘，家住白马镇上，端庄静淑，温杯撮茶，轻声细语，纤指轻弄，一口仙女红，满嘴茶汤香。我问："茶汤中的微甜味是怎么来的呢？""是自然的啦，茶园边野树野花的清甜，极大的温差，都使茶叶的内质物丰富，再加上我们独特的工艺。"姑娘笑着回我。我恍然，去往茶山的途中，一些旧的黄泥房墙脚边，摆着不少蜂箱，嗯，白马山上常有养蜂人出入，那些茶园，也是蜜蜂的乐园吧。

其实，白马山的茶，有着很辉煌的身世。东晋史学家常璩撰《华阳国志·巴志》有如此记载："周武王伐纣，实得巴蜀之师……南极黔涪，土植五谷，牲具六畜，桑蚕麻纻，鱼盐铜铁，丹漆茶蜜……皆纳贡之。"这证明了武隆一带产有很多物品，其中就有茶叶。公元935年，五代前蜀大学士毛文锡，在《茶谱》中则明确指出了白马山上的茶，质量也属上乘：涪州出三般茶，宾化最上，白马次之，最下涪陵。按宋朝乐史《太平寰宇记》的记载，宋代，白马茶已经名声卓著，一度成为贡茶。

白马山的入口处，一座大型综合建筑的屋面，类如三片茶叶，就是我刚刚喝到的仙女红的青叶形状，建筑和自然，白马和仙女，爱情和坚贞，皆乃天作之合。

2

浪漫天街，白马美术馆，那里的《善意的自然》展览，我驻足良久。

我如此关注这些作品，是因为美术家凭自己的奇思妙想，大多数都用弃物组合而成的。

墙角的一幅名为《触不可及》的作品，最让人震撼。如果不仔细看，以为就是一堆杂乱无章的没有清理掉的建筑垃圾，但一件一件琢磨，可见构思的用心。破雨伞、旧电脑屏、沙发里的海绵、脏兮兮的棉絮、煤气灶、残缺木料、破纸板、旧电线、旧箩筐、破麻袋、旧电池，应该不会少于一百种，这些弃物，都和人类有关，弃之如敝屣，是因为人们觉得它无用了，不仅无用，看着还烦，必须弃之，毫不犹豫。然而，换一种角度，换一种环境，它们依然会获得重生。看，那一幅《如果》，全由杂木废弃的硬节组成，设计者有意将两头削尖，它们野性又精致，它们是力量的象征，它们有许多的"如果"可以产生。

除了用弃物表现人与自然的关系，设计者在作品内还注入了复杂的情感和观点：《你们不要论断人，免得你们被论断》。两只高脚兔子，用综合纤维制成，一只兔子显然是长者，它伸出右手，指着另一只大声在告诫；另一只兔子则双手捧脸，似乎感觉自己说错了，嗯，一定是说错了，我们管好自己的事情吧，人类那么复杂，那么多乱事，我们议论他们干什么？自讨没趣！长者兔子训话的声音，激越而又有节奏感，贡茶园那边的飞鸟都听到了，它们在浓雾中好奇地停下来，认为兔子长者说得很有道理，于是认真地叽叽喳喳展开了讨论，眼前这片天空，确实并不仅仅是人类的呀。

云上的白马，不是一座简单的山，它是有思想和哲学深度的。

3

山有多高，水就有多高，我去黄柏淌，再一次验证高山上自在的清流。

越野车沿着白马山深处的原始森林进发，实话说，这不是像样的路，它就是一般的山道，只能一辆车行进，如果有交会，一般的路段根本不行。大概，原始森林中的路，就是这个样子了，司机见我紧紧握着扶手遂安慰说："你们放心，这路开了几十年，路基很结实。"他左右打着方向盘，速度依旧快。

原始森林，不见得就是密不透风的林子，它也疏朗，它也有缓坡，野花和野树竞相争艳，银杉，红豆杉，珙桐，桢楠，厚朴，天麻，粗壮的杂木偶尔从窗外掠过。杜鹃花树随时可见，这里差不多有三十余种杜鹃花树，眼下虽已过花期，不过，我依然能感觉到它们的热烈和奔放，花开时节，红、白、紫三色，会将整个春天闹翻。

车子在林子里钻了一小时后,我站在了黄柏淌湿地前。

这一块湿地,面积约六百余亩,由三个互相比邻的湖泊组成,是重庆海拔最高的湿地,为第四纪气候变化之典型见证,科考价值极高,藻类、蕨类等植物丰富。湿地周围,梅花鹿、鬣羚、黑麂、黄腹角雉、红腹锦鸡,经常出没其中。

下午四点光景,崇山之间的这一大片湖面,安静而安详,时而有清脆的鸟鸣声传来,远处几朵厚云快速移动过来,不多时,细雨已经滴到脸上,柔柔的,有些湿冷,黄柏淌瞭望台,海拔一千九百五十一米,白马山最高峰。此刻,我看到的只是不断运动着的云雾,它们来来回回,有点儿像散兵游勇,又有点儿像自由散漫的闲人,它们随心尽性,天地是我家,想去哪儿就去哪儿。

黄柏淌林场前,有一大块菜地,玉米、茄子、豆角、黄瓜、丝瓜、辣椒,翠绿滴鲜,一丛高高的金钱菊,绽放着数十朵金黄色的花,花们在微风中摇曳的姿态,有如农场主人的热情,他们邀我们在此晚餐。熏肉、天麻炖鸡、现摘的蔬菜,还有不少野菜。那阳荷,我老家叫它棉花姜,霜重山间黄花尽,秋风漫岭闻阳荷。阳荷生命力极强,镇咳祛痰,消肿解毒,消积健胃,富含多种氨基酸、蛋白质和丰富的纤维素,是非常不错的山珍,我们大快朵颐。

雨又落下来了,雾也渐渐涌起,出黄柏淌,车似小船,再次在雾海中颠簸出原始森林。夜幕中回到客栈,客栈前的白马,周身罩着浓雾,他和心爱的仙女紧紧相拥,静静地卧在一片茶叶似的小帆上。一万年的爱情,足以让天地动容,他们的爱情,即使冬雷阵阵,即使酷夏大雪,依然坚如磐石。

云上白马。白马是马。白马非马。

垄 上 慢

南宋远去，临安依旧。

不过，此临安非彼临安，此临安乃彼临安治下的一个区，已有一千八百余年的历史。临安的县治，起先并不在锦城，而在猷溪旁的高陆（今高虹镇），东汉建安六年（201年），临水县建立（临溪而名，这样的县名，就如同陆家村、毛家塘一样简单），晋太康元年（280年），临水改临安，意为傍依平安之地（而宋高宗只是临时安定），县治一直到南宋景定三年（1262年）西迁，也就是说，高陆是一个名副其实的千年古城。

己亥年十月十九，一个暖阳的下午，我从彼临安出发，去此临安的高虹访古。

1

昔日高陆今安在？猷溪水边忆古人。

东晋名人谢安，某次视察高陆，对着县官曾经感叹："这里穷乡僻壤,做个官真不容易啊!"嗯,是的,唐朝的时候,我家乡桐庐县属于睦州,有三位县令去睦州崇山峻岭里的州政府所在地雉山汇报工作,竟因发洪水被淹身亡(后来,武则天批准睦州府治从淳安的雉山搬到建德的梅城)。

杭州副市长苏轼,文才和勤政都让他闲不住,熙宁六年(1073年)二月,他刚刚从金华访问苏颂回来,阳春三月,他又到治下的几个县马不停蹄地视察工作,从昌化,到於潜,再到高陆,这个时候,他的老朋友苏舜举,正在临安做县令。老友相聚,分外感慨,两人又是同榜进士,又同宗,苏同学自然要好好招待上级领导苏同学了,《与临安令宗人同年剧饮》,一个"剧"字,酒宴热闹的场景和气氛,让人浮想联翩:

> 我虽不解饮,把盏欢意足。试呼白发感秋人,令唱黄鸡催晓曲。与君登科如隔晨,敝袍霜叶空残绿。如今莫问老与少,儿子森森如立竹。黄鸡催晓不须愁,老尽世人非我独。

苏轼写了很多吃酒的诗,酒量却非常一般,不过,他应该是个爽快人,常常会把自己喝倒。一喝酒,各种愁就上来了,这不,看着老同学,叹了又叹,时间真快呀,当年中榜犹如昨天,可我们都已到中年,儿女成人,白发渐生。

说实话,这诗在苏轼的三千多首诗词里,只是即兴之作而已,更何况,同是这一年,他还写出了著名的《饮湖上初晴后雨》，不过，苏大诗人的这首诗，还是为高陆增色不少。

同年八月，苏副市长又到高陆视察了三天，除苏同学陪同考察外，这次同来的朋友，还有黄庭坚、佛印禅师等著名人物，钱王故里、玲珑山、九仙山、海会寺等地都留下了他们的足迹，自然，苏副市长也有《陌上花三首并引》《临安三绝》等五首诗记录了此次之行。

高陆变高虹，古城早已湮没，我站在那块一千年前的拴马石旁，沉浸在苏轼的诗中，依旧能感受到一千年前的久远气息和深深的文意。

2

苏副市长有没有往高陆的深处走走？那里是天目山西麓，昭明太子萧统自建康（今南京）经高陆西上天目山，读书编文；茶圣陆羽，隐居苕溪，在高陆石门、大山、横畈一带采摘过野茶，为《茶经》写作做准备。虽没有志书记载，但我可以推测，苏轼一向喜欢观山看景探奇，极有可能往高陆各处的村寨走去。

现在，我和苏诗人一起去看龙上村的天石滩。

一川杂乱无序的岩石，从山顶直泻下来，挤满了一座山的阳面，山的坡度至少在七十度以上，此川全长一千五百八十米，宽约一百五十米，面积达二百余亩，让人看得目瞪口呆，这是天河吗？这些石头是从天上来的吗？这里原来是大海吗？

山将整个胸腔都敞开了给你看，坦诚无比，但除了坚硬还是坚硬。石头的表面，粗粗的粒状，有点儿像家具的亚光色，细看做石阶的岩石，剖开了，青青的，里面新得很，那是常见的花岗质岩石。石头大小不一，大的有上百甚至上千吨，小的只有几百几千斤；石头的形状也不一，有圆形，也有方形，也有薄片形，更多的是不规则的多棱形。大小石头相间，自然形成了许多空间，而石头的缝隙中间，突然就会长出一棵树、一株草，你在盛赞树草强大生命力的同时，自然也会钟情于这种别致的油画样的风景。

中国地质大学（武汉）浙江研究院的一个报告，为我们解了疑惑：天石滩是由燕山晚期（白垩纪）的岩浆侵入而形成的，距今已有一亿三千万年的历史。

这是一个什么样的场景呢？我试着简洁描绘一下：

太平洋板块和欧亚板块猛烈相撞，此地大规模火山爆发，岩浆冲出，形成岩石，地壳不断抬升，地震频繁，石头逐渐滚落成堆成滩，雨水不断冲刷，日光长期照射，我眼前的天石滩，就风化成现今模样。

专家们确凿地说，此天石滩，华东地区独一无二，全国乃至世界都极为罕见，地质研究价值重大，反正我东南西北地走，没有看到过，也没有听说过。

上到半山腰，小心翼翼地一个石头一个石头摸过去，到了石滩中间，找块大石坐了下来，拍照，然后慨叹，然后笑话，古人也像我们这么坐在这儿玩耍吗？那肯定呀，不仅古人，还有猴子也都要来玩。

一阵笑过之后，黄州团练副使苏轼的吟诵声隔空传来，他已经豪情满怀地吟完"乱石穿空，惊涛拍岸，卷起千堆雪"，然后站起身，捋捋胡须，对我说："你们天石看够了吧，我回家煮猪肉喽！"他又转身吩咐老兵，"要用粗木柴，炭火慢慢炖才好！我去不了赤壁，我去垄上，那里有炖了一个下午的猪蹄子。"

3

我住高虹"垄上行"民宿。

尝过稀烂的猪蹄、粉嫩的萝卜、甜味的青菜、新鲜的竹笋，味蕾大开，我开始慢慢享受这宁静的夜。群山寂静，星空满天，抬头望，路边柿子树上的柿子，在路灯下也像星星般闪着光，对面的狮子岩迷糊睡去，猷溪也静流。夜深了，野猫会在屋顶上追逐打架，门边睡着的狗也会在梦里叫上一两声。这样的地方，容易凝神，也容易走神。

翌日清晨，日光初照，大地一片清新，我捧着李渔的《闲情偶寄》在晨光下细读。这一日，正开始读《结构第一》之《立主脑》：

一本戏中，有无数人名，究竟俱属陪宾，原其初心，止为一人而设。即此一人之身，自始至终，离合悲欢，中具无限情由，无穷关目，究竟俱属衍文，原其初心，又止为一事而设。此一人一事，即作传奇之主脑也。

忽地，眼前的舞台上就出现了一座草堂，一位文化巨人，一幕传奇，精彩上演，剧名是《木公山秘处佳境，杜诗圣后裔择居》。

传奇的主要情节是：安史之乱后，杜甫开始流离，他的后人也不断外迁，元朝至正年间，杜氏后裔杜广，带着他的族人，从宁波桃花渡，一路迁到高陆木公山村，其间酸甜苦辣悲欢离合让人长久唏嘘。

我们去木公山村，访杜甫后裔。

路边即景：公鸡立石阶，母鸡相依偎；田夫荷锄至，相见语依依。

这个村，有一百六十多户，只有寥寥几户姓别的姓，其他都姓杜。木公山159号，杜文忠家，他的爱人，小心翼翼从楼上抱下一包东西，布包一层层打开，有八册，那是杜氏宗谱，蓝色布面线装，宣纸泛着黄色，这本民国十一年（1922年）修订的宗谱，上面清楚地记载着杜甫后裔的繁衍过程、迁徙路线、栖息地、归葬地，不少都是老地名，要考证才是。

这木公山，大山环抱，中间一片盆地，房屋错落有致，村中有老银杏树，树叶此时正泛着秋天迷人的色彩。路巷横竖相连,突然,众人都尖叫:"有人酿酒!"酒味越来越浓郁,大家不约而同奔向酿酒坊,一对老夫妻,老爹将酒酿倒入桶中,老妇在烧火,边上有坛,用布包盖着,见我们走近,连忙拿勺过来:"尝尝,你们尝尝,刚出的酒,热的。"于是,我也尝了,他也尝了,她也尝了,大家踊跃得很,都说是好酒,香,想买的样子。"多少钱一斤?"老妇人看看老头子笑着说:"八块。"我们都齐齐地咦了一声:"这么便宜呀,这样好的酒,完全可以加个零啊!"

我想起了杜甫,他最穷的时候,酒一定喝不上,不要说这样香的酒,连兑水的劣质酒也没有,要不然,也不会遭遇洪水饿了五天,聂县令救出他后宴请一顿牛肉加白酒,肚胀而亡。

酿酒的场景很巧合,但杜甫才是这曲戏的主角,他的后裔们不是,他的后裔们只是配角而已,可无论后裔们走得多远,他们心中都有一座诗圣的草堂,永远的草堂。

4

草堂边上,一定要有竹,还一定要有松树相伴才是。

高虹的大山里,到处都是竹,菜竹,毛竹,数也数不清,这里一年四季都有鲜笋可食,竹林就是村民们的菜篮子,要吃笋,随时可挖出几根来;鲜笋还俏得很,附近城市的菜市场里,都有它们的身影。

而林家塘的这一片古金钱松林,又仿佛让人进入漫长的旧时光中。

这些古金钱松,都有三百多岁的年纪了,它们亭亭玉立(原谅我这样形容,但身材确实好)。试想,如果是三百岁的老人,哈,比喻不确切,那就说三位百岁老人相加吧,那该是什么模样?那也一定是老态龙钟的暮年了,而这些金钱古松却不老,微风吹来,它们的头发自由摇曳,就如吹着口哨的年轻人那样,活力四射。如果有狂风吹来,它们也不怕,动都不动,它们的根深扎大地,它们有不畏狂风的自信。

在古松下,最适宜做的事情,当然是问童子了。此时,古松林下的台阶上,摆着三个小凳子和椅子,椅子上还有三粒小红果子。周华诚、陈曼冬和我,一屁股坐了上去,闲闲地聊着天,等着后面的同伴,忽然,一位小童子出现了。此童子四五岁,见我们坐着,大声抗议,意思就是他的位子,我们不能坐。我们开玩笑:"小朋友,要学会分享啊,我们只是歇歇脚。"童子的父母就在身边,他们也劝他要学会分享。童子不听,忽地就尖声大哭起来,那种尖厉声,似乎撕心裂肺一般,为了保护童子的嗓子,我们立即站起。

我倒不觉得无趣,此童子真是可爱,这种不让人坐的心理,其实是领地意识:我都占着座了(那三粒小红果子估计是用来占座的),座也是我家的,你们干吗还坐?也真是,我们为什么有座就坐呢?不过,看着哭号的童子,我似乎明白,那些古松,同样有领地,不要乱扰它们。它们本来就自由自在地生长着,和古村、古村人同声共气,它们是历史的见证者,也是村庄的信仰。人树相依，有古松，就有了庇护。

将落地的松针一堆堆扫起来，再精心编织一下，那就是建设草堂的极好材料了，既原始，又环保。我去岐山，看周王朝的王宫，那里的宫屋顶都用这种松针式的草盖着，如此说来，杜甫的草堂，也就不那么寒酸了。

"八月秋高风怒号，卷我屋上三重茅。"看看，草堂还是挺讲究的，要盖三层呢。

不过，盖在木公山的草堂，不用担心大风，此地松茂竹幽林深，平地不会有大风的，温暖得很。

5

垄上行民宿，推窗即见山，对面的狮子岩，亲切地迎接着你的目光。

昨天夜里，我就细看过它，黑暗中，星空下，一个巨大的影子蹲着，默默无声，它在天空和大地间沉睡。不过，没有狮子的呼噜声。

狮子岩在鸟鸣中醒来，在阳光下舒展它的姿势。今天，我要到它身边，细看它的尊容。其实，我是想看看那些攀岩者，他们如何亲近狮子岩。

望山跑死马，似乎就在眼前的狮子岩，还是要花一些力气才能接近它。

国家级攀岩教练张天志，带领我们登山。在新的盘山柏油路上转了两个圈，我们就往山脚的竹林钻进。竹节截断成几十厘米，用来做台阶的沿边，里面填进黄泥土，踩实就可以当台阶了。一级一级往上盘旋，张教练走在前面，他平头，个子不高，略显瘦，但精干结实，天志，名字中就显着一股英气，他曾经拿过全国攀岩总冠军，刚刚，我们已经在攀岩馆看过他的表演了，两手交替，轻身而上，灵活转身，突然一个挂空，让人的心一下悬起来，然后潇洒落地。我知道，在岩石上，绝对没有这样轻松。张天志说，他从大学就喜欢上了攀岩，为了学习攀岩，他甚至再读了研究生，而攀登这狮子岩，也已经快十年了，他说，他们已经开通一百多条攀岩线了。而对那些攀岩爱好者来说，线路非常重要，这些开路线的教练，就如那些开路的建筑工人，每一个细节，都要做到足够安全。

一群五六岁的童子，最小的据说只有三岁，在家长们的带领下，也往狮子岩而来，叽叽喳喳，这是他们最美好的时光，无忧无虑，家长们就是想让他们见识一下大自然，看看那些勇敢的叔叔阿姨。

竹林中卧着不少大块石头，张教练说，这些石头，其实也可以开线路，适宜初期练习者。

上面有声音传来，一面巨大而宽广的岩石，四五个攀岩者吊在空中，这只有几十米，不高呀，张教练笑着说，再往上一点点，就是狮子岩了，这些攀岩者，已经比较熟练，问了问，大多是上海过来的，攀岩时间不长，经常来狮子岩攀。

再往上，两百多米高的狮子岩，让人仰望。已经有人攀上岩顶，有两人刚刚落地，说累死了；还有几张外国人面孔，又问了问，英国人；还有一个，看着像中国人，问他有什么感受，他摇摇头，我再问，是华侨吗？不是。韩国人？不是。噢，我一下明白了，Japanese，他笑了。

攀岩者两人一组，互相帮助。一英国青年在做准备，我问："你攀上顶，大概需要多少时间？""十五分钟。"他显然中文比较好。我朝他竖了竖大拇指，然后，和周华诚一起，退后，靠着一棵树，仰头看着。"Are you ready？ Yes！"英国青年拖着重音一把搭上岩石，开始了攀登。第一岩扣，他用了差不多一分钟时间；第二个岩扣，似乎不太顺利，他琢磨了一下；第三个岩扣上去后，我看已经用了五分多钟，静心屏气，看着他往狮子岩慢慢地，一脚一脚上去，有的时候，脚要试好几次才能踩定，差不多到了中间，已经十五分钟了。我和华诚笑笑说，没有那么简单，或许，他今天上午是第二次攀了，体力不如前。或许，他也是新手，过高地估计了自己，过低地估计了狮子岩的难度。

在我这个外行人看来，攀岩，绝对是个慢活儿，心要细，胆要大，力要足，且要长力，否则，学不好攀岩。和狮子岩亲近，你要真正读懂它，它才会接纳你。这也是现代和古老的对话，面对古老，尊敬而顺从是最好的方法。

下山途中，陆续有背着装备的攀岩者上来，其中又一个老外，对我们很热情，还自我做了介绍，说他叫大石头，和张天志同行，住在临安城里，每周都会来狮子岩攀岩："你们如果有兴趣,就加我微信好了!"真是一块热情的大石头。

回到垄上行,一身大汗,脚也有些发抖,但心情一直愉悦。一杯金丝皇菊端上,轻掬一口,苏轼《满庭芳·蜗角虚名》的结尾跳到了眼前:

幸对清风皓月,苔茵展、云幕高张。江南好,千钟美酒,一曲满庭芳。

品着古老种子种出的金丝皇菊,又想了一会儿,觉得应该借苏词表达一下这三日来在高虹的体验和感受:

幸对清风皓月,天石滩、惊涛拍岸。垄上慢,千钟菊茶,一曲满庭芳。

从前慢,是旧时慢,一切都慢。垄上慢,是现今慢,个性慢,高山梯田边的小火车以五码的速度蜗行着,古金钱松还在慢慢生长,天石滩慢得似太古时代。不信吗?你自己来吧,高虹,龙门秘境,一条赤龙静卧的地方。

楼塔三叠

楼塔地处杭州萧山之南，公元897年建镇。三叠，三首，指音乐，亦指独特之人和事。

1. 仙岩

仙岩是楼塔的古称，它因东晋名士许询而来。

永和年间的越州上空，始终飘荡着满满的玄妙和仙气。王羲之、谢安、许询、孙绰、支遁，都是极要好的哥们儿，他们的身后，常常簇拥着一大群粉丝。聚会，清谈，饮酒，作诗，他们的才情在会稽的山水间洋溢。

许询，字玄度，会稽内史许皈次子，好游山水，终身不仕。刘义庆的《世说新语》中，有多条写到了这位性格独特的神人，有一件小事，足以显现许询的性格：年幼时，人们拿他来和王脩相比，小许非常不服气。正巧，许多名士都在会稽的西寺讲论玄理，王羲之王老师也在，小许就跑到一群大人中间去论理。他向王老师连连开炮,弄得王结结巴巴,难堪得很。这还不算,他反过来,又用王老师的观点,展开攻击,两人辩来辩去,王老师竟然辩不过他。见此情景,小许转头得意地问支遁法师:"弟子刚才的表现如何?"支法师笑着说:"你讲得的确精彩,可是,何必对人家苦苦相逼呢?这难道是为了寻求玄理的清淡吗?"(《文学第四·许询论辩》)

这样的人,注定没有什么可以约束他。他喜欢和山水为伴,"许玄度隐在永兴南幽穴中,每致四方诸侯之遗。或谓许曰:尝闻箕山人,似不尔耳!许曰:筐筐苞苴,故当轻于天下之宝耳。"(《栖逸第十八·诸侯之遗》)许询找地方去隐居了,在哪儿栖身呢?《隋书》说他"隐居永兴之究山"。这两种典籍记载都指向了"永兴",永兴又在哪里?它就是萧山的古称。楼塔,在萧山之南,究山是楼塔百药山的最早称呼,山上洞穴很多,这里本属越州,离会稽也近,就在此安顿身心吧。许询是东晋玄言诗的代表人物,虽隐居于此,四面八方的军政要员却都跑来看他,送来不少礼物,针对别人说他不像古代大隐士许由的说法,他乐呵呵地答道:"这些用篓筐装着、苇叶包着的东西,比天子之位轻盈多了。"言下之意是,我虽隐居,生活质量还是要保证的嘛。朋友们一看,在洞穴窝着,实在于身体不利,看那山腰有一大块平地,我们为您修一所房子吧。

一屁股坐下去都能压着几种草药的百药山腰,平添了一座舒适的宅院,许询每天看雾看云,观鸟听泉,饮酒作诗,闲适得很。永和九年三月初三夜的上蛾眉月，如弓，如钩，映着兰亭，也映着许询屋前的青山翠竹。差不多隐居了十年后，他要去剡地（今嵊州）找好朋友王羲之去了，百药山腰的房子，舍宅为寺，名重兴寺。人们相信，许询是得道成仙了。于是，百药山对面巨大的山岩，人们称之为仙岩。他居住过的山洞，叫仙人洞。他在溪边垂钓处的悬石，叫仙人石。仙岩就成了楼塔最古老而诗意的称呼了。

唐上元二年（675年），百花盛开的明媚春季。初唐才子王勃，南下看望被贬交趾的父亲，一路游山观水，途经越州，去了兰亭，自然也要来萧山探望他崇拜的诗人。我想象着这样的场景，他进重兴寺，对着许询的像，神态虔诚，点起一支香，叩头三拜。出寺观仙岩山水，内心连连赞叹，又在许询垂钓处久久伫立，看着清流中欢快的游鱼，诗意全部涌了上来：

崔嵬怪石立溪滨，曾隐征君下钓纶，
东有祠堂西有寺，清风岩下百花春。

庚子初夏，杭州入梅的第二天，沐着细雨，我到楼塔，上百药山，寻找重兴寺遗址。好大一片杂草荒芜的平畴，至少有十余亩，约一人高的一处残砖墙，两角相交，是重兴寺唯一的地面遗物，墙脚边有一口深井，里面泉水能照出人的影子。楼塔文化站站长王新江指着周围说，这些草丛里，有不少各式瓷器碎片，一千六百多年来，重兴寺毁毁建建，据资料考证，最后一次塌毁，应该是太平天国的战火。现在准备建一个许询纪念馆，寺的恢复，还有一定的难度。

从重兴寺遗址下山，沿着溪流转了一个大弯，就到了岩上村，许询当年的垂钓处，"清风岩下百花春"的地方。江南的梅雨，下得紧密而热烈，河水迅猛暴涨，我在河边的长廊里看到介绍，王勃当年的诗，被人刻到了石壁上，美国国会图书馆收藏的乾隆抄本《越中杂识·碑版》中记载："唐王子安刻石诗，在萧山县南九十里大山石壁，水涸石露，乃显其迹。"可以推测，百药山寺后的临水峭壁，极有可能是刻诗的地方，不过，一千多年来，刻诗的遗迹，尚未被发现，或许，那些岩壁刻诗，水漫土灌，早已经和山体紧密相连，如年轻的王勃南渡琼州海峡时随着大海永远离去一样。

此刻，对面的仙岩山，那种被云雾缭绕的神秘中，我仿佛看见许询，轻便的身材，穿梭攀登在山岭间，仿佛看见王勃、孟浩然、温庭筠等著名诗人在吟咏许询事迹的灵动身影。雨中仙岩，钟灵毓秀。

2.《医学纲目》

一生追随钱镠王的楼晋，立下汗马功劳，自任黄岭、岩下、贞女三镇镇守后，一直跑东跑西考察安家的地方，他发现州口溪南边一带，山水清明，土肥野沃，就将家安置在此。这个时间点，是唐乾宁四年（897年），此地唤楼家塔，简称楼塔，楼晋成了楼塔楼姓人的第一世。

宋孝宗谢皇后的侄女，嫁给了楼塔人楼玑。楼玑，字孟玉，考取绍熙辛亥（1191年）进士时，只有十七岁，他的父亲楼允武，第二年才乡贡有榜。楼玑自然成了楼塔的知名人士，难怪被皇亲盯上，他是楼晋的十一世孙。公元1332年，元至顺三年，似乎是个平常的年份，却诞生了大明王朝的不少重要人物，朱元璋的正妻马皇后出生，明初第一名将徐达出生，楼玑的五世孙，楼英，明朝著名医学家，也在这一年出生。

楼英成为一代名医的经历，很传奇。他七岁开始读《周易》，倒背如流，内化于心。又遍涉诸子百家，十二岁研读《黄帝内经》，穷悟细研，从中寻找医学原理，并得精通医术的堂兄指点。禀赋、勤奋、渊源、家境，成就了一代名医。

楼英纪念馆，左手捋须，右手捧书，楼英神情专注地读着书。面前有一桌，想来是他常用的医案桌。头上有一匾额，上书"惠天下"，"世人得一秘方，往往靳而不以示人，盖欲为子孙计也，吾今反之，将以惠天下，而非求阴骘也"。所谓家传秘方，大多数人都"靳"，就是吝惜，不肯给予人家，如果没有"惠天下"的心态，那就得不到"阴骘"，即阴德。楼英自二十岁开始行医，每病必录，大量的医案，加上他的仔细梳理研究，为《医学纲目》的撰写积累了丰厚的资料。

百药山上百草茂盛，草药繁多，楼英在诊病的同时，也时常上百药山采药，为的就是更加细致探究药理和病理，有时，索性带上典籍，到重兴寺住上几天（楼英出生的前一年，重兴寺已经由释道澄修缮一新），遥想许询，撰写医学心得，仙岩的山水，使他内心更加澄明柔和。

明洪武十年（1377年）丁巳，朱元璋生了重病，遍招天下名医。临淮县（今安徽凤阳）丞孟恪、在太医院任职的楼英姨表兄戴原礼，都向朝廷举荐了楼英。楼英前往南京，与应诏的各地名医讨论朱元璋的病情，医案得以采纳，且效果显著。太医院欲赐官职，留下楼英，楼英借口"老病"推辞。光宗耀祖一般人都乐意，但楼英心中却有着他的宏大志愿，就是要编撰一部医学大书，最大限度地"惠天下"。太医院多一个太医不多，民间少了一位良医，却会使许多普通百姓受苦受难，以致失去生命。两权相较，楼英毅然回到了楼塔，继续他的事业，一边诊病，一边写书。至公元1396年，整整三十年过去，宏篇巨著《医学纲目》终于问世。

楼英纪念馆内，陈列着不少版本的《医学纲目》，我仔细看目录，皇皇四十卷，阴阳脏腑、肝胆、心小肠、脾胃、肺大肠、肾膀胱、伤寒、妇人、小儿、运气，十大部分，总字数一百二十万字。楼英显然功底深厚，他在编撰体例上，以人体脏器和专科分部，看似简单，却极为科学严谨，每部都是先论述病征，再说治疗方法，然后给出方药。而且，各病的治疗上，他都设正门和支门，每门又分上和下，上为《黄帝内经》之法，下为后人治疗方法，以阴阳表里寒热虚实"八纲"分析正误，无论初学或临床参考，均迅速便捷，实用有效。

这一部大医书，所产生的影响，我只说两件事：其一，李时珍编撰《本草纲目》,《医学纲目》是他的重要参考书,文中大量出现"引自楼英《医学纲目》"的注脚;其二,乾隆年间,清廷征集天下图书编辑《四库全书》,萧山选送百余种,入选的只有楼英的《医学纲目》和著名学者毛奇龄的《西河集》。

心善目慈,医术高超,楼塔人都尊称楼英为"神仙太公"。一个冬日的清晨,暖阳初照,清瘦而和蔼,身背药箱、拄着杖的楼神仙又出门了,这一回,他要去仙岩脚下的村子探望一位老病人。

3. 细十番

今年七十七岁的楼正寿,腰板笔直,个子敦实,着一身红绸演出衣,快步走向中间位置坐下,操起二胡端坐。他面前有一个大鼓,另外十八位演员,皆各自操琴、神情庄严,这是演出前数秒钟的宁静,屏声息气,大家只等楼正寿右边那位鼓板师的小鼓敲起。橐,橐,轻轻二下后,拉哆哆拉梭咪,管弦齐奏,细十番的主干音,如炎夏清凉的山泉,舒缓地流淌进人们的心田。

这是我第一次完整欣赏楼塔细十番。我面前表演的细十番有一套三曲:望庄台、一条枪、八板,乐器为鼓板、排笙、洞箫、二胡、大胡、中胡、板胡、四弦胡、琵琶、三弦、大小阮、古筝、扬琴等,三个曲牌的节奏从舒缓到轻快,层次分明，曲曲相扣，主题为歌颂大禹治水功绩，七分钟后，演员们明快地收住了最后一个音。楼塔细十番是国家级非物质文化遗产，是中国十番音乐的一面独特的旗帜，国内唯一，此曲只应楼塔有。

楼塔细十番，属明代宫廷音乐，此乐为什么会独独保存在楼塔呢？这要说到楼英。楼英自南京回乡，将这套音乐带回了家乡，犹如唐朝的叶法善，他高龄回乡时，将唐玄宗朝的名曲《霓裳羽衣曲》带回了松阳家乡，从而使现代松阳高腔的骨干音中，依然浸着浓郁的霓裳曲的因子。或许，作为读书人的楼英，他也是极喜爱音乐的，当他听到细十番的音乐，可以让身心极度舒缓时，他就决定，将这种能医治人心灵的音乐带回家乡传习，音乐能治疗疾病，这是中国古老的传统，一举多得，合情合理。

细观乐手们的演奏，他们已经娴熟于心，都有着相当的艺术水准，神情随着节奏和音乐内容的表达而不断变化着。他们都是楼塔地道的农民，大部分姓楼，多位演员都已经高龄，俞平山八十四岁，楼田灿、楼金昌、楼大法，都已经七十九岁。我看到了两张年轻的面孔，一个是吹笙的楼大威，一个是弹琵琶的楼诗婷，他们都是楼塔镇中心小学非遗基地毕业的同学，这个基地也是省级非遗传承基地。楼正寿说，他每周要去小学上一次细十番课，他是非遗传承人，九岁开始随父学习细十番，他也是楼英的第十九代裔孙，而从楼塔小学出来的好多学生，现在都成了细十番的骨干演员，他十四岁的外甥，已经多次登台演出。

在楼塔细十番的五百多场演出中,楼正寿感受最深的几次是:世界音乐大会社区音乐教育主题会议的开场表演、联合国代表团中国萧山文化行表演、西博会中外传统音乐交流表演、赴中国台湾与台中雾峰国乐团同台演出。是的,音乐无国界,喜欢美好的音乐是人的天性,音乐也是最好的文化交流方式,当不同肤色的各国游客,徜徉于楼塔的明清古街时,楼塔细十番所舒徐流淌出的,是楼塔美丽山水和千年深厚人文所凝结成的动人乐符。

许询的仙岩,楼英的《医学纲目》,明代细十番,此为楼塔三叠。

江南大地上,崇山峻岭中,1650 年的绵长时光,堆叠起了一座博大而精深的文化高楼塔。

后　　记

2016年，我看过两回舞蹈表演。

一回在农村。6月中旬，我们去河北兴隆县的诗上庄，一个小村庄。诗上庄原来叫西凤庄，因诗人刘章，从而策划成了一座充满诗意的村庄。这种诗意，当然是营造出来的。村道的岩石上刻有一些诗句，字用血红油漆涂着。村口有诗碑林，诺奖诗人、鲁奖诗人，好像开国际诗歌大会。村中小广场，欢迎的人群，以中老年妇女和孩童为主，她们在炎日下舞蹈。舞蹈的队伍中，有一矮小老太太的舞姿，让我注目，她穿着低廉的彩服，两手捏着扇子，左右晃荡，不断扭着老腰，笨拙无序，和音乐的节拍，和众人的动作，几乎合不上，但她跳得很专心，并不在乎旁人的眼光，很顽强地舞着。

另一回在渔村。7月下旬，我们到岱山的东沙，一个充满海洋咸味的古渔村。那几天的太阳，如烈火，即使在海岛，温度也在三十五度以上。也有欢迎的人群，舞蹈、说书、越剧、魔术，渔妇街头织网表演，除了魔术在室内，其他都在室外。

两把二胡、一把三弦，一个戴着耳麦的老人，古镇小戏台上，四人正在表演"走书"，说书老人着银色丝绸长袍，胸前已是一片湿透，他卖力地用岱山方言唱着，听了几句，不懂，我走到台上，看他面前有两张纸，上面写着"十劝世人"，噢，原来是规劝人们如何仁义礼智信的。

两回表演的场景，都让我感动。主办方热情，表演者不容易，特别是老人，真有点不忍心。

我们私下交流，我说，更希望看到自然自在的场景。这是什么样的场景呢？人们该干什么就干什么，他们在自家的屋子里，习诗吟诵，他们在街头做着自己的小买卖，他们自愿表演，但是随意率性，总之，没有装饰的成分，菜园碧绿，鸡飞上树，村头的狗，会追逐着游动的人群汪汪。

"清水出芙蓉，天然去雕饰。"我理解中的散文写作，也希望如此，大白话，简洁的、明确的，没有太多的伪装和架势。

芙蓉的美，在天然。天然，就是自然。去伪，才能存真。看大自然中的那些花花草草，在茎芽初露时，稚嫩、无邪，即便长大，也大多本真，艳自有艳的遗传，淡也自有淡的家风，无论怎样，它们都朴素天然。

那些烈日下被动而机械的表演，尽管起劲卖力，反而给人以假的感觉，他们的日常生活，一定不是这样别扭，尽管有人会付他们微薄的工钱。

我读大量来稿，经常发现这样两类稿子：一类写得天花乱坠，极尽美化之本事，架势似乎很足，奇句，异配，每段都有比喻，好句子连着好句子，就如少数女子，每每出门，必定精心装扮，粉底打得极厚，口红搽得极艳，一般人很难窥见其真容，这是虚假的真实，犹如组织性的表演，不是自发自愿，并不耐看；另一类写得太实，老套路，老事件，语言陈旧，神情呆板，一年三百六十五天，都将自己装在套子里，硬将丰富多彩的生活，过成天天豆腐咸菜的枯燥日子。这也是真实的虚假，就如小老太全身不协调的舞蹈，她要是坐在家门口，戴着老花镜，拿着绣花针，给小孙子绣个小肚兜，那该多协调呀。

字词本身并没有好坏之分，只是要协调，用合适了，就是美词美句。杜甫《兵车行》中，"牵衣顿足拦道哭，哭声直上干云霄"，仅两句，战争的残酷、急促的征兵、官吏的残忍、百姓的痛苦，追奔呼号和悲怆愤恨跃然纸上。为什么要如此地生离死别？因为"新鬼烦冤旧鬼哭""古人白骨无人收"！有美词吗？没有，只是用了夸张的手法而已。

我自认为，《连山》虽不是美文美书，但基本遵循了协调合适的原则。本次修订，增加了十九篇文章，三分之一以上的篇幅，它们是第一辑《〈霓裳〉的种子》中的《鲁家的童话》《安民故事》《文学之门》《天中之上》《乔司这边风景》；第二辑《在西沙》中的《秀山二记》《杨时的湖》《鹿西之歌》《东海瀛州衢山记》《龙行苕霅》《鄱阳的鄱》《仙岩宫商羽》《家园》；第三辑《春山半是花》中的《梅藤根城堡》《东坞山"蝉衣"》《安如磐石古茶场》《云上白马》《垄上慢》《楼塔三叠》。

庄子曰:"忘足,履之适也。"
袁枚讲:"忘韵,诗之适也。"
我说:"忘掉危险的美词美句,散文之适也!"

丁酉年三月初稿

辛丑年五月修订

杭州问为斋